天劍無缺 천검무결

매은 新무협 판타지 소설
FANTASTIC ORIENTAL HEROES

천검무궐 3

매은 新무협 판타지 소설

초판 1쇄 찍은 날 § 2009년 7월 16일
초판 1쇄 펴낸 날 § 2009년 7월 23일

지은이 § 매은
펴낸이 § 서경석

편집장 § 문혜영
편집책임 § 서지현
편집 § 문정흠

펴낸곳 § 도서출판 청어람
등록번호 § 제1081-1-89호
등록일자 § 1999. 5. 31
어람번호 § 제2-1784호

주소 § 경기도 부천시 원미구 심곡2동 163-2 서경B/D 3F (우) 420-822
전화 § 032-656-4452 팩스 § 032-656-4453
http://www.chungeoram.com
E-mail § eoram99@chollian.net

ISBN 978-89-251-1873-4 04810
ISBN 978-89-251-1833-8 (세트)

매은 新무협 판타지 소설

FANTASTIC ORIENTAL HEROS

천검무결

天劍無缺

3

길을 잃고 헤매다

청어람

目次

제1장 다른 힘   7

제2장 습격   43

제3장 검왕, 남궁익   81

제4장 남궁미인   117

제5장 그가 바라는 것은   155

제6장 길을 잃고 헤매다   191

제7장 다시, 서해영   231

제8장 열녀의 탑대(搭臺)   267

第一章
다른 힘

"그런 일이 있었단 말이지."

종리상웅의 죽음을 접한 우진이 처음 내뱉은 말이었다.

휘잉—

살짝 열어둔 창틈으로 바람이 새어 들어왔다. 새삼스러운 한기가 가늘게 방 안으로 파고들었다. 추위는 누그러들고 있었지만 겨울이 물러간 것은 아니었다.

"그렇습니다."

이소는 짧게 대답하고 우진의 기색을 살폈다. 왕이라고 불리는 권사의 얼굴은 담담해 한 점 흔들림도 없었다.

"종리가주가 알면 상심이 크겠군."

"그렇겠지요."

종리세가는 손이 귀해 가주인 종리창 밑으로 겨우 일남일녀가 있을 뿐이다. 말하자면 가문의 독자이자 차대 가주를 한꺼번에 잃은 셈이다.

결코 상심이 크다는 정도로 치부하기 어려운 일이었지만 우진의 어조는 메말라 있었다. 그런 우진에게 이소는 담담히 말했다.

"어떤 문책도 달게 받겠습니다."

바람이 아직 차가웠으나 은연중 매화 향기를 코끝으로 실어 날랐으니 곧 찾아올 봄을 의심하는 이는 없었다.

겨울이 찾아오기 전에 떠났던 모용천들은 봄에 앞서 훈풍보다 따뜻한 소식을 가지고 돌아왔다. 우진이 원하던 대로 수왕 안남효의 지지를 확보한 것이다.

그러나 그 대가로 돌아오지 못한 이도 있었다. 두 발로 걸어나갔던 종리상응은 허리춤에 찼던 한 자루 검만 돌려보냈다.

시신도 수습하지 못했고 경위도 믿기 힘들었다. 개방 장로의 신분으로 일행의 장(長)이었던 이소는, 모든 게 자신의 실책이라며 두려움없이 처벌을 원했다.

그러나 우진의 생각은 달랐다.

"그는 처음부터 사절단에 들어가 있지 않았다네. 아들을

죽인 건 종리가주의 욕심이지, 이 장로의 탓은 아니지 않은
가."

우진의 말은 부드러웠지만 그 말을 듣는 이소의 몸에는 소
름이 돋았다. 저 열린 창틈으로 들어오는 바람 때문일까? 알
수 없는 한기가 스쳐 지나갔다.

"종리상웅 하나와 수왕의 지지를 바꾸었다면 충분히 남는 장사
일세."

들릴 리 없는 우진의 목소리가 이소의 귀에 들려왔다. 이소
는 머릿속으로 들려오는 우진의 목소리를 애써 떨쳐 냈다.

"어쨌든 이 장로는 걱정 말고 편히 쉬시게. 무림맹은 이제
막 세상에 나온 아이일세. 힘은 부족하고 내외로 많은 문제를
안고 있지. 이 장로 같은 인재가 있어 얼마나 든든한지 몰
라."

그러나 실제로 들려온 우진의 말은 그보다 더 섬뜩한 것이
었다. 말이야 그럴듯하게 이소를 추켜세우고 있지만 기실 족
쇄를 채우겠다는 뜻이니 말이다.

"그 얘기 말입니다만⋯⋯."

자고로 거지란 천하에 가장 속 편해야 할 족속이다. 속세의
굴레, 각종 예와 법으로부터 벗어나기 위해 일신의 안위를 포
기한 자들인 것이다. 그렇게 보면 출가한 수도승과도 같은 자

들이 거지란 족속이다.

이는 이소도 예외가 아니었으니, 그 역시 어떻게 하면 좀 더 쉽고 편하게 살 수 있을지가 인생의 목표인 자였다. 비록 젊은 나이에 빼어난 무공을 지녀 사람들로부터 주목받고 개방의 장로에까지 올랐지만 이는 어디까지나 귀찮은 직함일 뿐이다.

다른 이들이라고 이소와 생각하는 게 다를까.

같은 항렬의 장로들은 물론 개방의 방주까지 이소의 등장에 쌍수를 들어 환영했고, 그에게 방의 일을 맡긴 채 사라졌다. 정확히 말하자면 귀찮은 일들을 피해 몸을 숨긴 것이지만. 그리고 남은 일들은 고스란히 이소의 차지가 되었던 것이다.

이소가 차대 방주를 뜻하는 후개라고 불리는 것을 싫어하는 것도 다 이런 연유에서였다.

"어쨌든 제가 책임을 져야 하지 않겠습니까? 무림맹의 직책과 권한을 모두 반납하겠습니다."

"그럴 수 없는 처지라고 내 방금 이야기했을 텐데."

우진은 한 모금 차로 목을 축였다.

"이 장로, 당금 무림이 어떤 상태인지 알고 있다면 자네가 어찌 그런 말을 할 수 있는가?"

"······."

"저 사파의 무리들은 지금 마왕의 이름 아래 하나로 모여

들고 있다네. 제마성이라고 허울 좋은 이름을 붙인 저 마왕의 속셈이 무엇인지 이 장로는 정녕 모른단 말인가?"

이소가 대답했다.

"정사일통(正邪一統). 무림 역사상 한 번도 나타나지 않았던 한 사람의 패자(覇者)를 꿈꾸고 있겠지요."

"그래. 그를 위해 마왕은 사파인들을 하나로 모으고 있고, 이는 무척 순조롭다고 하네. 그에 비해 우리 정파인들은 어떠한가? 서로를 믿지 못하고, 시기하고, 공명을 탐하다 보니 대비는커녕 자그마한 진전도 없지 않은가. 무리하게나마 내 무림맹을 발족하지 않았다면 영영 때를 놓쳤을 것이야."

"맹주께서는 정사대전(正邪大戰)이 일어날 것이라고 보고 계신 겁니까?"

"나는 마왕이 아니고, 정사일통의 야망 따윈 더더욱 가지고 있지 않다네. 나에게는 이 신창권문 하나로 충분하지. 하지만 적어도 우리가 우리를 지킬 수는 있어야지 않겠는가? 저 간악한 무리들이 힘을 모으고 있는데, 우리가 이처럼 뿔뿔이 흩어져 있다면 어떻게 당해낼 수 있단 말인가?"

우진은 잠시 숨을 고르고, 다시 말했다.

"그렇기 때문에 수왕의 지지를 얻어낸 이 장로의 성과는 무슨 말로 포장해도 모자랄 커다란 공일세. 그리고 그런 이 장로의 능력은 본 맹, 아니, 무림 전체를 위해 쓰여야 하는 게 당연하다는 게 내 생각일세."

이소는 고개를 저었다.

"맹주의 뜻은 백번 옳으나 저에 대한 평가는 그렇지 않군요. 실제로 교룡을 죽이고 수왕의 지지를 얻어낸 것은 제가 아니라 모용천, 그 친구입니다. 사실을 말하자면, 교룡을 퇴치하는 과정에서 저나 신 사부는 한 일이 아무것도 없다 해도 과언이 아니니까요. 모용천, 그 친구는 정말… 뭐라고 말해야 할지 모르겠군요."

모용천의 무위를 떠올리는 이소의 눈은 꿈을 꾸는 듯했다. 이제 더 이상 이소에게 있어 모용천은 '나이에 걸맞지 않은 무공의 소유자'가 아니라, 절대적인 고수가 된 것이다.

"그렇기 때문에 더더욱 이 장로가 필요한 걸세."

이소의 말을 들은 우진이 대답했다.

"무슨 뜻으로 하신 말씀인지 모르겠군요."

"자네도 알았겠지, 그가 천하에 보기 드문 기재(奇才)임을."

'기재라니, 너무 부족하다!'

그러나 이소는 속내를 드러내지 않고 묵묵히 우진의 다음 말을 기다렸다.

"그에게는 후기지수라는 말도 무색하다네. 그는 이미 한 사람의 완성된 절정고수라고 봐야 하지. 그렇기 때문에 이번 일에도 자네에게 그를 붙여 보낸 것이고."

"그것이 틀린 말이라는 겁니다. 딸려간 것은 그 친구가 아니라 오히려 이 거지이니까요."

"내 말을 끝까지 듣게."

힘차게 고개를 내젓는 이소에게 우진이 약간 위압적으로 말했다. 이제껏 고수해 온 차분한 어조가 일시에 달라져, 담 크기로 누구에게도 지지 않을 자신이 있던 이소도 움찔, 놀라며 입을 닫았다.

이소의 놀란 기색을 보고 우진은 만족스러운 얼굴로 말을 이었다.

"그의 무공은 분명 대단한 것이고, 그의 나이가 어리기에 더 대단한 것이지. 하지만 단순히 강한 무공의 소유자라서 그가 중요하다면 그건 아니야. 그가 중요한 까닭은 강한 무공에 걸맞지 않은 나이 때문일세."

어느 분야를 막론하고 높은 경지에 오른 고수들은 대개 그에 걸맞은 인품을 갖추게 된다. 일가(一家)를 이루기 위한 각고의 노력과 고뇌는 대개 인생과 우주의 원리(原理)에 대한 탐구로까지 승화되게 마련이고, 따라서 장인(匠人)이라고 불리는 이들은 대부분 그러한 과정을 거침으로써 제 분야를 넘어 하나의 완성된 인간상에 다가가게 되는 것이다.

그러나 모용천에게는 그러한 과정이 생략되어 있었다. 다른 이가 백 번 생각해야 할 것을 모용천은 한 번에 알았고, 응당 겪어야 했을 아흔아홉 번의 실패와 성장을 건너뛰었다. 그리하여 모용천은 어린 나이에 누구도 믿지 못할 성취를 이루었지만 그 성취에 마땅한 인격을 갖추지 못했다는 게 우진의 말이었다.

"힘이 거대하면 거대할수록 그것을 쓰는 자가 중요해지는 법일세. 지금 그는 철퇴를 휘두르는 어린아이와 같아. 이대로 놔두었다가는 남들뿐 아니라 자기 자신도 상하게 만들 걸세."

전부는 아니었지만 이소도 동감하는 부분이 있었다. 남만에 다녀오는 넉 달 가까운 일정 속에서 이소는 모용천이 절정의 고수이기는 하나 그 속은 또래의 젊은이나 마찬가지라는 점을 발견했던 것이다.

"그것은… 그렇다고 봐야겠지요."

그러나 기꺼이 동의할 수 없는 것은 우진의 말이 순수하게 모용천을 위하는 것으로 들리지 않아서이다. 또한 그것이 이소 자신을 옭아매기 위한 기재로 쓰일 것을 염려해서이다.

그리고 이소의 염려는 금세 현실로 돌아왔다.

"그에게는 곁에 두고 지켜볼, 훌륭한 선배가 필요하다네."

"그게 저란 말입니까?"

"수왕에게 다녀오는 동안 그는 어땠나? 자네를 무시하거나 곤란하게 만들지는 않았나?"

우진의 말을 듣고 곰곰이 생각해 보았으나 이소는 딱히 떠오르는 게 없었다.

"특별히 그런 일은 없었습니다."

"그렇다면 내 말이 맞는 걸세. 그는 자신의 힘을 모르고, 또 어떻게 사용해야 하는지도 모르는 자일세. 거기에 꽤나 자기 멋대로 행동하는 편이지."

"저는 전혀 모르겠습니다만."

"지난 비무대회를 기억하나? 그가 마왕의 아들을 손쉽게 제압했던 것 말이야."

비록 그 자리에 없었으나 온 무한이 그 일로 떠들썩했으니 이소가 모를 리 없었다. 이소가 그렇다고 대답하자 우진은 짐짓 심각한 표정으로,

"그때 우리는 마왕의 아들을 잡을 수 있었네."

하고 말했다. 그리고 이어 말하길,

"모용천, 그가 바르게 생각할 수 있었다면 말이지."

하는 것이었다.

"그게 무슨 말씀이십니까? 그 때문에 마왕의 아들을 놓쳤단 말입니까?"

"말 그대로일세. 마왕의 아들은 모용천의 장력을 견디지 못해 비무대 위에 쓰러졌고, 그런 마왕의 아들을 구하러 관음지가 뛰어들었지. 마왕의 아들을 짊어진 관음지의 뒤에는 이 사부와 내 제자들이 있었으니 퇴로는 없었지. 그런데, 바로 그 앞에 있던 모용천이 옆으로 비켜 그들에게 활로를 열어주었지."

황지엽을 제압한 모용천의 무용은 귀가 따갑도록 들었다. 그러나 이는 처음 듣는 이야기였으니, 이소가 놀라 물었다.

"그게 정말입니까? 아니, 대체 왜 그랬답니까?"

우진은 고개를 저으며 말했다.

"그에게는 아직 정사의 구분이 미흡한가 보더군. 마왕의 아들과는 단지 비무였을 뿐이고, 그 뒤의 일은 자신과 별 무관한 일이라 하지 뭔가."

"그가 비무대회에 참가한 목적은 모용세가를 다시 일으키기 위해서라지 않았습니까? 정말 이해할 수 없는 일이로군요."

모용세가를 재건한다는 것은 단지 세를 불리는 것을 말함이 아니다. 무림에 큰 영향력을 행사했던 오대세가의 일원으로 돌아가는 것. 그것은 곧 구파일방과 같은 종가로서 정파인들의 존경을 받아야 가능한 것이다.

모용천이 만약 그 자리에서 길을 비키지 않고 황지엽을 잡았더라면, 그의 명성은 지금과 비교도 되지 않을 만큼 높았을 것이다. 정파인들 사이에서 그의 명성이 높아지면 높아질수록 세가의 수복이라는 목표로 다가간다는 사실을 그는 몰랐던 것일까?

"그래서 내 말하지 않았던가. 그는 자신의 무공을 제대로 쓰는 법을 모르고, 자신의 목표를 위해 무엇을 해야 하는지도 모른단 말이야."

"……."

"그가 스스로를 정파인이라고 생각한다지만 아직은 알 수 없는 노릇일세. 제마성에서 자네들을 습격했을 때에, 과연 무엇을 노리고 했겠는가? 그럴 리 없겠지만 만에 하나, 그가 마왕의 꼬임에 넘어가면 어떻게 될 것 같은가?"

우진의 마지막 말이 이소의 가슴속을 날카롭게 찔렀다.

지금 당장 십왕에 비할 수는 없겠지만, 모용천은 그 아래 내로라하는 고수들과 능히 다툴 재간을 가지고 있다. 저 광정요검 은삼교마저 모용천에게 제압당하지 않았던가?

그럴 리야 없겠지만 모용천이 만약 저들의 꼬임에 넘어가 마왕의 편에 서게 된다면 그로 인해 늘어날 정파인들의 피해는 가히 가늠하기 어려운 것이다.

"그를 정도무림의 동량으로 키우기 위해선 자네가 꼭 필요하다네. 내 말 무슨 뜻인지 알겠나?"

"……."

미심쩍은 부분은 여전히 남아 있었으나 이소는 일단 말을 삼가기로 했다. 그가 생각하기에도 우진의 말이 일리가 있었던 것이다.

그만큼 이소의 눈에 비친 모용천은 불안한 존재였으리라.

대답을 얼버무리며 이소가 물러나고, 다시 들어와 우진의 앞에 선 자는 이치강이었다.

이제 신창권문의 부장문인에서 무림맹의 대소사를 주관하는 사부가 된 이치강의 얼굴에는 근심이 한가득이었다.

"종리가주에게 어떻게 전해야 할지 모르겠습니다. 수왕의 지지를 얻은 대가라기엔 너무 크군요."

수왕의 지지는 무형의 것이지만 종리세가는 당장 눈에 보이는 힘이다. 아무래도 이치강은 직접적인 세를 걱정할 수밖에 없었다.

"아들을 사지로 몰아넣은 것은 누구의 탓도 아닐세. 가주 본인이 원했던 일이 아닌가? 사상자가 나올지도 모르는 위험한 임무라고 나는 분명 만류했고 또 경고했네. 이게 다 종리가주의 책임이니 이 사부는 걱정할 것 없네."

우진은 대수롭지 않게 이야기했지만 이치강을 안심시키지는 못했다. 이치강은 더욱 근심스러운 얼굴로 반문했다.

"하지만 맹주께서 하시려는 일을 생각하면 종리가주가 순순히 받아들일지 의문입니다. 맹에 가입하지 않은 다른 세가에게도 반발이 심할 겁니다."

그러자 이제껏 온화한 표정을 유지했던 우진의 얼굴에 뜻밖의 감정이 떠올랐다. 지독한 혐오, 그리고 경멸.

우진은 내뱉듯이 말했다.

"훙! 그자들이 언제까지 제 밥그릇만 챙기며 살 수 있을 것 같은가? 어차피 오대세가라는 것도 누가 정해놓은 틀이 아닌데, 자리가 바뀔 수 있다면 그 수도 바뀔 수 있는 것 아닌가?"

"하지만 그렇다 해도……."

"어차피 내게 비급이 있는 이상 소림이나 무당도 언제까지 빼고 있지만은 못할 것 아닌가. 황 선배가 이대로 순조롭게 세를 불려 나간다면 더더욱 그럴 테니. 구파일방이 모두 무림 맹에 가입한다면 나머지 세가들도 자연히 따라올 걸세. 그렇게 되면 누가 감히 반대할 겐가?"

"아무리 그렇지만 오대세가의 이름은 무겁습니다. 맹주께서 섣불리 그 틀을 깨시겠다고 하면 어떤 일이 벌어질까 두려울 따름입니다."

오대세가.

구파일방과 함께 정도무림을 대표하는 다섯 가문.

단순한 무가(武家)를 넘어 그들을 하나의 세력으로 만든 것은, 무엇보다 동성(同姓)이라는 가장 근원적인 유대감에 있었다.

수백 년을 거듭 꼬아져 온 피의 사슬.

그 단단한 혈환(血環)에 의지해 시간을 먹고 자라난 세가라는 괴물은 자신과 닮은 괴물을 찾고, 서로에게 이끌려 만난 이들은 더욱 큰 고리로 제 세력을 공고히 하였다. 이것이야말로 오대세가라는 이름의 괴물이었으니, 이들의 자부심과 명예욕은 구대문파도 따르지 못할 정도였다.

"그렇다면 언제까지 저들의 오만을 두고 볼 텐가? 나는 이미 마음을 굳혔으니 더는 부언하지 말게."

"……."

그러나 우진이 단호하게 말하면 할수록 이치강의 불안을 부추길 뿐이었다. 그도 그럴 것이, 지금 우진은 저 오랜 세월 이어온 오대세가라는 그릇을 깨고 육대세가로 재편하겠다는 뜻을 가지고 있었다.

앞서 우진의 입을 통해 들었던 대로 작금의 무림맹은 반쪽짜리에 불과했다. 구대문파 중에는 소림과 무당, 화산이 동참 의사를 밝히지 않았으며 오대세가 중에는 겨우 종리세가가 뜻을 함께할 따름이었다. 그나마 제갈세가가 뜨뜻미지근하게 반쯤 발을 걸쳐 놓았을 뿐, 우진과 같은 십왕을 보유한 나머지 삼대세가는 시쳇말로 콧방귀도 뀌지 않는 실정이었다.

처음 우진은 삼대세가, 즉 세 사람의 왕을 어떻게든 끌어들이려 했다. 그러자면 우진이 허리를 숙이고 들어가야 할 터였고, 이는 이치강이 누누이 말해온 바였다.

"지금은 상황이 다르지. 우리에겐 그가 있지 않은가."

자신을 안심시키고자 우진이 들먹인 자가 모용천임을 이치강도 잘 알고 있었다. 이치강의 눈에도 모용천의 무위는 실로 경이적이라 할 만해, 기존 오대세가의 구도를 무너뜨리고 그들의 영향력을 희석시키는 구실로 삼기에 안성맞춤이라는 것은 인정하는 바였다.

우진은 모용천으로 하여금 무림맹의 이름 아래 최대한 많은 공을 세우게 할 작정이었다. 그럼으로써 명성이 높아질 대로 높아진 모용천을 이용해 오대세가를 압박하겠다는 것이 우진의 계책이었고, 모용세가를 포함한 육대세가로의 개편이야말로 정도무림을 무림맹이라는 질서 아래 하나로 묶을 수 있는 유일한 방도라는 것이 우진의 믿음이었다.

그러나 우진의 믿음과 달리 이치강은 주군의 그런 계책에 대하여 회의를 품을 수밖에 없었다. 모용천이 과연 우진의 뜻대로 움직여 줄지, 도무지 확신이 서지 않았던 것이다.

"……."

우진은 확신과 여유 가득한 얼굴로 침묵의 항명을 받아넘겼다.

"너무 걱정하지 말게. 내 다 생각한 바 있으니."

*   *   *

한편 이소와 함께 신창권문으로 돌아온 모용천은 전혀 뜻밖의 인물과 반가우면서도 석연치 않은 해후를 하고 있었다. 이제는 무림맹 본성이 된 신창권문에서 모용천을 기다리고 있던 자는 다름 아니라 그를 키워준 노복. 유 총관이었다.

"소가주! 이 늙은이가 얼마나 걱정한 줄 아십니까? 몸 성히 다녀오신 게 맞습니까? 어디 독충에 물리거나 몹쓸 걸 먹지는 않았습니까?"

유 총관은 그답지 않게 호들갑을 떨며 모용천을 맞이했다. 유 총관이 기다리고 있을 거라고는 생각지도 못했던지라 모용천은 반가우면서도 어리둥절해하고 있었다.

"몸이야 멀쩡하지요. 그런데 유 총관이 여기는 어인 일로 다 나오신 겁니까? 아버지는 어쩌고요?"

"어인 일이라니요? 소가주께서는 이 늙은이가 온 게 썩 탐탁잖은가 봅니다?"

"아니요, 아니요! 그럴 리가 있습니까? 제가 유 총관을 탐탁잖게 생각할 리 없지 않습니까."

유 총관이 눈살을 찌푸리자 모용천은 바로 목을 움츠렸다.

"제 말은, 이 먼 곳까지 어찌 오셨냐는 겁니다. 몸 성한 젊은이들도 쉽지 않은 길이니 유 총관 몸에 행여 탈이라도……."

"강호에 나왔더니 말만 많아졌군요그래."

유 총관은 모용천의 말을 자르고 제 할 말을 하기 시작했다. 천 리 길을 마다 않고 달려와 또 무슨 잔소리를 하려는 건지 모용천은 잔뜩 긴장하였는데, 뜻밖에도 찌푸린 눈이 바로 풀리고 사나운 미간의 주름 대신 눈가의 잔주름이 빙긋 웃는 것이었다.

"이 늙은이의 바람대로, 아니, 미처 기대하지 못했던 일을 하셨더군요. 비무대회에서 우승보다 더 큰일을 하시었단 소식을 듣고 제가 얼마나 기뻤는지 아마 상상도 못하실 겁니다. 소가주, 정말 자랑스럽습니다, 자랑스러워요! 이제 겨우 선대 가주들과 누워 계신 가주께 면목이 서겠습니다."

모용천의 기억 속에 유 총관은 항상 엄격하고 쉬이 칭찬하는 법이 없는 꼬장꼬장한 노인네였다. 그러나 지금 유 총관은 모용천을 진심으로 자랑스러워하며 칭찬하기에 여념이 없었다.

겨우 반년.

이십 년을 붙어 있다가 이제 겨우 반년 떨어져 지냈을 뿐인데 유 총관은 눈에 띄게 기력이 쇠하였고, 그보다 더 눈에 띄게 속이 누그러져 있었다. 조금이라도 보지 못한 새 달라지는건 아이나 노인이나 마찬가지였다. 다만 노인은 죽음으로 가속한다는 게 다를 뿐.

한바탕 늘어놓는 게 잔소리가 아니라 칭찬일진대, 어째서인지 서글픈 마음이 이는 건 그런 까닭일 게다. 모용천은 속으로 한숨을 쉬며 말했다.

"서신으로 다 전한 말이 아닙니까."

"서신이 어찌 이 기쁨을 다 전하겠습니까? 할 말은 많고 지면은 좁으니 보내놓고도 못내 답답한 마음뿐이었습니다. 이 늙은이가 잔소리만 하다 보니 다른 이야기는 하나도 못하지 않았소이까? 모르시겠지만 지금 소가주의 소식에 심양, 아니, 요령성이 떠들썩합니다그려. 모용세가에서 오랜만에 인물이 나왔다고 하니 이 늙은이도 어깨에 절로 힘이 들어가지 뭡니까."

원치 않은 일로 듣는 칭찬이라 마음이 불편하였으나 유 총관의 기뻐하는 모습이 또한 모용천에게 기쁨이었다. 하여 유 총관의 유난을 가만히 듣고 있었는데, 그 가운데 넘어갈 수 없는 말이 있었다.

"거기다 이제는 무림맹의 요직에 오르셨다고요. 남만에 다녀온 일에도 가장 큰 공을 세웠다 하니 이 늙은이는 이제 죽어도 여한이 없습니다요."

"요직이라니요?"

무림맹의 요직에 앉았다니, 다른 사람도 아니고 본인이 모르는 이야기지 않나. 모용천이 되묻자 유 총관은 허허 웃으며 대답했다.

"권왕, 아니, 무림맹주께서 이 늙은이에게 그리 말씀하셨더랍니다. 무림맹에 많은 고수들이 있지만 소가주를 따라올 자가 드물다고 말입니다. 지위는 나이가 아니라 능력에 맞아야 한다고도 말이지요."

"아니, 저기. 잠깐요, 잠깐만요."

모용천은 유 총관의 말을 끊고 물었다.

"유 총관, 혹시 직접 온 거 아니었습니까?"

그러자 유 총관은 정색을 하며 말했다.

"이 늙은이가 노망이라도 난 줄 아십니까? 아무리 기쁘다 한들 밖에서 큰일을 하고 있는 소가주를 뭐 하러 번거롭게 하겠습니까?"

"그럼……?"

"글쎄, 황송하게도 무림맹에서 이 늙은이를 데리러 세가까지 왔지 뭡니까? 제가 극구 사양했지만 한사코 아니라고, 소가주처럼 빼어난 인재를 길러내 무림에 빛을 가져다준 사례를 하고 싶다며 어찌나 성화를 해대던지… 이 늙은이가 고집을 꺾을 날이 올 줄이야 누가 알았겠습니까? 허허!"

정색을 하던 유 총관의 얼굴은 금세 풀어져 시종일관 웃음이 끊이지 않았다. 그와 마주하고 있던 모용천도 따라 웃고 있었지만 이쪽은 웃어도 웃는 게 아니었다.

"그랬습니까. 하하핫!"

"소가주 덕에 늘그막에 호강 좀 했습니다그려. 이 나이 되어서 호북엘 다 와보지 않나, 권왕… 아니지, 무림맹주를 만나보질 않나 말입니다."

"맹주와 직접 만나기도 했단 말입니까?"

"만나다마다요. 맹주께서 소가주를 얼마나 높이 평가하는 줄 아십니까? 고마워해야 해요. 고마워해야 하고말고요! 게다가 세가의 영광을 되찾는 일에도 큰 관심을 보여주셨지요.

어떻게 하면 분란을 조장하지 않으면서 세가를 과거의 자리로 되돌릴 수 있을까 말입니다. 이 늙은이의 세월은 헛되지 않았어요. 암, 헛되지 않았지, 않았어⋯⋯."

무진총주 석공은 말 그대로 먼지 한 톨 용납하지 않는 깔끔한 성격이기도 하거니와 사람 사이의 일을 무엇보다 귀찮아하였다. 따라서 그가 기거하고 있는 이 지하 무덤, 무진총은 진세의 어지러움으로부터 벗어나고자 하는 바람을 담아 지은 이름인 것이다.

그러나 바깥세상의 은원은 먼지와 같으니 매일같이 쓸고 닦아도 필히 들어와 쌓이게 마련이다. 더구나 요즘처럼 외부인의 출입이 잦으면 바깥의 더러운 때도 많이 들어오게 되니 석공의 심기가 편할 리 없었다.

"무진총주를 뵙니다. 그간 별고없으셨는지요."

지금 눈앞에서 포권의 예를 취하는 청년 또한 석공이 그토록 싫어하는 외부인이었다. 그러나 석공이 아무리 괴팍한 성미라도 이 청수한 귀공자에게만큼은 함부로 대할 수 없었다.

"이공자야말로 잘 지내셨소? 기도가 한층 출중해졌으니 본성의 큰 복이외다."

석공의 입에서 나온 말치고는 공손하기 그지없었다. 그러나 그럴 수밖에 없는 것이, 이 청년이야말로 무진총의 문을 열게 만든 자, 당금 무림에서 석공을 굴복시킨 유일한 자인 마왕의 아들, 황유극이기 때문이었다.

"과찬의 말씀이십니다."

황유극은 석공의 찬사를 가볍게 받아넘겼다.

"그래, 이 누추한 곳까지 어인 일로 오셨소?"

대답은 황유극이 아니라 그 옆에 서 있던 장년인에게서 나왔다. 표범같이 긴 허리를 가진 자, 관음지 허규였다.

"여기 이공자와 나는 주군의 명을 받들어 가는 길에 들른 바이오. 일공자가 임무 중 부상을 입어 이곳에 왔다는 연락을 받은 지 두 달이 넘었소. 그 뒤로 아무런 소식이 없고 본성으로 귀환하지도 않으니 어찌 된 영문인지 알기 위해서요. 대체 어떻게 된 일이오? 아직도 차도가 없는 거요?"

비록 황유극에게 공손히 대했다지만 절창에게도 제 성미대로 굴었던 석공이다. 하물며 허규에게야 말해 무엇 하리?

"차도가 없기는."

대답인지 혼잣말인지, 애매모호한 말을 남기고 석공은 뒤에 있던 제자에게 턱짓을 했다. 그리고 석공은 일언반구도 없이 몸을 돌려 어느 방 안으로 사라졌다.

"저, 저런……!"

명색이 제마성의 외오각주 중 수장이며, 그 이전에 관음지한 수로 강호를 떨게 한 허규다. 이런 수모를 당해본 적이 없는 것도 아니지만 그렇다고 익숙한 것도 아니다.

"외중각주께서 양해해 주십시오."

황유극이 조용히 허규를 달랬다. 두 사람이 아무리 귀한 몸이라 해도 이 무진총 안에서는 손님에 불과한 것이다.

"으음⋯⋯."

허규가 입술을 깨물며 성질을 누그러뜨리자, 기다리고 있던 석공의 제자가 입을 열었다.

"이쪽으로⋯⋯."

*　　　*　　　*

"왔느냐?"

오랜만에 보는 동생이었지만 황무기의 반응은 차갑기만 했다. 형의 성품이 본래 그러한 것을 알고 있었기에, 황유극은 오히려 안심했다.

"오랜만입니다. 몸은 좀 어떠신지요?"

"흥! 너도 내가 아직까지 빌빌거리고 있는 줄 알았던 거냐?"

"그럴 리가 있겠습니까?"

황유극은 슬며시 웃고, 따라 들어온 허규를 내보냈다.

"형제끼리 할 말이 있어서 그러니 잠시 자리를 피해주시지 않겠습니까?"

"그러지요."

그렇지 않아도 황무기의 불같은 시선이 부담스럽던 참이었다.

'저건 날 못 잡아먹어 안달이 났나? 왜 저렇게 보고 지랄이야? 허참!'

허규가 나가고 방문을 닫자, 황유극은 목소리를 낮추어 말했다.

"완쾌되신 지 얼마나 된 겁니까? 왜 연락도 없고, 돌아오지도 않으셨던 겁니까?"

"……."

"형님!"

황유극이 두세 차례 보채고서야 비로소 황무기의 입이 열렸다.

"너는 무엇이냐?"

"예?"

"너는 무엇이냐고 묻질 않았느냐?"

질문의 저의가 무엇인지 가늠할 길이 없어 황유극은 입을 다물었다. 황무기도 한참 말없이 그런 황유극을 바라보다 다시 이어 말하기 시작했다.

"네가 욕심이 없는 척하지만 그 속을 내가 모를 줄 아느냐? 말해보아라. 너는 무엇이냐? 너에게 야망이 있느냐? 너는 그저 마왕의 차남이냐, 아니면 제마성을 원하는 후계자이냐?"

"무슨 말씀을… 소제가 지금껏 마천상야공 삼단계에 머물러 있는 걸 알면서 그러시는군요. 자고로 왕자지재(王子之才)는 타고나는 것이라 했습니다. 그러니 소제와는 인연이 없는 건 누구보다 소제가 잘 알고 있지 않겠습니까?"

"그 말은 있는 야망도 닫아두었단 소리로 들리는구나."

"…마음대로 생각하십시오. 그런데 제 물음에는 왜 답해주시지 않는 겁니까?"

"물음? 아아… 그래, 그럼 내가 물어보자. 범이 아가리를 벌리고 있거늘, 내가 두 발로 걸어 들어가야 하겠느냐?"

"그게 무슨 말씀입니까?"

황유극이 얼른 이해하지 못해 되묻자, 황무기는 피식 웃으며 다시 말했다.

"크훗, 그럼 다른 걸 물어볼까? 너는 나와 삼제, 둘 중 누구의 편이냐?"

"형님!"

참지 못한 황유극이 크게 소리쳤다. 황무기가 지금 무슨 말을 하는 건지 이제는 너무도 잘 알았기 때문이다. 그러나 황무기는 오히려 황유극의 멱살을 잡고 코앞으로 끌어왔다.

목으로 전해지는 손아귀 힘에는 격한 감정이 실려 있었다. 당황한 황유극은 손을 뿌리칠 생각도 하지 못하고, 코앞에서 황무기의 부릅뜬 눈을 바라봐야 했다.

"잘 들어라. 진첩결, 그 늙은이가 나를 싫어하는 건 너도 알고 있겠지?"

끄덕.

황유극은 말 대신 고개로 동의를 표했다.

"그래, 그럼 그 늙은이가 내 대신 삼제를 선택했다는 것도 알고 있느냐?"

"선택하다니요? 그게 대체 무슨 뜻입니까?"

"잘 들어라. 나는 한 번 죽을 뻔했다. 그것도 남이 아닌 아군의 손에 말이다."

"……!"

뜻밖의 말에 황유극은 말문을 잃었다. 그러나 이번에는 황무기의 말속에 담긴 뜻을 정확히 알아낸 듯, 두 눈에 의문과 경악이 가득했다.

한참 말없이 배다른 형과 눈을 맞대던 황유극은 황망히 잡혔던 멱살을 뿌리치고 물러섰다. 순순히 놓아준 황무기는 서너 걸음 물러난 배다른 동생에게 말했다.

"진첩결, 그 늙은이가 부리기에 내가 편하겠느냐, 아니면 삼제가 편하겠느냐? 잘 생각해 보거라."

"아니, 그럼 부성주의 사주로 형님을 암살하려는 시도가 있었단 말입니까?"

물론 은삼교는 진첩결의 사주를 받지도, 황무기를 암살하려고도 하지 않았다. 그러나 진첩결이 애초부터 황종류의 후사로 장자보다 다루기 쉬운 셋째를 염두에 두고 있는 것은 사실이었고, 은삼교가 황무기를 제거하려 한 것도 사실이었다.

더구나 은삼교는 진첩결의 안배 아래 황지엽을 수행한 자들 중 하나였으니 황무기의 머릿속에서 어떤 지도가 그려졌는지 능히 짐작이 갈 것이다.

"아직 확실한 건 아니다. 아! 섭영귀가 나에게 입단속을 하라고 당부했건만!"

황무기의 말을 듣자 황유극은 문득 깨닫는 바가 있었다.

황무기는 손속이 잔인하고 다소 난폭할 뿐, 계책을 꾸민다거나 남의 속을 멋대로 미루어 짐작할 성품은 되지 않았다. 더군다나 그 정도의 의혹을 가지고 무진총에 눌러앉아 귀환하지 않는 것도 그답지 않은 처사였다. 황유극이 아는 황무기라면 당장 달려와 한바탕 소동을 벌였을 것이다.

'그럼 그렇지. 섭영귀가 뒤에서 부추긴 게 틀림없구나!'

그렇다면 섭영귀는 왜 황무기를 부추겼을까, 라는 의문이 따라붙었지만 지금으로선 어떤 예상도 할 수 없었다. 황유극이 섭영귀에 대해 아는 것이라고는 고작해야 외오각주 중 하나로, 사파의 거두라는 정도에 불과했으니까.

"…알겠습니다."

황유극은 재빨리 생각을 정리하고 말했다.

"너무 걱정하지 마십시오. 소제는 형님 편입니다."

황무기는 사람을 한 번 믿으면 끝까지 함께 가는 성품이었다. 그가 이미 섭영귀와 함께하기로 마음먹었다면 그를 건드리는 것이야말로 피해야 할 첫 번째 항목이었다.

"사람을 풀어 부성주의 동태를 살펴보겠습니다. 오늘은 도중(途中)에 들렀으니 일을 마치고 돌아오는 길에 다시 들르겠습니다."

"으음."

황무기는 고개를 끄덕이고 덧붙이기를 잊지 않았다.

"같이 온 자를 조심해라."

"관음지 말입니까?"

"그래. 그뿐 아니라 강호에서 삼제와 접촉한 자들은 모두 의심하고 봐야 할 것이야. 항불이나 혈랑귀도 같은 자들 말이다. 그리고 특히 요검, 그자를 조심해야 할 거야."

황무기가 이렇게 말하는 데에는 합당한 이유가 있다. 황무기는 허튼소리를 안 하는 게 아니라 못하는 사람이었고, 황유극은 그런 배다른 형을 잘 알고 있었다.

'요검에게 무슨 일을 당했나 보군.'

순식간에 여러 가지 가능성이 황유극의 머릿속을 스쳐 지나갔다. 황무기의 말대로 진첩결이 황종류와 다른 이들 모르게 황무기를 배척하고자 할 경우, 또는 진첩결과 관계없이 요검의 단순한 변덕으로 인한 행동이었을 경우(황유극의 생각에는 이 경우가 가장 그럴듯했다), 아니면 저 여린 황지엽이 실제로 독한 마음을 먹고 제 세력을 만들어 손위 형제를 제거하려고 했을 경우…….

고려해야 할 대상이 많은 만큼 경우의 수도 한이 없었다. 그 모두가 그럴듯했고, 동시에 허튼소리처럼 여겨졌다.

그러나 한 가지 확실한 사실은, 어떤 경우이든 황무기는 황지엽을 이미 적으로 상정했다는 점이었다. 무엇보다도 그 사실이 황유극의 마음을 아프게 했다.

"유 총관을 데려오다니, 대체 무슨 속셈입니까?"

권왕의 문을 쾅! 소리 내어 연 자도, 다짜고짜 큰 소리를 치는 자도 모두 모용천이 처음이었다.

"네놈이 감히 어느 안전이라고……!"

우진과 함께 향후 일정을 논하던 이치강이 놀라고, 또 화를 내며 소리쳤다. 그러나 문을 박차고 들어온 모용천이 한 번 사납게 쏘아보자 이치강은 자신도 모르게 입을 다물었다.

호북에 이름난 고수요, 뭇 강호인들의 존경을 받는 이치강이 손자뻘 되는 모용천의 기세에 눌려 입을 다물었으니 이만저만 수치스러운 일이 아니었다. 하나 수치심으로 달아오른 이치강의 얼굴보다 모용천의 얼굴이 더 붉게 물들어 있었다.

그러나 분노로 발갛게 달아오른 모용천을 앞에 둔 우진은 득의만만한 미소만 짓고 있었다.

그 미소가 모용천의 화를 더욱 부추겼다. 모용천은 눈에서 창이라도 튀어나갈 것처럼 우진을 노려보며 말했다.

"그 권왕이라는 잘난 이름으로 이 보잘것없는 놈 하나 마음대로 못하는 게 그렇게 고까웠습니까? 아니, 어쨌든 지금까지 저를 마음대로 부려먹지 않았습니까? 왜! 왜 유 총관을 여기까지 데려온 겁니까?"

우진은 모용천을 남만에 보내기 위해 유 총관의 서신을 받아온 적이 있었다. 그리고 모용천은 도야객으로부터 다섯 권의 비급을 되찾아왔는데, 이는 우진이 했던 기대 이상의 성과였다. 애초에 우진은 모용천을 잡아두기 위해 불가능한 과제를 낸 것이었다.

이는 우진으로 하여금 모용천이라는, 어느 날 하늘에서 떨어진 것 같은 존재가 자신의 계획에 필수 불가결하다는 확신을 심어주었다. 아니, 구파일방과 오대세가를 아우르고자 하는 자신의 포부를 이루고자 하늘이 내린 선물이라고 해야 옳은 표현일 것이다.

유 총관을 굳이 무한으로 데려온 것은, 물론 그럴 리 없겠지만 마음만 먹으면 언제라도 위해를 가할 수 있다는, 보다 직접적인 경고였다.

"왜 말이 없습니까!"

우진이 끝내 입을 열지 않자 모용천은 화를 참지 못하고 탁자를 내려쳤다.

"……!"

쾅! 하며 산산조각 났어야 할 탁자는 멀쩡했다. 대신 터엉!
소리와 함께 모용천의 몸이 뒤로 날아가는 것이었다.

부웅—

탁자 위에 모용천의 주먹이 내려쳐진 순간, 그와 동시에
모용천의 주먹이 닿은 지점의 반대편을 우진이 가볍게 올려
친 것이다. 우진은 정확히 같은 크기의 힘으로 내려치는 모
용천의 주먹을 받아냈으니, 탁자에는 실금 하나 가지 않았
다. 대신 제 힘을 고스란히 돌려받은 모용천의 몸이 날아간
것이다.

타탁!

모용천은 허공에서 몸을 돌려 천장을 찍고 바닥에 내려섰
다.

"……!"

바닥에 내려선 모용천은 잠시 말없이 우진을 노려봤다. 스
스로도 놀랄 만큼 가득했던 분노가 삽시간에 가라앉은 것이
다. 우진의 한주먹 속에 담긴 신위(神威)를 알아보았기 때문
이다.

"어째서……?"

방금 전까지 모용천을 사로잡았던 게 뜨거운 격정이었다
면, 이제는 차가운 의문이 머릿속을 지배하고 있었다. 그것은
모용천이 아직 어리기에 가능한 논리였다.

어째서.

"이런 신위를 지녔으면서 왜 나를 필요로 하는 겁니까? 이런 신위를 지녔으면서 왜 먼 땅의 촌로를 서슴없이 이용하는 겁니까? 나는… 정말 이해할 수가 없군요."

모용천의 말은 물음이라기보다 차라리 확인에 가까웠다. 모용천의 말에 우진은 대답하는 대신 주먹을 내밀었다.

슈슈슈슈슉!

가볍게 쥔 주먹은 빠르지도, 느리지도 않은 속도로 모용천을 향해 다가왔다. 두 사람 사이에는 세 걸음 정도 거리가 있었고 우진은 제자리에 서 있었다. 자연 우진이 내민 주먹은 모용천의 머리칼도 건드리지 못해야 옳았다. 그러나 우진의 주먹은 아주 완만히, 그러나 멈추지 않고 모용천을 향해 나아가고 있었다.

아니.

주먹이 나아가는 것이 아니었다.

주먹을 향해 모용천이 끌려들어 가는 것이었다.

"…하압!"

낮은 기합 소리와 함께, 홀린 듯 다가가던 모용천이 주먹을 내밀었다.

파파팟!

동시에 모용천의 몸이 제자리에 멈추고, 두 개의 주먹도 종이 한 장의 틈을 두고 허공에서 멈췄다.

"…이게 내 대답이다."

잠시 동안 이어진 침묵 속에서 우진이 짧게 입을 열었다.

"……."

모용천은 대답하지 않았다. 우진의 뜻을 알아듣지 못한 게 아니라 받아들일 수 없었던 게다. 그 속을 짐작했는지 우진이 다시 입을 열었다.

"내 주먹을 충분히 받아낼 수 있다면 한 몸을 지키는 데 충분할 테지. 그러나 나에게는 자네가 받아낼 수 없는 힘이 있다네. 바로 사람이라는 힘. 신창권문의 장문인으로서, 무림맹의 맹주로서 가지는 힘. 이 힘이 자네의 주변인들을 향했을 때, 자네가 감히 막아낼 수 있을 성싶나?"

"……."

자신을 지키기 위해서라면 한 몸의 무공으로 충분하다. 그러나 내 주변 사람들을 지키기 위해서 그것만으로 과연 충분할까? 유 총관을 굳이 무한까지 데려온 것은 그렇지 않다는 것을 모용천에게 알려주기 위해서였다.

나를 지키는 힘과 모두를 지키는 힘은 다르다.

그리고 우진은 내가 아니라 좀 더 큰 것을 지키기 위해 모용천이라는 힘을 필요로 하고 있다.

"나에게만 득이 될 이야기는 아닐세. 내가 자네를 얻게 되면, 자네 역시 나라는 힘을 얻게 되는 거지. 자네는 모용세가의 수복을 꿈꾸지만 그건 일신상의 무공으로 이룰 수 있는 게 아니야."

주먹으로, 그리고 말로.

우진의 뜻은 모용천의 귓가를 때리고 또 때렸다. 모용천도 우진의 뜻을 어느 정도 이해할 수 있었다. 그것은 모용천이 절창에게서 느끼고, 수왕 안남효에게서 느꼈던 바와 같은 맥락에서였다.

권왕과 수왕, 절창은 모두 개세의 신위를 가진 자들이었다. 그러나 그들은 각자 자신의 힘으로 할 수 없는 일을 하려 들었고, 또 하고 있었다.

수왕은 능히 홀로 교룡을 퇴치할 수 있었다. 그러나 숲의 주민으로서 자신들의 가치와 금제를 지키기 위해 무림맹의 힘을 빌려야 했다.

절창은 무공으로 할 수 없었던 일, 친구를 살리기 위해 마왕의 힘을 빌려야 했다.

권왕은 무엇인가를 지키기 위해 모용천의 힘을 빌리려 하고 있다. 아니, 가지려 들고 있다. 그것은 이해할 수 있는 동시에 받아들일 수 없는, 귓가에 그쳐 가슴으로 전해지지 않는 울림이었다.

"이제 그만하고, 내 힘을 받게. 그것이 자네와 자네 주변을 위한 길일세."

침묵이 길어지자 우진이 대답을 재촉했다. 정력적으로 빛나는 두 눈은 모용천에게 다른 선택지는 없다고 다그치고 있었다.

　하아.

　모용천은 짧은 숨을 토해내고 말했다.

　"내가… 무엇을 하면 됩니까?"

第二章
습격

"다 자네가 할 수 있는 일일세"

우진의 말은 그로부터 며칠이 지난 지금까지도 모용천의 귓가에서 떠날 줄을 몰랐다. 그리고 끊임없이 모용천으로 하여금 곱씹고 또 곱씹어 생각하기를 강요하였다. 이는 육신의 고통보다 더욱 모용천을 괴롭히는 일이었다.

'차라리 귀가 완전히 멀어버리는 편이 나았겠구나!'

아무리 생각해도 나지 않는 결론과 그럼에도 불구하고 우진의 말대로 행동해야 하는 지금이 얼마나 괴로웠던지! 모용천은 교룡의 노호에 잠깐 귀가 멀었던 시절로 돌아가 우진의 말을 아예 듣지 못했으면 어땠을까 생각할 정도였다.

"자네, 뭐 고민이라도 있나?"

수시로 바뀌는 모용천의 얼굴을 옆에서 지켜보던 이소가 결국 한마디 던졌다. 모용천은 퍼뜩 정신을 차리고 대답했다.

"아무것도 아니오."

"아무것도 아니긴. 요전부터 자네 얼굴에 먹구름이 껴서 걷힐 줄을 모르지 않나. 그러지 말고 이 거지에게 말해보게. 내가 자네보다 무공은 좀 못해도 경험은 풍부하지 않겠나."

"됐소."

"그러지 말고 말해보라니까. 자네 지금 내가 거지라고 무시하는 건가?"

"……."

"아무렴 십 년은 먼저 세상을 봤는데 자네 고민 하나 해결해 주지 못하겠는가? 내가 자네보다 밥을, 어디 보자… 하루 세 끼씩 치면 일 년에 대략 천백 바가지. 십 년이니 만 천 바가지는 더 먹은 게 아닌가! 이야, 내가 이렇게 밥을 많이 먹었어?"

손가락을 꼽아가며 이소가 탄성을 질렀다. 대꾸하지 말아야지 결심했던 모용천이 무심코 입을 열었다.

"거지가 하루 세 끼를 꼬박 챙겨 드셨소?"

이소는 실실 웃으며 대답했다.

"하루 한 끼도 먹고 다섯 끼도 먹고, 굶을 때도 있고 그런

거지 뭐. 먹을 수 있을 때에는 목구멍까지 차올라 더 들어갈
데가 없을 때까지 먹기도 하고 그렇다네."

"거지 팔자도 나쁘진 않구려."

모용천의 말은 조롱이 아닌 진심이었다. 과거 가세가 기울
어 빈곤이 극에 달했을 때. 모용천도 예사로 굶던 시절이 있
었다. 병석에 누운 가주와 어린 소가주를 남기고 고용인들이
모두 떠나가던 때에, 홀로 남아 두 주인을 거두었던 게 유 총
관이다. 당시에도 적지 않은 나이로 다른 집의 일을 하고, 그
품삯으로 두 주인을 먹여 살렸던 것이다.

그런 유 총관을 빌미로 나를 협박하다니!

또다시 생각은 우진으로 귀결되었다. 잠시 떠올린 과거, 유
총관으로 인해 평온해졌던 마음은 다시 요동치기 시작했다.
그런 모용천의 속도 모르고 이소는 한바탕 거지 예찬론을 읊
기 시작했다.

"사람으로 말하자면 저 위에 황제부터 정승, 대신, 장군, 판
관, 도사, 부사, 현령까지 한 숨으로 다하기 힘들 만큼 많은 관
직과 황족부터 귀인, 중인, 서인, 종놈까지 다섯 손가락으로
꼽을 만한 서열로 나눌 수 있지. 재산으로 따지면 또 어떤가?
부자와 가난한 이로 나눌 수도 있고. 하지만 어떻게 나누어도
근심없는 사람이 어디 있고, 걱정없는 사람이 어디 있겠나?
부자는 부자여서 걱정, 가난한 자는 가난해서 걱정. 관직이
높은 자는 저보다 낮은 자들을 걱정하고, 낮은 자는 저보다

높은 자들을 걱정하지. 가진 자들은 빼앗길까 걱정, 없는 자들은 없어서 걱정. 하지만 우리 거지는 그런 게 없지. 우리의 걱정은 오직 오늘 하루 끼니를 때울 걱정뿐이지. 천하를 내 집 삼고 하늘을 지붕 삼아 오로지 몸뚱이 하나 건사하면 그만이니 이보다 나은 팔자가 어디 있을까! 그래, 젠장!"

이소는 얼굴을 찌푸리며 한창 읊어대던 말도 안 되는 거지 예찬론을 욕으로 마무리했다. 자신이 바로 그렇게 편하다는 거지인데 편한 구석이 하나도 없는 것이다.

자신의 밑에는 개방이라는 조직에 속한, 천하의 수많은 거지들이 있는 것이다. 제 몸뚱이 하나 건사하면 편하다는 바로 그 거지가, 몇십만일지도 모를 거지들을 다 건사해야 하는 처지라니! 그것도 이소의 일이 아니라 이소보다 위에 있는 늙은 거지들의 일을 대신 하는 격이었으니 말이다.

게다가 지금은 또 개방을 대표하여 우진의 밑에 들어가 있고, 거지도 아닌 모용천을 건사(!)해야 하는 처지이니 이소의 마음도 편할 리 없었다.

'에잇, 짜증나!'

고민을 들어주겠다던 이소도 이제 얼굴을 찌푸리고 모용천과 나란히 말을 몰았다. 관도는 지평선 너머로 이어져 있었고, 양옆으로 막 깨어난 풀들이 파릇이 흔들리고 있었다.

남만에서 돌아온 모용천과 이소의 휴식은 길지 않았다. 무림맹이 수왕의 지지를 얻는 동안 제마성은 염왕을 끌어들였다.

이는 제마성과 무림맹이 제각기 십왕 중 한 사람을 얻었으니 겉으로는 득실이 없는 것처럼 보였다. 그러나 속을 들여다보면 명확한 차이가 있었으니, 무림맹이 얻은 것은 수왕의 지지라는 상징에 불과했으나 제마성은 염왕과 함께 서장화산이라는 실제 세력을 손에 넣은 것이었다.

이러한 사실은 아직 무림맹이나 제마성에 가담하지 않은 정사무림인들의 마음을 크게 뒤흔들어 놓았다. 제마성은 사파의 고수들을 끌어들이며 착실히 힘을 키워가는 반면, 무림맹은 반쪽짜리에 불과하다는 조롱을 들으며 제자리걸음만 하는 줄로 비친 것이다. 자연 사파인 사이에는 더 늦기 전에 제마성에 합류해야 한다는 조급함이 퍼졌고, 정파인 사이에는 어떻게든 무림맹에 힘을 실어줘야 하는 게 아니냐는 위기의식이 고조되고 있었다.

무림이라는 이름의 배가 이제 급류를 타기 시작한 것이다.

새외의 삼왕 중 거취를 정하지 않은 유일한 자, 빙왕 진하광도 선택을 강요당하고 있었다.

권왕을 중심으로 한 무림맹이냐, 마왕의 아래에 있는 제마성이냐.

이는 역사라는 거대한 흐름으로부터 받은 요구였기에, 저 도도한 북해빙궁의 주인도 더 이상 외면하고만 있을 수 없었다. 모용천과 이소는 그러한 빙왕의 선택을 도우라는 명을 받고 길 위에 오른 것이다.

그러나 모용천과 이소에게는 그보다 먼저 할 일이 있었다. 이들의 말 머리는 북해가 아니라 강소성 남경, 바로 종리세가를 향해 있었다.

"부고(訃告)는 미리 갔겠지?"

흔들리는 말 위에서 이소가 물었다. 모용천은 등 뒤에 멘 짐을 만져 보았다. 누런 천으로 감싼 긴 막대 모양의 짐은, 주인 아닌 자의 등에 매달려 쓸쓸히 예기를 감추고 있었다.

"가지 않았다면 검과 함께 전해주면 될 것이오."

모용천은 짧게 말하고 다시 고삐를 쥐었다. 이소는 그런 모용천을 바라보며 말했다.

"그나저나 정말 아쉬운 일일세. 그 막대한 공력을 제대로 써보지도 못하고 죽었으니 말이야."

종리상웅은 교룡의 내단을 먹어 가지고 있던 것의 몇 배나 되는 공력을 손에 넣었다. 그 깊이는 이소나 신유결도 놀랄 정도였는데, 결국은 그 커다란 공력이 화가 되어 목숨을 잃고 시신도 수습하지 못하게 된 것이다.

"자네가 지금 무슨 생각하는지 내가 맞춰볼까?"

대답없는 모용천에게 이소가 다시 말을 걸었다. 모용천의 입은 여전히 굳게 다물어져 있었다.

"첫 번째 교룡에게서 내단을 찾아주지만 않았어도 종리가의 도련님은 죽지 않았을 거라고, 그런 생각을 하고 있지? 그이가 죽은 게 자네 탓이라고 말이야. 안 그래?"

"……"

"아님 말구, 이 친구야."

이소는 멋쩍게 웃으며 모용천의 어깨를 툭, 쳤다. 모용천은 그제야 한숨을 내쉬며 말했다.

"그 말이 맞소. 내가 괜한 짓을 했다는 생각을 떨칠 수가 없소."

"너무 마음에 담아두지 말게. 다 제 팔자인 거지. 자네는 어디까지나 호의로 주지 않았나? 교룡을 쓰러뜨린 건 자네였고, 내단도 자네의 것인데 양보한 게 아닌가."

이소는 고개를 저으며 말했다. 모용천은 그를 듣는 둥 마는 둥, 말의 갈기를 쓰다듬었다.

"종리 형은 담백한 사람이었소. 비록 무공은 빼어나지 않았어도 심성은 곧았다고 생각했는데, 왜 그런 욕심을 부렸는지 모르겠소. 그만한 내공을 얻었으면서 대체 왜……."

혼잣말처럼 중얼거리는 모용천을 보며, 이소는 눈을 크게 떴다.

"왜 욕심을 부렸는지 모르겠다니, 자네, 정말 몰라서 하는 말인가?"

무림인이라면 무공에 대한 욕심이 끝없어야 정상이다. 모두가 평생을 바쳐도 도달하기 힘든 경지를 향하고 있으니, 그가운데 지름길이 있다면 누가 마다하겠는가?

그러나 모용천은 그러한 향상심을 가질 기회가 없었다. 벽에 부딪쳐 본 적이 없었기 때문에 뛰어넘고자 하는 마음을 몰랐다. 아무리 도전해도 넘을 수 없는 벽 앞에서의 좌절도 모르니, 당연히 종리상웅의 욕심 또한 이해하지 못하는 것이다.

"교룡의 내단을 복용하고 종리상웅의 내공은 단숨에 나나신 사부를 능가했다네. 자연히 그때까지 할 수 없던 동작들이 가능했을 테고, 한 단계 올라선 자신에 도취되었겠지. 그 달콤함을 상상해 보게."

"음… 잘 모르겠소."

모용천은 잠시 생각에 잠겼으나 이내 고개를 저었다. 이소는 그런 모용천에게 고개를 끄덕이며,

"범인을 이해 못하는 것이 자네 같은 자들의 공통점이지."

하고 은근한 미소를 짓는 것이었다.

어쨌든 모용천은 종리상웅에 대한 죄책감을 떨치지 못했다. 그는 서해영에 이어 두 번째로 사귄 또래의 친구였고, 두 달에 걸친 여행의 동반자였다.

종리창에 대해서는 씻을 수 없는 적의를 품고 있었지만, 그 아들인 종리상웅을 부친과 별개로 생각했던 것은 아버지와 다른 담백한 성품 덕이었다. 종리상웅의 그런 성품은 자신을

대할 때에도 어김없이 나타나 부족한 무학의 재능에도 크게 아쉬워하는 모습을 보이지 않았다. 모용천이 그의 행동을 이해할 수 없었던 것도 그러한 까닭에서였다.

이소 역시 사절단의 수장으로서 종리상웅의 죽음에 대해 일정 부분 책임감을 가지고 있었다. 더구나 우진이 어떠한 책임도 묻지 않았기에 마음의 부채는 더욱 심했으니, 단목신검을 굳이 직접 전해줘야겠다는 모용천을 따르는 것이었다.

그러나 두 사람의 뜻은 받아들여지지 않았다. 모용천과 이소는 종리세가의 기왓장 하나 보질 못했는데, 이는 이들의 소식을 들은 종리창이 미리 보낸 사람과 도중에 마주쳤기 때문이다.

종리창은 두 사람, 특히 모용천으로 하여금 강소성의 흙도 밟지 못하도록 엄명을 내렸다. 그를 받들어 밤낮없이 달려온 종리세가의 무사들은 결국 임무를 완수할 수 있었고, 일부러 돌아가는 길을 택한 모용천과 이소는 덕분에 시간과 발품을 덜 수 있었다.

그러나 안휘성과 강소성의 경계에서 말 머리를 돌리는 마음은 무겁기만 했다.

"종리가주를 조심하게."

안휘성(安徽省) 합비(合肥)를 지나며 이소가 던진 말이 의미

심장했다. 모용천은 짐짓 아무렇지도 않게 받아쳤다.

"조심하고 말 게 뭐 있소?"

"이런이런, 내 그날 종리창이라는 자의 심계가 얼마나 음험한지 이야기했는데도 그리 무심하단 말인가? 그런 자에게 이제 원한까지 입게 되었으니 각별히 조심해야 할 거란 말이야."

종리세가의 가주 종리창에게는 자녀가 둘뿐이었는데, 종리상웅은 유일한 사내라 차대 가주가 되어야 할 몸이었다. 자연 종리창이 아들에게 거는 기대와 사랑은 극진하기 이를 데 없었던 것이다.

그런 아들이 죽었으니 남은 아비의 마음이 어떨지는 보통 상상하기 어려운 일이다.

그러나 애끓는 마음이 사나운 적의로, 비통한 가슴이 격렬한 증오로 바뀌는 순간은 누구나 상상할 수 있는 일이다. 더구나 제 아들을 남기고 살아 돌아온 이들 중 눈엣가시 같은 모용천이 있으니 이소가 걱정하는 것도 당연했다.

길은 합비를 지나 육안(六安)으로 이어져 있었다. 점심을 먹은 지 한참이나 날은 아직 밝았고, 어디선가 솔솔 훈풍도 불어왔다. 모용천은 대답 대신 중얼거렸다.

"종리가주보다 먼저 조심해야 할 게 생겼군."

"뭐?"

"이 장로야말로 조심하시오."

무슨 말인지 몰라 되묻는 이소에게 모용천은 손가락을 들어 보였다. 손가락은 길 저편에서 점점이 다가오는 인영을 가리키고 있었다.

"저건……!"

안력을 돋우어 본 이소의 안색이 어두워졌다. 길 저편에서 다가오는 자들의 면면을 확인한 것이다.

점이었던 것이 사람의 형상을 갖추고, 식별이 가능할 때까지는 그리 긴 시간이 필요하지 않았다.

봉두난발의 중과 송아지만 한 늑대를 낀 거인.

항불과 혈랑도객이었다.

*   *   *

항불과 혈랑도객은 느긋한 표정으로 걷는 모양이었지만 다가오는 속도는 보통 빠른 게 아니었다. 이소는 모용천에게 고개를 돌렸다.

"저들도 자네에게 용건이 있는 자들인가?"

모용천은 입술을 지그시 깨무는 것으로 대답을 대신했다. 한동안 보이지 않아 마음을 놓았건만, 잊을 만하면 다시 나타나는 저들의 행태가 실로 지긋지긋했다.

모용천은 말 머리를 뒤로 돌리며 말했다.

"일단 피하는 게 좋겠소."

그 말을 들은 이소도 즉각 말 머리를 돌렸다. 모용천이라 해도 저 두 사람을 동시에 상대할 수는 없는 노릇이니 말이다.

방향을 돌리던 말이 모용천을 태운 채 앞발을 들며 놀라 소리쳤다. 어느 틈에 다가왔는지, 몇 마리 늑대가 뒤를 막아선 것이다.

쉬익—

모용천의 검이 번뜩이고, 놀란 말에게 달려들던 늑대 두 마리가 괴성을 지르며 떨어져 나갔다. 그러나 곧이어 달려든 늑대들이 말의 앞다리를 물어 넘어뜨렸다.

쿠웅!

말의 육중한 몸이 바닥으로 쓰러지고, 그전에 모용천도 바닥에 내려앉았다.

크어엉!

바닥에 내려앉으며 휘두른 검로 위로 붉은 꽃이 피고, 두 마리 늑대가 단말마의 비명을 지르며 쓰러졌다. 그러나 네 마리 늑대의 시체 뒤로 열 마리, 아니, 스무 마리도 넘는 늑대 떼들이 모용천과 이소를 둘러싸고 있었다.

퍽! 퍼퍽!

이소 역시 같은 처지라, 들고 있던 죽장으로 때려눕히기에도 한계가 있어 늑대들에게 물린 말을 버리고 땅 위에 내려섰다.

휘익!

이소는 죽장을 매섭게 휘둘러 늑대들을 뒤로 물리고 모용천의 옆에 섰다. 언제 다가왔는지 모르게, 눈앞에는 온통 늑대들로 가득했다.

그르르르르……!

늑대들은 허연 이를 드러내며, 그러나 섣불리 다가오지 않고 동료들의 시체 밖에서 모용천들을 위협하고 있었다. 그러는 사이 두 사람을 태우고 먼 길을 왔던 말들은 굶주린 늑대들의 먹이가 되어 사지를 늘어뜨렸다.

"이거, 피하기는 틀린 것 같군."

죽장 끝으로 제 머리를 때리며 이소가 말했다.

"……."

모용천은 말없이 늑대들을 노려보고, 다시 고개를 돌렸다. 항불과 혈랑도객은 어느새 시척에 와 있었다.

"오랜만이군. 그간 잘 지냈는가?"

친근히 인사를 건네지만 그 속에 무슨 뜻을 품고 있는지 알 길이 없었다. 그러나 모용천은 의연히 혈랑도객의 인사를 받아넘겼다.

"방금 전까지는 잘 지낸 것 같소만."

"하하핫! 앞으로도 잘 지낼 수 있을 여지는 충분하네! 우리 말만 잘 들으면 말이야."

혈랑도객은 웃으며 말했다. 그 모습에 여유가 넘쳐흐르니, 이번에야말로 모용천을 잡겠다는 확신이 선 듯했다.

"너 이놈, 잘 만났다, 잘 만났어! 어디, 오늘 제대로 결판을 내보자!"

혈랑도객의 앞으로 한 발 나서며 항불이 호기롭게 외쳤다. 지난날 장력 대결에서 물러난 것이 못내 마음에 걸렸던 탓이다.

그러나 모용천에게는 항불의 호언장담이 우습게만 보였다. 그날에도 항불이 자리를 뜨지 않고 끝까지 싸웠다면 승리는 모용천, 자신의 것이었을 게다. 항불도 그것을 알고 물러났으면서 이제 와 결판을 내자니 뻔뻔하기가 이만저만이 아니었다.

"흥! 혼자서는 찾아올 배짱도 없는 주제에 결판은 무슨 결판? 소림에서는 그렇게 가르치나 보지?"

"뭐, 뭣이라?"

항불은 파계한 이래 사문인 소림과 거리를 두고 살아왔다. 하고 싶은 일은 무엇이든 원하는 대로 하며 살아온 그이지만 소림사가 있는 하남성에는 얼씬도 하지 않았고, 동문과 엮이는 일은 눈길조차 주지 않았던 것이다.

그만큼 파계승이 되어 사파의 인물이 된 항불도 가슴 언저리에는 사문에 대한 존경심을 남겨두었던 것이다(기실 그의 앞에서 감히 소림을 언급한 이가 없기도 했다).

"이봐!"

모용천이 항불을 자극하고 나서자 이소가 깜짝 놀라 돌아보았다. 모용천은 태연하고 항불은 얼굴이 붉다 못해 파랗게 달아올랐다.

"진정하시오."

당장에라도 모용천을 잡아 족칠 기세였던 항불을 혈랑도객이 막아섰다.

"우리가 할 일은 저자를 잡아가는 것이오."

"…안다, 알아!"

금방 뛰쳐나가려던 항불은 혈랑도객의 말에 화를 거두었다. 그러는 사이 대체 이 많은 늑대들이 어디서 온 건지, 모용천과 이소를 둘러싼 포위망은 더욱 두터워지고 있었다.

그르르르……!

혈랑도객의 옆에서 모용천을 노려보던 혈랑의 눈도 사납기만 했다. 종남산에서 당한 굴욕을 기억하고 있는 것일까? 말 못하는 짐승도 그 원한은 사람과 다를 바 없었다.

"너도 진정하거라."

혈랑도객은 송곳니를 드러내며 위협하던 혈랑을 쓰다듬으어 진정시키고 모용천에게 말했다.

"자네도 우리가 지겹지? 우리도 마찬가지일세. 피곤하게 굴지 말고 순순히 따라오는 게 서로 좋은 일이 아니겠나?"

그러면서 혈랑도객은 혈랑의 털을 세차게 털었다.

"하긴 우리가 피곤할 일은 없겠지만 말일세."

아우우우우우—

주인의 말이 끝나기 무섭게 혈랑이 하늘을 향해 울부짖었다. 그러자 마치 명령이라도 받은 듯, 모용천과 이소를 둘러싼 늑대들이 일제히 혈랑을 따라 울기 시작했다.

아우우우우우—

백 마리도 넘는 늑대 떼가 입을 모아 우는 소리에는 알 수 없는 힘과 귀기마저 서려 있어 모용천과 이소의 마음을 흐트러뜨리기에 충분했다. 온몸을 진동시키는 소리는 마치 고수의 음공과도 같아, 가히 지난날 모용천의 귀를 잠시 멀게 했던 교룡의 노성과도 견줄 정도였다.

"크윽!"

이소는 두 귀를 막으며 고통을 호소했다. 모용천은 두 눈을 부릅뜨고 울음소리가 그치기를 기다렸다.

이윽고 늑대들이 울기를 멈추었다. 이들을 지휘하는 혈랑과 그 주인인 혈랑도객의 득의양양한 얼굴이 놀랍도록 흡사했다.

"혈랑은 뭇 늑대들의 왕이지. 고맙게도 나를 위해 힘써주었지 뭔가? 자, 어서 검을 버리고 우리를 따라오게."

모용천을 잡아가는 것은 항불과 혈랑도객, 두 사람의 힘으로도 가능한 일이었다. 그러나 모용천이 끝까지 반항할 경우 두 사람이 입을 피해도 만만치 않을 것임은 어렵잖게 예상할 수 있었다. 최악의 경우 모용천을 산 채로 제압하지 못하거나, 둘 중 하나가 죽을 수도 있는 것이다.

관음지나 섭영귀와 달리 수하들도 없었던 탓에, 그들은 결국 혈랑의 힘을 빌기로 했다. 혈랑 역시 영수(靈獸)라고 불릴 만한 놈이라, 중원 어디를 가도 늑대들을 제 뜻대로 부릴 수 있었던 것이다.

그르르그르……!

어쨌든 벌건 대낮에 백 마리도 넘는 늑대 떼가 언제라도 달려들 기세로 그르렁거리고 있는 모습은 실로 무시무시하기 짝이 없었다. 느긋하고 담대하기로 유명한 이소도 온몸이 식은땀으로 흠뻑 젖어 있었다.

"이 선배."

그런 이소에게 모용천이 말했다.

"저들은 늑대들로 우리 힘을 빼놓은 뒤에야 나설 것이오. 그러니 초반에 틈을 봐서 먼저 달아나시오. 선배를 쫓지는 않을 테니."

"뭐? 그럼 자네는?"

이소는 뜨악한 표정으로 반문했다. 모용천은 굳은 얼굴로 대답했다.

"저들이 날 해칠 생각은 없으니 어떻게든 되지 않겠소?"

혈랑도객이 웃으며 끼어들었다.

"자네가 순순히 우리를 따르면 거기 거지 장로님에겐 손가락 하나 대지 않겠다고 약속하지."

"헛소리!"

일갈하며, 모용천은 혈랑도객과 항불을 향해 늑대 시체 하나를 차 날리고 동시에 몸을 날렸다.

"이놈이 끝까지!"

항불이 호통치며 날아오는 늑대 시체에게 일장을 날렸다. 콰앙! 소리와 함께 늑대의 시체가 옆으로 날아가고, 그 뒤를 따르던 모용천의 검이 번뜩였다.

"허업!"

카앙!

항불의 목을 노리던 모용천의 검로를 혈랑도객의 거도가 막아섰다. 쉿소리와 함께 불꽃이 튀고, 모용천의 신형이 뒤로 물러나나 싶더니 손에 들린 검은 곧바로 혈랑도객을 향했다.

'정말 어처구니없는 놈이군!'

순식간에 여덟 곳의 요처를 노리는 검격을 받아내며 혈랑도객은 속으로 부르짖었다. 자신과 항불이 있고, 뒤에는 백여 마리 늑대 떼가 있다. 모용천이 순순히 잡힐 리 없는 만큼 늑대들과 먼저 싸우게 하여 힘을 빼놓자는 생각이었건만, 뒤도 보지 않고 먼저 자신들에게 달려들 줄은 미처 몰랐던 것이다.

카앙!

강렬한 충격이 도신을 타고 혈랑도객의 손으로 전해졌다. 찰나의 순간, 흔들리는 마음을 모용천이 놓치지 않고 파고들었다.

크어엉!

주인의 위험을 알아챈 혈랑이 커다란 몸을 날렸다. 혈랑의 흉포한 이빨이 모용천의 왼쪽 옆구리를 향하니, 모용천도 어쩔 수 없이 검끝을 돌렸다.

쉬익!

크어어어엉!

아래에서 위로, 모용천의 검이 지나간 자리에 붉은 꽃이 피어났다. 동시에 모용천의 좌장이 반대편 옆구리를 감싸며 항불의 우장과 맞부딪쳤다.

콰앙!

펑음과 함께 모용천의 몸이 왼쪽으로 날아갔다.

크엉!

크어엉!

석 장을 날아간 모용천이 신형을 바로잡음과 동시에 주변에 있던 늑대들이 비명을 지르며 쓰러졌다. 야생의 피도 모용천의 검속을 따르지는 못한 것이다.

"어서! 무얼 하고 있소!"

그러면서 모용천이 크게 소리쳤다. 급한 목소리 아래 뒤틀린 기혈이 끓어오른다. 셋으로 나누어진 정신이었으니 항불의 장력을 당해내기 힘든 게 당연했다.

"으, 으음!"

혈랑도객이나 항불이나, 이소와는 격이 다른 고수였다. 모용천과 저들의 싸움에 끼어봤자 도움은커녕 방해만 될 것을 알면서도 이소는 머뭇거릴 수밖에 없었는데, 우진의 말을 듣고 난 후 생겨난 쓸데없는 책임감 탓이었다.

한 박자 늦게 이소가 죽장을 휘두르며 늑대 떼 사이로 뛰어들었다. 왕의 명령을 기다리며 대기하던 늑대들도 죽장에 나가떨어지는 동료들을 두고 보지 못하고 달려들기 시작했다.

크아앙!

크엉!

거품 섞인 침과 피가 튀고, 이소의 죽장이 휘돌며 구체를 형성하는 가운데 뼈 부러지는 소리가 비명에 섞여들었다. 개방의 거지라면 누구나 하나쯤 가지고 있는 타구봉(打狗棒)이 타낭봉(打狼棒)으로 바뀌는 순간이었다.

이소 역시 젊은 나이에 개방의 장로가 된 일류고수였다. 혈랑도객이나 항불이 끼어들지 않는다면 늑대들이 아무리 많아도 이소를 어쩌지 못할 것이었다.

'이 둘만 막고 있으면 되겠군.'

그렇게 생각한 모용천에게 적의에 찬 시선이 꽂혔다. 바로 혈랑도객이었다.

"이노옴……!"

혈랑도객의 얼굴이 잔뜩 일그러져 있었다. 그의 품 안에는 한쪽 눈 위에 자상을 입은 혈랑이 고통에 몸부림치고 있었다.

"네가 감히… 너 이놈!"

혈랑도객은 얼굴이 험상궂고 체구가 커 겉보기에 위압적

이었지만 모용천이 만나본 제마성의 인물들 중에서는 그나마 말이 통하는 자였다. 항불이나 요검에 비하자면 그야말로 양식이 흘러넘치는 교양인이라 해도 과언이 아니었는데, 지금의 혈랑도객은 그런 모용천의 생각을 완전히 바꿔놓았다.

"감히 혈랑에게 상처를 입히다니!"

혈랑도객은 크게 소리치며 모용천에게 달려들었다. 별다른 보법을 쓰지 않아도 성큼성큼, 긴 다리가 두 사람의 거리를 삽시간에 줄여놓았다.

콰앙!

"크윽!"

예기치 못한 일격에 놀라 모용천도 신음 소리를 냈다. 오른발이 반 치가량 땅을 파고들었다.

충격이 채 가시기 전에 혈랑도객의 거도가 다시금 모용천의 정수리 위로 떨어졌다. 예의 저 마구잡이의, 그렇기 때문에 상대하기 난감한 공세가 폭우처럼 쏟아졌다.

콰앙! 쾅! 쾅!

모용천의 검 위로 떨어지는 거도는 차라리 커다란 바위와 같았다. 거도와 검이 부딪친 지점은 선과 선이 만나는 점이었건만, 그 위로 내리꽂힌 힘은 주인의 분노가 실린 면이나 다름없었다.

때문에 거도와 검이 내는 소리는 날카롭다기보다 둔탁한 것이었다.

콰앙!

다시 한 번 둔탁한 충격이 모용천의 몸 안에 고루 퍼졌다. 동시에, 모용천은 이를 악물고 텅 빈 혈랑도객의 옆구리를 걸어찼다.

퍼억!

분노로 눈이 돌아갔다 해도 고수는 고수. 텅 비었다고 생각한 옆구리를 어느새 여인네 허리만 한 팔뚝이 보호하고 나섰다. 그러나 모용천의 퇴법에 실린 힘도 무시 못할 정도라, 거도의 움직임이 한순간 멈추고 말았다.

그것은 또한 한 번의 퇴법으로 모용천이 얻고자 했던 효과였다. 아주 미세한 틈이어도 비집고 들어가기에는 충분한 것이다.

쉬익—

모용천의 검이 날아 혈랑도객의 뺨에 긴 자상을 입히고, 동시에 푸른 기운이 일렁이는 좌장이 바위 같은 가슴을 강타했다.

"으헉!"

한 움큼 피를 토해내며 혈랑도객의 거구가 비틀거렸다. 모용천의 검이 연이어 혈랑도객의 목으로 파고들었다. 그 순간!

쉐에엑—

'이런……!'

누런 기운을 발하며 항불의 쌍장이 모용천을 핍박해 들어왔다. 혈랑도객에게로 내민 검을 회수하지 못하고, 모용천은 황급히 몸을 돌렸다.

콰앙!

굉음과 흙먼지를 날리며 모용천의 몸이 요란하게 날아갔다. 그 기세가 워낙에 강해, 미처 피하지 못한 늑대들이 모용천을 몸으로 받아낸 꼴이 되었다.

크엉!

모용천의 몸에 깔린 늑대들이 비명을 지르고, 그 주변에 있던 늑대들이 일제히 달려들었다.

"크윽!"

항불의 막대한 장력을 고스란히 받아내었으니 무사할 리 없었다. 모용천 역시 피를 토하며 정신없이 검을 휘둘렀다. 달려든 늑대 몇 마리가 모용천의 검에 쓰러졌고, 동료의 시체를 넘어 또 다른 늑대들이 모용천을 덮쳤다.

크아앙!

동료들의 피비린내에 취했는지 눈이 뒤집힌 늑대가 아가리를 벌리며 달려들었다. 모용천은 몸을 일으키며 대응하려 했으나, 검을 쥔 손이 움직이지 않았다. 역겨운 침 냄새를 풍기며 늑대의 이빨이 모용천을 물어뜯으려는 순간,

콰직!

소리와 함께 내리꽂힌 죽장이 늑대의 긴 주둥이를 꿰뚫고 턱 아래로 나왔다.

"하압!"

기합 소리를 내며 이소가 늑대를 뀐 채로 죽장을 휘둘렀다. 죽장 끝에 꿰인 늑대의 몸에 맞아 모용천에게 달려들던 다른 서너 마리의 늑대들이 깨갱 소리를 내며 나가떨어졌다.

"한 번 더!"

이소는 경쾌하게 소리치며 죽장을 멈춰 세웠다. 죽장을 따라 허공을 돌던 늑대가 그 반동으로 쑥 떨어져 날아갔다. 턱에 난 구멍으로 바람 소리를 내며 날아간 늑대는 제 동료들을 후려치고 쓰러져 일어날 줄을 몰랐다.

"괜찮은가?"

죽장을 휘둘러 늑대들을 물리고, 이소가 물었다. '쿨럭!' 기침과 함께 막힌 기혈을 뚫고 모용천은 자리에서 일어났다.

"왜 돌아왔소?"

도와줬는데도 대뜸 하는 소리가 이거라니. 이소는 예상했다는 듯 실실 웃으며 말했다.

"원, 사람 성질하고는. 뒤를 보게."

이소의 말이 떨어지기 무섭게 늑대들의 비명 소리가 연이어 들려왔다. 돌아보니 흰 옷을 입은 사내 십여 명이 늑대 떼 사이에서 검을 휘두르고 있는 게 아닌가?

크어어어어엉!

크워어어!

순식간에 이십여 마리의 늑대가 바닥에 쓰러졌다. 네 발로

선 늑대가 아직 많았지만, 사나웠던 기세는 눈에 띄게 누그러
져 있었다.

"저들은 대체 누구요?"

백의인들의 검은 하나같이 유려하고 정밀해, 정확히 일검
에 한 마리씩 늑대들을 쓰러뜨리고 있었다. 놀란 모용천이 물
었지만 이소는 대답없이 달려드는 늑대의 머리통을 부쉈다.

크워엉! 크엉!

노기 찬 울음소리가 나고, 성한 늑대들은 약속이라도 한 듯
뒤로 물러났다. 그들의 왕, 한쪽 눈을 잃고도 의연히 선 혈랑
이 지시를 내린 것이다.

"……."

늑대 떼가 물러난 자리는 한바탕 광풍이 몰아쳤는지 늑대
시체와 혈흔으로 엉망이 되어 있었다. 그 속에서도 백의인들
은 절도있게 서서 검진을 형성하고 있는데, 누구 하나 긴장을
푸는 이가 없었다.

그중 한 사내가 소리쳤다.

"남궁세가의 땅 위에서는 세가의 허락 없이 어떠한 다툼도
있을 수 없다! 모두 무기를 버려라!"

*　　　*　　　*

검진의 중심에 위치한 사내는 삼십을 전후한 나이로, 몹시

수려한 외모에 형형한 눈을 가지고 있었다. 무엇보다 사내에게서 피어오르는 기운은 한 자루 명검인 양 날카로워, 이미 한 사람의 일류고수임을 알 수 있었다.

모두 무기를 버리라고는 했지만, 사내의 눈과 검은 명백히 항불과 혈랑도객을 향해 있었다. 잔뜩 일그러진 얼굴로 항불이 소리쳤다.

"마왕의 역사에 남궁세가 따위가 끼어들다니! 너희 애송이들이야말로 검을 버리고 썩 꺼지지 못하겠느냐!"

웅혼한 내력이 실린 항불의 노성에 백의인들의 옷자락이 펄럭였다. 중심에 서서 소리친 자를 제외하고 항불의 말대로 대부분 이십대, 홍안의 젊은이들로 구성된 백의인들은 그러나 두려워하는 기색 없이 의연한 표정을 유지하고 있었다.

먼저 소리친 사내가 대답했다.

"마왕이 무엇을 하든 우리와는 무관하다. 하나 세가의 땅 위에 이루어지는 모든 일은 세가의 뜻에 부합되어야 할 터이니, 따르지 않겠다면 피를 봐야 할 것이야!"

잘 벼려진 검 같은 사내는 항불과 혈랑도객을 앞에 두고도 두려워하는 기색이 없었다. 그 당당함이 오히려 의구심을 불러일으켰는지, 항불도 섣불리 손을 쓰지 못하고 있었다.

과연 사내의 당당함은 허세가 아니었다. 멀리서부터 말발굽 소리가 들려오는데, 지축을 흔드는 소리가 기십은 족히 넘을 것 같았다.

"이노옴……!"

항불은 사내와 모용천을 번갈아 보며 이를 갈았다. 두 손에 생생한 감촉은 쌍장이 제대로 들어갔음을 말해주고 있었다. 모용천의 안색 역시 어두웠으니 적지 않은 내상을 입은 게 확실했다. 항불은 지금이라면 혼자서도 모용천을 능히 제압할 수 있다는 확신이 들었다.

게다가 두 사람은 이제 그만 제마성으로 귀환해야 했다. 모용천을 잡든 잡지 못하든, 더는 두 사람의 공백을 방치할 수 없다는 게 진첩결이 내린 결론이었다. 이들이 제마성을 떠난 뒤 해가 바뀌고 두 계절이 지나갔으니 어쩌면 당연한 조치였다.

항불은 힐끗 혈랑도객을 돌아봤다. 혈랑도객 역시 모용천의 일장에 맞아 온전한 상태가 아니었다. 겉으로는 모용천보다 더 중해 보이는 것이다.

"…흥!"

물론 항불이 혈랑도객을 살펴야 할 이유는 없었다. 코웃음친 항불의 신형이 순간 모용천에게로 쏘아졌다.

"피하시오!"

작정하고 달려드는 항불의 기세가 보통 흉험한 게 아니었다. 모용천은 다급한 나머지 이소를 발로 차 밀고, 항불을 향해 검을 뺐다.

휘리릭!

항불의 우측 소매가 모용천의 검신을 감고, 좌장이 모용천의 어깨를 강타했다.

탁!

순간 모용천은 검을 놓고 어깨를 노리는 항불의 손목을 쳤다.

치이익!

항불의 일장이 빗겨 나가며 모용천의 옷을 찢었다. 소매에 감긴 채 허공에 뜬 검은 어느새 모용천의 왼손 안에 들어가 있었다.

촤악!

모용천의 왼손을 따라 검이 몸을 흔들고, 그를 구속했던 소매가 천 갈래로 찢어졌다. 항불의 단단한 팔뚝이 훤히 드러났다.

팍! 파팍!

그러는 사이 모용천의 오른손과 항불의 왼손이 허공에서 얽히고 꺾이기를 반복, 순식간에 십여 합을 교환했다.

"쳇!"

그러나 금나수법의 대결은 오래가지 못했다. 모용천의 검이 항불의 턱끝에 가느다란 상처를 냈고, 항불은 혀를 차며 물러났다. 내상을 입었건만 모용천은 여전히 강했고, 항불이 자신을 돌보면서 생포하기란 어려운 일이었다.

"……."

대치하고 선 모용천의 안색은 한층 어두워졌다. 막힌 기혈을 억지로 뚫고 내력을 운용하였으니 무사할 리 없었다. 이대로라면 항불에게 당할 공산이 컸다.

두 사람이 섣불리 움직이지 못하고 있는 와중에, 백의인들이 끼어들었다. 백의인들이 형성한 검진은 모용천을 외면하고 항불을 둘러쌌는데, 그 기운이 범상치 않았다.

그 중심에 있던 백의인이 말했다.

"목숨이 아깝거든 투항하라!"

말발굽 소리가 한층 커지고, 흙먼지를 일으키며 달려오는 한 무리가 눈에 보이기 시작했다. 항불은 체념한 얼굴로 모용천에게 말했다.

"정말 운이 좋은 놈이구나. 하지만 이걸로 끝일 거라고 생각하진 말아라."

비록 실패를 자인하면서도 항불의 목소리는 당당했다. 더구나 검진에 갇혀 있으면서도 모용천에게 말을 걸며 백의인들을 무시하였으니, 이들을 이끌던 백의청년의 얼굴이 수치심으로 붉게 물들었다.

"자신의 처지를 깨닫지 못하는 건가!"

그러자 체념한 듯 맥 풀려 있던 항불의 얼굴이 무섭게 일그러졌다.

"이 애송이들이 지금 뭐라고 하는 거야?"

항불의 기세가 범상치 않아, 모용천이 다급히 소리쳤다.

"조심하시오!"

모용천이 경고하기 무섭게 항불이 두 손을 휘저었다.

파파팍!

항불을 향해 겨누어졌던 네 자루 검이 부러지고, 부러진 검을 쥔 백의인들이 피를 토하며 나가떨어졌다.

"으헉!"

항불이 한 번 손을 휘저은 것만으로 검진이 무너진 것이다. 당혹감은 백의인들 사이로 빠르게 퍼졌다. 수습할 틈도 없이 호령하던 청년의 목이 항불의 손아귀에 들어갔다.

"우윽… 윽……!"

청년은 항불에게 목을 잡힌 채 버둥거렸다. 그러나 항불의 손은 쇠처럼 단단했고, 허공에 뜬 두 발은 디딜 곳을 찾지 못해 허우적댈 뿐이었다. 항불의 표정이 실로 무시무시해, 당장에라도 목을 꺾어버릴 듯한 기세였다.

"항불!"

혈랑도객이 다급히 소리쳤다.

"뭐야?"

불만 가득한 목소리로 항불이 대답했다. 그러자 혈랑도객이 힘겹게 말했다.

"괜한 짓 하지 말고 놓아주시오. 일부러 남궁세가와 싸울 필요는 없소."

"……"

항불은 대답없이 청년을 틀어쥔 손에 힘을 주었다.

"어억… 커억……!"

목이 부러지기 전에 질식해 죽는 편이 빠를 지경이었다. 새 파랗게 물든 얼굴로 청년이 괴로워했으나 백의인들 중 누구 도 감히 구하려 들지 못했다. 오랜 기간 거듭 연마해 온 검진 을 손쉽게 파훼한 항불의 무위에 눌린 탓이었다.

"항불!"

다시금 혈랑도객이 소리쳤다. 그리고 모용천의 검이 항불 의 손목을 노렸다.

"이크!"

항불은 과장된 몸짓으로 펄쩍 뛰었다. 그러면서도 손에 쥐 었던 청년을 세게 패대기쳤으니, 단순히 위협하려던 모용천 의 의도를 알았던 게 틀림없었다.

철퍼덕!

청년은 바닥에 처박히고 항불은 혈랑도객의 옆으로 물러 났다.

"괜찮소?"

모용천은 청년을 부축했다. 청년의 백의는 흙으로 온통 더 럽혀져 있었는데, 수려한 얼굴은 그보다 더한 굴욕감으로 일 그러져 있었다.

"괜찮소."

청년은 모용천의 손을 뿌리치고 자리에서 일어났다. 목을 졸렸을 뿐이라 특별한 외상은 없었다. 어쩌면 그것이 더 굴욕적으로 느껴졌을지도 모를 일이었다.

그러는 사이 수십여 기의 말과 무사들이 당도했다. 늑대들은 흩어진 지 오래였고, 남아 있는 것은 항불과 혈랑도객, 혈랑이 전부였다.

"형님! 괜찮으십니까?"

선두에 선 백의청년이 말 위에서 뛰어내리며 다급히 외쳤다. 그 음성과 얼굴이 낯익어 더듬어 보니 바로 모용천과도 안면이 있는 자, 항불에게 납치당했던 남궁세가의 삼남, 남궁권이었다.

남궁권에게서 형님이라고 불린 청년은 바로 남궁세가의 장남인 남궁겸(南宮謙)이었다.

검왕 남궁익은 슬하에 삼남일녀를 두었는데, 그중 삼형제는 부친의 무재를 받은 것으로 유명했다. 위로부터 각각 겸, 관, 권이라고 이름 붙여진 이들 삼형제에게 정도무림의 미래가 달려 있다며 기대하는 자들도 많았는데, 특히 서른의 나이에 가전 절기인 창궁벽해검(蒼穹碧海劍)을 자신의 것으로 만든 남궁겸은 이미 후지기수가 아닌, 당당히 한 사람의 고수로 평가받고 있었다.

그러니 만큼 남궁겸이 가지고 있는 자부심이란 대단한 것이었는데, 지금 항불을 만나 단단히 망신을 당하였으니 이만저만한 굴욕이 아니었다.

"별일 아니다."

그러나 동생에게 그러한 모습을 보이고 싶지 않아서일까, 남궁겸은 애써 태연히 대답했다. 남궁권은 큰형의 음성이 평소답지 않아 의아해했고, 곧이어 항불을 보고 놀라 소리쳤다.

"당신은……!"

남궁권은 과거 항불에게 납치당한 이력이 있었다. 당시 권왕의 영웅연에 참석하려던 오대세가의 자제들은 모두 제마성의 외오각주들에게 납치당했던 것이다(한 사람, 실패한 이도 있었지만). 더구나 인질을 정중히 대접했던 다른 각주들과 달리 항불은 남궁권을 포대에 넣고 함부로 굴렸으니 미워하는 마음이 자연 남달랐다.

"항불……!"

이를 가는 남궁권에게 항불이 얼굴을 찡그리며 말했다.

"이놈이 어디서 이 부처님을 함부로 입에 올리느냐?"

"뭐라?"

남궁권이 노하여 소리쳤지만 차마 달려들지 못하고 노려볼 뿐이었다. 남궁권의 뒤에는 남궁세가의 백의검수가 오십여 명이나 있었지만 다들 항불의 기세에 눌린 기색이 역력했다.

"얼씨구? 네깟 것들이 머릿수만 믿고 덤벼들 생각인가 보구나? 어디 오늘 드잡이 한번 제대로 해야겠구나."

항불은 눈알을 부라리며 없는 소매를 걷어 올렸다. 당장에

77

라도 백의인들 사이에 뛰어들어 한바탕 난리를 피우려는데,
뒤에서 혈랑도객이 그의 어깨를 잡으며 만류했다.

"다 끝났소. 물러납시다."

항불이 여기서 다시금 난리를 피우면 남궁세가의 무사들
을 상하게 할 수는 있을 것이다. 하지만 그렇다 해도 모용천
을 잡을 수 없다는 결론에는 변함이 없었다. 더구나 남궁세가
는 권왕의 무림맹에 반하는 세력 중 하나였는데, 항불로 인해
저들이 결속할까 두려운 것이다.

무엇보다, 혈랑도객에게는 가족이나 다름없는 혈랑의 안
위가 가장 큰 걱정이었다. 모용천의 검에 당한 혈랑은 여전히
한쪽 눈을 뜨지 못하고 있었다. 한시라도 빨리 의원에게 보여
야겠다는 마음이 굴뚝같았다.

"카악, 퉤!"

항불은 가래를 뱉는 것으로 동의를 표했다. 애송이들과 싸
워봤자 제 명성만 깎일 뿐이다.

항불의 대답을 들은 혈랑도객은 혈랑을 짊어지고 뒤돌아
갔다. 항불도 그런 혈랑도객의 뒤를 쫓기 시작했는데, 아무도
그들을 쫓거나 막지 못했다.

항불과 혈랑도객이 유유히 멀어져 가자 비로소 남궁겸이
포권의 예를 취하며 모용천과 이소에게 인사했다.

"인사가 늦었소. 남궁세가의 남궁겸이라 하외다."

"개방의 이소요."

"모용천이라 하오."

모용천과 이소도 포권의 예로 응답하였는데, 남궁겸은 미리 알고 있었다는 듯 말했다.

"두 분을 모시러 왔습니다. 이처럼 불미스러운 일이 있을 줄 알았다면 서두를 걸 그랬군요."

"누구? 우리를?"

남궁겸의 말이 끝나기도 전에 이소가 좌우를 돌아보며 손가락으로 자신을 가리켰다.

"당 세가의 가주께서 뵙고 싶어하십니다."

남궁겸은 고개를 끄덕이며 대답했다. 담담한 어조였지만 그를 들은 이소의 눈이 휘둥그레졌다. 세가의 가주라 하면 남궁겸의 아비이자 십왕 중 한 사람, 검왕 남궁익을 말함이 아닌가!

"귀 댁의 가주께서 나를 보고 싶어하지는 않을 것 같군."

이소가 말하자 남궁겸은 대답하지 못했다. 이소의 말이 맞기 때문이었다.

"어쩔 텐가?"

남궁겸의 대답 아닌 대답을 확인하고 이소가 고개를 돌렸다. 모용천은 심드렁히, 그러나 약간 상기된 얼굴로 대답했다.

"남은 길이 머니 쉬어 가는 것도 나쁘진 않을 것이오."

두 발로 서서 말하고 있지만 항불에게 입은 내상이 결코 가

녑지 않았다. 무엇보다 저 검왕을 만날 수 있는 기회인데 마다할 리 없잖은가.

"어디, 그럼 이 기회에 남궁세가 구경 한번 해볼까?"

잠시 용도가 바뀌었던 죽장을 어깨 위에 걸치며, 이소가 시원스레 말했다.

第三章

검왕, 남궁익

안휘성 육안에 자리한 남궁세가의 장원은 크고 또 넓었다.

부지와 건물의 규모도 그렇거니와 구성원들의 수 역시 무수히 많아, 육안이라는 도시 안에 또 하나의 작은 도시가 존재한다 해도 과언이 아니었다. 이 정도 세력을 유지할 수 있는 역량이라면 능히 몇 개의 방파를 거두어들일 수 있으니, 오대세가 중에서도 남궁세가가 왜 항상 첫손가락에 꼽히는지 알 수 있었다.

하룻밤을 보내고 다음날 점심이 지나서야 남궁겸이 찾아왔다.

"잠자리는 편하였는지요?"

남궁겸은 남궁세가의 장자로서 그 태도가 긍지와 오만 사이를 절묘하게 오가는 자였다. 그에 더하여 돌려 말하는 법을 모르는 남궁겸은, 간단한 아침 인사를 마치고 바로 용건을 이야기했다.

"이 장로께 죄송한 말씀이지만……."

남궁세가의 가주, 검왕 남궁익이 만나고 싶어하는 이는 모용천이지 이소가 아니라는 말이었다. 이미 짐작하고 있는 바였으니 기분 나쁠 일이 아니었지만 그 사실을 전하는 남궁겸은 말과 달리 오히려 당당해 보였다.

"귀찮게 하지 않는다니, 오히려 잘되었군."

내심 기분이 나쁠 만도 하건만 이소는 흔쾌히 웃었다.

"성찬에 배부르고 뜨거운 물에 몸도 풀었겠다. 나는 뭐 더 바랄 게 없소. 참, 하나 부탁이 있는데……."

"말씀하십시오."

"남궁 소협도 알다시피 말들이 늑대 뱃속으로 들어가서 말이지. 가능하면 두 필만 내어주시구려. 아, 물론 공짜로 달라는 건 아니오. 겨우 말 두 필인데 무림맹에 청구하면 설마 모른 체하겠소?"

"준비해 두겠습니다."

말까지 뜯어낸 이소는 만족스러운 표정으로 다시 침상 위에 누웠다. 모용천은 이소의 수완에 혀를 내두르며 남궁겸을 따라 방을 나섰다.

장원은 넓었고 남궁익이 기다린다는 가주의 거처까지 또 한참이었다. 도착한 첫날에도 그랬지만 막 점심시간이 지나서일까? 지나치는 이들마다 이상하리 만치 분주한 모습이었다. 장원 전체를 감싸는 공기가 차분하지 못하고 들떠 있는 게 눈에 보일 정도였다.

모용천의 속을 읽었는지, 남궁겸이 말을 꺼냈다.

"느끼셨겠지만 세가에 큰일이 있어 다들 정신이 없소. 대접에 소홀함이 있었다면 그 탓일 테니 모용 소협이 이해해 주시오."

"이 장로의 말씀대로 대접은 차고 넘치도록 받았소. 대체 무슨 일이기에 이 큰 세가가 떠들썩하단 말이오?"

마침 궁금하던 차라 운을 떼었는데, 말을 하고 싶던 것은 오히려 남궁겸이었나 보다. 모용천의 말이 떨어지기 무섭게 남궁겸은 만면에 웃음을 띠며 방금 전과는 전혀 다른 부드러운 어조로 말하기 시작했다.

"모용 소협도 알겠지만, 나에게는 눈에 넣어도 아프지 않을 누이동생이 있소. 그 아이가 벌써 장성하여 혼인을 앞두고 있다오. 참, 세월도 무정하지."

남궁겸의 얼굴은 기쁨과 아쉬움이 반반이라, 타인이 보아서는 그 속내를 감히 알 수 없었다. 더구나 모용천은 형제도 없고 변변한 가족도 없으니 그 마음을 어렴풋이 짐작이나 할 뿐이었다.

"정말 감축해야 할 일이군요."

하여 짧게 말을 마쳤는데, 남궁겸은 아쉬움을 거두고 신나 하며 말을 잇는 것이었다.

"모용 소협도 익히 알고 있었겠지만 내 동생이야말로 천하 절색이외다. 동기간이라서 하는 이야기가 아니오. 그랬다면 강호에 소문이 자자할 리 없지 않겠소? 더구나 나는 친동생이 라고 보는 눈을 달리하는 사람이 아니오. 내가 살면서 아직 그 아이만큼 아름다운 여인을 보지 못했단 말이오. 무공으로 는 강호에 우열을 가릴 수 없는 십왕이 있다지만, 미색(美色) 으로 따지자면 가릴 것도 없이 내 동생이 천하제일인이라고 할 것이오."

친동생이라고 눈을 달리할 사람이 아니라고 하는 것부터 가 이미 틀린 게 아니냐 싶었지만 모용천은 입 밖에 내지 않 았다. 이제 그만한 분별이 생기기도 하였거니와, 동생 자랑을 시작한 남궁겸의 말이 끝날 기미도 보이지 않았던 것이다.

"…그래서 하북팽가의 자제라든지 사천당문의 자제라든지 내 동생에게 구혼하는 놈들이 하루도 끊일 날이 없었소. 하여 튼 제 분수를 모르는 놈도 많고 염치를 모르는 놈도 많소. 제 깟 것들이 무슨 자격으로 우리 미인이에게 구혼을 해, 구혼 을. 아니 그렇소?"

듣다 보면 남궁겸이 누이동생 사랑에 눈이 먼 팔불출 같겠으나 그가 한 말 중 대부분은 사실 그대로였다.

삼남일녀 중 막내인 남궁미인은 올해 열아홉의 처녀였는데, 그 미색은 여러 해 전부터 이미 중원 전역에 소문이 자자했다. 달기나 서시 등 경국지색의 미인들이 환생했다는 평도 어디까지나 잠깐에 불과했다. 그녀는 사람들로 하여금 어떠한 비교나 비유도 죄의식을 갖게 만들 만큼 아름다웠던 것이다.

하지만 남궁겸의 말이 전부 곧이곧대로 들리는 것은 아니었다.

하북팽가나 사천당문은 모두 남궁세가와 같은 오대세가의 일원이다. 숱한 무가 중에서도 가장 윗줄에 놓이는 가문들이니만큼 이보다 나은 조건은 없다 해도 무방한 것이다.

하북팽가나 사천당문도 쳐주지 않는 남궁겸이 기꺼워하는 동생의 혼처가 어디인지 궁금한 것이 당연했다.

"그렇다면 동생분은 대체 어떤 집안과 연을 맺은 겁니까?"

하여 모용천이 물었다. 그러자 남궁겸은 그거야말로 자신이 원했던 질문인 양 활짝 핀 얼굴로 말하는 것이었다.

"후훗, 듣고 놀라지나 마시오. 사돈 될 총각은 양 씨 성을 가진 이로, 정이품 상서(尙書)를 지내신 부친을 두었다오. 대대로 중앙의 요직을 배출해 낸 명문 중의 명문가이니 예전으로 말하자면 사세삼공(四世三公)을 지낸 원가(袁家)라고나 할까? 물론 매제 될 사람도 이미 과거를 통과해 관직에 올랐으니, 또 아오? 내 동생이 장차 재상의 부인이 될지 말이오. 하하핫!'

그 경계가 비록 모호하다고는 하나 일반 세간(世間)과 무림은 엄연히 나누어져 있었다. 특히 관과 무림이 섞이지 않는 것은 일종의 금기(禁忌)였다.

황제라는 절대자 아래 안정된 통치를 이루고자 하는 관에 있어 무림은 결코 있어서는 안 될 존재였다. 무림인들 역시 황제의 백성일진대, 무림이라는 그들만의 나라 아닌 나라를 인정할 수 없는 노릇이지 않은가.

더구나 무림인이라는 부류가 지닌 일신상의 능력은, 그 무공은 일반 무장의 그것과 비교할 수 없는 위력을 지니고 있다. 가히 전설 속의 무신(武神)에 비할 만한 용력(勇力)은 그 자체로 커다란 위협이었다. 어느 시대에나 통제할 수 없는 힘은 위정자들의 골치를 아프게 하는 법이니까.

무림인들 역시 관을 경솔히 대할 수 없었다. 절세의 무공도 잘 훈련된 군사를 상대로는 소용이 없는 것이다. 황제의 군대란 그 단위부터가 다르다. 적게는 일이만에서 많게는 오륙십만까지. 사람을 숫자로 파악하는 자들과 대적한다는 것은 어리석은 일이다.

물론 그렇다고 항상 관의 눈치를 본다면 위신이 서지 않는 것도 사실이지만, 어쨌든 무림인들 역시 나름대로 법을 지키며 사는 것이다.

이렇듯 관과 무림은 서로를 인정하면서도 애써 무시하는
행태를 반복해 왔다. 이 모순된 형국은, 그러나 천 년의 세월
이 지나면서 관습이라는 이름으로 안정을 획득하기에 이르렀
다. 왕조가 바뀌어도 관과 무림의 관계는 바뀌지 않을 지경이
된 것이다.

"하하핫!"

남궁겸이 자랑하는 본새는 딱 팔불출 오라비였지만 그 내
용은 허허 웃어넘길 사안이 절대 아니었다. 무림제일세가인
남궁세가가 혼인이라는 제도를 빌어 관과 연을 맺으려 하니
이보다 놀라운 일이 어디 있겠는가?

무림세가와 권문세족.

양측이 가진 힘은 너무나도 다른 성질의 것이니만큼 그것
이 서로에게 미칠 영향도 알 수 없었다. 알 수 있다면 그것은
이미 예언이라야지, 논리적인 예측일 수 없는 것이다. 다만
말할 수 있는 것은 결코 긍정적인 결과를 내지는 않으리라는
것. 왜, 누가 정하지도 않았건만 서로를 불가침의 영역으로
설정했는지, 그 암묵적인 합의가 이루어진 이유를 생각해 보
라는 말밖에 할 수 없는 것이다.

물론 모용천이 암묵적 합의니 금기니 하는 것들을 알 리 없
었다. 그럼에도 불구하고 모용천의 속에서 스멀스멀 형언키
힘든 불쾌감이 피어올랐으니, 이는 누이동생의 혼인을 이야

기하는 남궁겸을 향해 있었다. 그의 말에는 누이동생의 혼인 자체가 아니라 그로써 얻을 수 있는 권세로 인해 복되었다는 뜻이 품어져 있었던 것이다.

'어찌 이럴 수가 있단 말인가?'

사실 이는 전적으로 모용천의 느낌에 불과했다. 실제로 남궁겸이 누이동생의 혼인을 어떤 식으로 여기는지는 그 속에 들어갔다 나오지 않는 한 알 수 없는 일이다. 또한 그 혼인이 어떤 계기로 이루어졌는지 또한 알 수 없는 일이다. 무가 중에는 이름난 문인 집안과 연을 맺는 경우가 종종 있다. 다만 그중 권세있는 가문이 없었을 뿐.

복잡하게 엉킨 생각을 풀다 보니 남궁겸이 걸음을 멈추었다. 모용천도 따라 멈추고 보니 검왕의 거처라고 했건만 집이 아니라 작은 숲으로 들어가는 입구였다.

그리 크지 않은 나무들이 엉성히 자란 숲 사이로 오솔길이 구불구불 나 있었다. 숲이라고 하지만 어쩐지 손을 탄 듯 사람의 냄새가 짙었다. 따지고 보면 장원 안에 숲이 있다는 것부터 범상치 않은 일이니 먼저 장원을 세우고 그 안에 숲을 조성했으리라는 생각이 들었다.

"작은 숲이오. 길을 따라 가면 뵐 수 있을 것이오."

더 이상 들어가지 않겠다는 듯 남궁겸은 한 발 뒤로 물러섰다. 모용천은 고개를 끄덕이고 숲 안으로 들어갔다.

*　　　*　　　*

　사람의 손을 탄 숲이라는 생각이 강해서일까, 금방 끝날 것 같던 길은 도무지 끝날 기미를 보이지 않았다. 한참을 걸어도 검왕은커녕 개미 새끼 하나 보이지 않자, 모용천은 무언가 잘못되었음을 깨달았다.

　'나를 놀린 건가?'

　남궁겸이 자신을 놀리기 위해 아무도 없는 숲으로 들어가라고 한 건가, 문득 그런 생각이 든 모용천은 몸을 돌려 왔던 길을 되돌아갔다. 그러나 걸어온 것보다 더 많이 걸어도 길은 끝나지 않고 숲은 계속되고 있었다.

　그러다 어느 순간, 줄곧 하나였던 길이 돌연 두 갈래로 나누어졌다.

　'이것 봐라?'

　모용천의 기억에 갈래는 있지 않았다. 그제야 모용천은 자신이 놀림을 당하고 있음을 깨달았다.

　"사람을 초대해 놓고 겨우 이런 대접이라니, 불쾌하군."

　혼잣말처럼 중얼거렸지만 결코 작지 않은 언성이었다. 자신을 놀리고 있는 누군가가 들으라고 하는 소리였다.

　모용천은 잠시 생각하다가 오른쪽 길을 선택했다. 그러나 얼마 가지 않아 다시 한 번 똑같은 광경이 눈앞에 펼쳐졌다. 모용천은 한 번 더 오른쪽 길을 선택했는데, 이번에는 세 갈래 갈림길이 걸음을 멈춰 세웠다.

"……."

모용천은 즉시 길에서 벗어났다. 엉성히 자라난 나무들 틈을 헤집어 가다 보니 한 그루 나무가 앞을 막아서고 있었다. 이를 지나쳐 가려고 보니 양옆으로 길이 나 있었다.

어떻게든 길 위로 돌아갈 수밖에 없는 상황이었다.

"흐음."

모용천은 나무를 쓰다듬었다. 두 손으로 감싸 쥘 정도의 굵기에, 봄볕에 돋아난 새살이 부드러웠다.

"…합!"

그 감촉이 좋아 한참 매만지던 모용천이 낮은 기합 소리를 냈다.

콰직!

그러자 모용천의 손이 닿아 있던 부분에 금이 가더니 나뭇가지 부러지듯 두 동강이 나는 게 아닌가?

투드드드득—

모용천의 손 위, 약 한 장 길이의 나무가 허리를 잃고 쓰러졌다. 쓰러지며 건드린 주변 가지들이 차례로 흔들리며 부산을 떨었고, 몇 마리인가 다람쥐나 청설모 따위가 빼꼼 고개를 내밀었다.

"어디, 길을 내면서 가볼까?"

이번에는 좀 더 큰 소리로, 확실히 들리도록 중얼거리며 모용천은 부러진 나무를 뛰어넘었다. 그러자 그 앞을 두 그루 나무가 가로막았고, 양옆으로 얼른 오라고 손짓하는 길이 눈에 들어왔다.

두 그루 나무는 아까보다 좀 더 크고 굵었다. 방금 부러뜨린 나무가 아직 어린 소년이라면 이들은 막 피어오른 청년이었다.

콰지직!

그러나 모용천의 쌍장은 가차없이 두 생명을 끊어버렸다. 두 그루 나무는 파아란 생살을 드러내며 양편으로 넘어졌다.

그렇게 또 한 번 장애물을 제거하고 앞으로 나가자 이번에는 네 그루 나무가 단단히 길을 막고 있었다. 이들은 하나같이 사람 허리만 한 굵기에 언뜻 가늠하기 힘들도록 높이 솟아 있었다.

검이라도 있으면 좋으련만, 가주를 알현한다고 소지를 금했기에 빈손일 수밖에 없었다.

"……."

사실 검이 있다고 해서 벨 수 있는 정도가 아니었다. 도끼로 찍는다 해도 솜씨 좋은 나무꾼이 아닌 바에야 헛심만 팔기 딱 좋을 만큼 굵은 나무들이었다.

"흐음……."

한참 말없이 서 있던 모용천은 불현듯 오른손을 들었다.

파지직!

어깻죽지에서 푸른 기운이 일더니, 팔을 타고 오른손으로 모아지는 것이었다. 칼처럼 세운 손날을 감싸며 푸른 기운이 번개 치듯 일더니 어느 틈엔가 손목까지 온통 푸르게 변하였다.

모용천은 그 푸른 손날을 내밀었다.

수욱—

두부를 파고들 듯, 모용천의 푸른 손날이 순순히 나무 안으로 들어갔다.

푸욱.

굵은 허리를 뚫고 손끝이 밖으로 나왔다. 모용천은 체중을 실으며 팔을 슬쩍 밀었다. 푸른 손날이 그를 따라 오른쪽으로 이동하고 두 그루 나무의 허리가 소리없이 잘려 나갔다.

쿠쿠쿵!

모용천의 다섯 배는 훌쩍 넘을 나이의 나무들이 덧없이 쓰러졌다. 숲은 그 단말마를 단숨에 집어삼켰다.

"이래도?"

경멸과 조롱을 한껏 담아 내뱉은 한마디였다. 까마득한 후배에게 이런 말을 들었으니 나서지 않을 수 없을 거라는 생각이었다.

"……"

그러나 숲은 여전히 고요했다. 모용천은 다시 손날을 세워 남은 두 그루 나무를 베려 했다.

그때, 홀연히 하나의 신형이 모용천 앞에 나타났다.

"무슨 성품이 그리 난폭한가? 나무들도 엄연히 살아 있거늘."

성한 나무 앞을 가로막고 선 백의인은 오십대의 장년인 이었다. 나이가 무색하게 준수한 얼굴이 낯익어 더듬어 보니 남궁겸과 남궁권에 닿아 있었다. 그러나 닮은 것도 아니고 그저 닿아 있다고 표현할 만큼, 둘 사이의 간극은 넓고도 깊었다.

실로 그림에서 튀어나온 미남자는, 적당한 주름과 희끗희끗한 머리를 담보로 현세에 머무르고 있다는 착각마저 들 정도였다. 그가 바로 검왕 남궁익이었다.

모용천은 일단 포권의 예를 취했다.

"무림 말학 모용천이라 합니다."

그러나 남궁익은 손을 휘휘 저으며 모용천을 나무랐다.

"이봐, 이 숲은 세가의 선조들이 대대로 가꾸어온 곳이야. 나도 잘 가꾸어서 겸이한테 물려줘야 할 곳인데, 자네가 다 망칠 뻔했지 않나."

"사람을 불러놓고 장난을 친 것은 선배이지 않습니까?"

"장난이라니? 이건 기문둔갑술을 바탕으로 구궁팔괘를 응용해 만든 진일세. 내 역량을 총동원한 걸로 자네에게 자랑이나 해볼까 한 건데 장난으로 받아들이면 안 되지."

모용천은 지지 않고 말했다.

"선배님의 고명한 진법을 알아보지 못해 정말 죄송하기 짝이 없군요. 이게 다 배움이 짧은 제 탓입니다."

당금 천하에서, 그것이 말일지언정 검왕에게 꼬박꼬박 대들 자가 어디 있단 말인가? 그러나 모용천은 이미 우진을 상대로 한 치도 물러나지 않았으니 검왕이라고 해서 숙이고 들어갈쏜가.

남궁익은 오히려 그런 모용천이 신선했는지 기꺼이 웃어 보였다. 그도 그럴 것이, 그의 곁에는 감히 고개를 들지 못하고 말 한마디 제대로 못하는 자들밖에 없었다. 본래 소탈하고 사람들과 허물없이 지내길 좋아하던 남궁익에게는 썩 탐탁잖은 상황이었지만, 그렇다고 십왕이라는 까마득한 자리에 오른 자신에게 스스럼없이 대하라고 강요할 수도 없는 노릇이었다.

그러니 모용천이 과연 소문대로 자신을 대하면서도 거침이 없자 오히려 흡족한 마음이 이는 것이다. 남궁익은 모용천의 손날에 잘려 나간 그루터기 위에 앉아 말했다.

"뭐, 상관없어. 나무야 또 심으면 되니까. 그것보다 이 수법, 이거 벽운천강수 아니야? 아니… 조금 다른가?"

남궁익의 안목은 과연 정확했다. 지금 모용천이 펼쳐 보인 수법은 벽운천강수이면서도 벽운천강수가 아니었다.

지난날 도야객은 벽운천강수 외에도 다섯 방파의 절기가 담긴 비급을 훔쳤다. 이는 병석에 누운 친구, 백파검 유호림을 고칠 수 있는 유일한 자인 무진총주 석공을 제 손에 넣기 위해서였는데, 또 그러기 위해서는 지금 무진총주가 충성을 바치는 마왕을 이겨야 했기 때문이다.

그러나 도야객이 훔친 비급에는 중대한 결함이 있었다. 그 것은 여섯 권의 비급, 여섯 절기가 하나같이 강대한 위력을 가지는 동시에 심오한 무리를 담고 있음이었다. 특히 구파인 소림, 무당, 화산, 종남의 무공은 범인이 평생을 매진해도 깨우치기 힘든 절기 중의 절기였다. 익히지도 못할 무공을 두고 익히기만 하면 천하를 오시할 고수가 될 것이라는 말만큼 허망한 것이 어디 있을까?

더 큰 문제는 이들 중 어느 하나를 완벽히 익혀낸다 한들 마왕을 이길 수 없다는 점이었다. 모용천은 마왕을 만나보지는 못했지만 권왕을 통해 간접 비교가 가능했다. 기실 십왕에 버금간다는 절창과 비교해도 손색이 있으리라는 게 모용천이 내린 판단이었다.

하나로 부족하면 둘, 둘로 부족하면 셋, 그래도 부족하면 훔친 절기 모두를 익히면 되겠다지만 도야객이 그럴 만한 그 릇이라면 그는 이미 십왕의 반열에 올라서 있을 것이었다.

십왕의 반열에 올라서 있다면 그들의 비급이 필요치 않을 것이며, 그들의 비급을 익히기 위해서는 십왕에 버금가는 역량이 필요할 것이니 참으로 애꿎은 일이었다.

어쨌든 모용천은 그러한 사정을 이야기하는 대신, 비급들 중 도야객에게 가장 유용하리라 싶은 것을 골라주기로 했다.

하나만 익히는 데에도 오랜 시간이 필요할 터이니, 그 와중에 깨달음이 있겠거니 생각한 것이다.

그러기 위해 모용천은 하루 밤낮 동안 여섯 권의 비급을 읽었고, 본의 아니게 대강의 무리를 머릿속에 담아두게 되었다. 이는 모용천의 무학 경지가 각 방파의 절기를 하나로 녹일 수 있는 수준에 올라 있어 가능한 일이었다.

따라서 지금 모용천이 나무를 벤 수법은 겉보기에 완전한 벽운천강수였지만 그 안에 숨은 이치는 종남파의 것과 다르게 해석한 부분이 있었다.

이러한 사정을 모르면서도 다른 점을 발견한 남궁익의 눈썰미는 과연 검왕에 어울리는 것이었다. 모용천은 속으로 크게 감탄하며 남궁익의 손짓에 따라 잘려 넘어진 나무 위에 앉았다.

"왜 저를 보자고 하셨습니까?"

남궁익은 한쪽 무릎을 접어 걸터앉은 그루터기 위에 올리고, 느슨하게 허리를 젖혀 잘리지 않은 나무에 기대며 대답했다.

"검수가 검수를 만나는 데에 이유가 필요한가?"

때마침 숲 사이로 바람이 불어 남궁익의 머리가 흩날렸다. 무성한 잎 그림자 사이를 비집고 들어온 햇빛은 검은 머리 사이로 하늘거리는 몇 가닥 흰머리를 타고 사방으로 흩어졌다.

어떤 신필(神筆)이 있어 이 사람을 화폭에 담을 텐가? 남자인 모용천의 눈에도 남궁익은 아름답기 그지없어 십왕이라는 무시무시한 이름과 도무지 어울리지 않는 것이다.

그러나 아름다운 꽃일수록 가시가 날카로운 법이다. 모용천은 차갑게 말했다.

"정말 그뿐입니까?"

남궁익은 대답 대신 나뭇가지를 꺾어 던졌다. 잔가지도 치지 않아 잎사귀가 덜렁거리는 가지는, 한 자루 검과 비슷한 길이였다.

남궁익은 자신도 나뭇가지를 하나 꺾어 들고 말했다.

"뭇 병기 가운데 상석은 당연히 검의 몫이지. 강호에 나가면 발에 차이는 것이 검수가 아닌가? 하지만 그 수많은 검수 중 진실로 검을 쓰는 자가 몇이나 될 것 같은가?"

담담한 어조 그대로 읊조리며 남궁익의 나뭇가지는 빠르게 모용천에게 날아왔다. 실전이라 해도 배분에 큰 차이가 나면 선배가 몇 초를 양보하는 것이 무림의 관례였다. 하물며 비무에서는 더 말할 것도 없건만, 남궁익은 체면 따위 안중에도 없는 듯 거리낌없이 선수를 치는 것이었다.

그러나 모용천 역시 그러한 체면이나 관례에 얽매이지 않기는 마찬가지였다.

촤악—

잔가지에 무성한 잎들이 흔들리며 서로를 비벼댔다.

"열에 한 사람은 되겠지요."

말이 끝나기 무섭게 모용천이 남궁익의 나뭇가지에 마주 댄 채 힘을 주었다.

촤차차차착!

모용천의 나뭇가지가 위에서 아래로 내려가며 한쪽 잔가지가 전부 떨어져 나갔다.

"천만에."

이번에는 남궁익의 차례였다. 남궁익 역시 모용천의 나뭇가지와 가지를 맞대어 그으니 양측의 반대편 잔가지가 깎여 나갔다. 어린아이 전쟁놀이에나 쓰일 법하지만 어쨌든 아까보단 모양새가 훨씬 나았다.

"백에 하나? 어림없는 소리지. 진실로 검을 쓰는 자는 천에 하나도 드문 게 작금의 세태라네."

남궁익은 이어 말하며 나뭇가지를 놀렸다. 어린아이도 무서워하지 않을 여린 나뭇가지는, 그러나 검왕의 손안에서 전혀 다른 모습으로 변해 있었다.

하나에서 둘, 둘에서 넷, 넷에서 열여섯으로 순식간에 늘어나는 나뭇가지를 차분히 쳐내며 모용천이 말했다.

"그렇다면 정사를 통틀어 겨우 열 사람 내외가 진실로 검을 쓴단 말입니까?"

그러면서도 호흡은 흐트러지지 않았고 음성은 평온했다. 비록 손속에 사정을 두고 있다지만 자신의 공세를 힘들이지 않고 막아내는 모용천의 대응이 놀라웠다.

'요즘은 소문이 실재보다 못하군.'

소문은 항상 있었던 일을 부풀리게 마련이다. 그것이 좋은 것이든 나쁜 것이든, 이러한 소문의 성질은 때와 장소를 막론하고 일관성을 띠게 마련인데 오늘 남궁익은 지극히 드문 예외와 마주친 것이다.

살짝 장난기가 일어, 남궁익은 나뭇가지에 공력을 주입했다. 그러자 모용천의 나뭇가지가 남궁익의 것에 착 달라붙어 떨어지지 않았다.

"열 사람도 많지. 무당과 화산에 두셋, 적 없는 이들 중 서넛이라고 보면 많아야 일곱이려나."

그러면서 남궁익이 아무렇게나 나뭇가지를 휘두르는데, 자연히 모용천의 것도 그를 따라 움직였다. 그러나 모용천은 당황하지 않고 남궁익이 빨아들이는 방향으로 자신의 공력을 밀어 넣었다.

"......!"

허공을 크게 한 바퀴 돌아 쳐올리면 나뭇가지가 모용천의 손에서 벗어나 하늘 높이 날아야 했다. 그러나 나뭇가지들은 채 반 바퀴도 돌지 못하고 모용천의 공력에 눌려 흙바닥을 쳤다.

"선배님을 빼놓으셨지 않습니까."

가볍게 흙이 튀고 그 반동으로 나뭇가지를 떼어놓으며 모용천이 말했다.

"나?"

가볍게 놀려줄 속셈이었다가 보기 좋게 당한 남궁익은, 오히려 신이 난 듯 들뜬 목소리로 대답했다.

"나는 거기 속하지 않지."

동시에 남궁익의 나뭇가지가 빠르지도 느리지도 않은 완만한 속도로 모용천의 가슴팍을 찔렀다. 눈에 보이는 속도, 변화없는 단순한 찌르기였지만 그 속에 담긴 무리가 실로 무궁무진했다. 논검(論劍)을 하며 손으로는 가벼운 수를 교환하던 남궁익이 갑자기 이런 절초를 펼쳐 내니 모용천도 대경하며 나뭇가지를 흔들었다.

모용천의 나뭇가지 역시 남궁익의 것과 동일한 빠르기, 동일한 선을 그리며 남궁익에게로 향해 왔다. 그 모습을 보며 남궁익은 속으로 긴 탄식을 내쉬었다.

'허어……!'

남궁익이 펼쳐 낸 이 한 수는 수없이 많은 묘리를 담고 있었지만 겉보기에는 필부의 찌르기나 다름없었다. 안목이 없는 자는 대수롭지 않게 여겨 막을 것이나 내밀한 변화를 읽을 수 있는 자는 그렇지 않을 것이었다.

이는 말하자면 상대를 감식하는 남궁익 나름대로의 초식이었다. 이에 당하면 대부분은 가볍게 막으려 들고, 소수의 자들만이 놀라 당황하거나 두려워하곤 했다.

한데 지금 모용천은 슬며시 놀란 기색을 비치면서도 바로 자신과 같은 수를 펼친 것이다. 이는 남궁익도 미처 생각지 못했던 일로, 모용천의 무재가 대체 어느 정도인지 가늠하기 어렵다는 증거였다.

타앗.

들릴 리 없는 소리가 귓가에 들리고, 두 나뭇가지 끝이 허공에서 만나 멈추었다. 그리고 마주친 지점으로부터 나뭇가지들이 산산이 허공으로 흩어지기 시작했다.

화아악—

나뭇가지는 종내 손안의 것까지 사라지고 모용천과 남궁익은 빈손을 내렸다.

휘이이이이잉—

바람이 불었다.

남궁익은 흩어지는 머리카락을 넘기며 말했다.

"많은 이들이 많은 이야기를 하지만 결국 검의 경지는 셋뿐이지. 하나는 자신의 의지대로 검을 놀리는 경지이고, 다른 하나는 검의 의지에 제 몸을 싣는 경지라네."

남궁익의 말에 모용천은 눈으로 동의했다. 그 자신 역시 백 번 동감하는 바였다.

"전자는 검을 휘두르는 데 정신이 팔려 천박하기만 하지. 후자는 그보다는 나으나 역시 다를 게 못 돼. 검이 이끄는 대로 끌려가기만 하는 꼭두각시지."

모용천의 한쪽 눈썹이 움찔거렸다. 남궁익이 말한 후자에 자신의 모습을 투영시켰기 때문이다.

"하지만 그나마 검의 의지를 들을 수 있는 자도 드물지. 내가 말한 진실로 검을 쓰는 자, 예닐곱이라야 겨우 가능할까."

그렇다면 모용천에게는 과하다 싶은 칭찬이었다. 아직 스물한 번째 생일이 지나지 않은 나이로 열 손가락 안에 꼽히는 검수로, 다른 누구도 아닌 검왕에게 인정받은 것이다.

"그렇다면 선배님은 마지막 하나에 도달하셨다는 뜻입니까?"

그러나 검왕의 칭찬에 들떠야 할 약관의 젊은이, 아니, 애송이는 당돌한 질문을 날렸다. 남궁익은 대답 대신 질문을 던졌다.

"마지막 하나의 경지는 어떤 것이겠는가?"

*　　　　*　　　　*

마지막 하나의 경지는 어떤 것이겠는가?

그리 묻는 남궁익의 얼굴은 제자의 대답을 기다리는 훈장과 같아, 걱정과 기대가 절반씩 섞여 있었다. 모용천은 남궁익의 눈을 잠시간 바라보다 입을 열었다.

"종심소욕(從心所欲)하되 불유구(不踰矩)라. 내 마음 가는 곳이 곧 검의 의지와 일치한다면 그것이 바로 검으로 오를 수 있는 가장 높은 경지가 아니겠습니까."

104

모용천의 대답은 저 유명한 부자(夫子:공자를 높여 부르는 말)의 말씀을 인용한 것이다.

내 욕심을 좇다 보니 법도에 합당치 않은 게 없더라는, 탈속한 신선에게나 가능할 것 같은 이 말이 모용천은 무공에 있어서도 마찬가지라는 생각을 해왔다. 내가 좋아서, 원해서 하는 칼질이 곧 신묘하고 정순한 검로라면 그곳이 바로 세상 모든 검수가 바라는 지점이 아닌가.

모용천의 대답을 듣자 남궁익은 놀라는 표정을 짓다가 이내 만면에 미소를 띠며 말했다.

"이것참, 신검합일(身劍合一)이니 뭐니 하는 소리가 나오면 바로 면박을 주려고 생각하고 있었는데 김을 다 빼놓는군."

"맞추었습니까? 그렇다면 제 질문에 대답해 주시지요."

모용천은 여전히 당돌했다. 남궁익은 갈수록 흥미롭다는 얼굴로 대답했다.

"불행히도 나 역시 그러한 경지에는 오르지 못했다네. 내가 만약 그랬다면 강호에 십왕이라는 말이 어찌 남아 있겠는가? 다만 검의 의지를 들으며 그에 끊임없이 나를 합치시키려 들 뿐이지."

남궁익은 그리 말하고 자리에서 일어났다. 그루터기에 묻어난 수액을 털며, 남궁익은 모용천을 보았다. 모용천은 검왕의 일거수일투족을 주시하고 있었지만 과도한 존경이나 경계의 감정은 드러내지 않고 있었다.

자신을 따라 일어난 모용천에게 남궁익이 말했다.

"자네 같은 자가 어떻게 나왔는지 모르겠군. 북해빙궁으로 가는 길이라고 했던가?"

"예."

남궁익은 뒷짐을 지고 고개를 들었다. 아까까지와 달리 남궁익의 눈은 무료함으로 가득했다.

"나는 지난 십 년간 검수로서 가장 높은 곳에 올라 있었네. 십 년, 십 년이라! 그 긴 시간 동안 누구도 이 자리를 넘보려 들지 않았다네. 불행하게시리. 내 말이 무슨 뜻인지 알겠나?"

아직 십왕이라는 말이 없던 시절.

그러나 이미 무림 최고의 검수는 남궁세가의 가주였다. 전통적으로 검의 명가였던 무당과 화산도 남궁익이라는 초월적 존재 앞에서 모자람을 인정해야 했다.

검으로 무당과 화산을 아래에 둔 자가 있다면, 뉘 있어 그와 다시 검을 견주려 할 것인가?

그리하여 무림 최고 검수로서 남궁익의 십 년은 곧 고독한 기간이나 다름없었다. 남궁익에게 가르침을 청하는 자들은 많았지만 검으로 그와 겨루고자 하던 이는 없었다. 남궁익의 말은 곧 법이었고 도리였으니 논검을 청하는 자 역시 없었다.

왕 홀로 존재하는 외로운 나라.

그것이 검왕의 왕국이었다.

"잘 모르겠습니다."

모용천이 솔직히 말하자 남궁익은 즉각 대답했다.

"당장 나에게 오라는 이야기일세."

"그게 무슨 뜻입니까?"

"지금처럼 무림맹⋯ 아니, 권왕의 밑에 있다면 자네에게 득될 게 없다는 뜻일세. 도야객을 쫓고, 남만으로, 그리고 다시 북해로. 권왕이 자네를 쓰는 방식은 아마 변하지 않을 걸세. 철저히 쓰고, 또 써서 마지막 하나까지 짜내어 소비하고 버리겠지. 자네의 그 빛나는 재능은 권왕의 아래에서 미처 피어나지 못하고 소진되고 말 거야."

"⋯⋯."

"물론 자네를 만나지 못했다면 나도 별생각이 없었겠지. 하지만 이제 아니야. 나는 자네가 내 무료함을 달랠 수 있는 유일한 자라고 확신하고 있다네."

남궁익은 그리 말하고 뒷짐을 지었다.

"그러니 권왕을 버리고 나에게 오게. 그가 자네에게 무엇을 약속했는지 모르겠으나 무림맹이 해줄 수 있는 일이라면 우리도 가능하다네. 하지만 검왕과의 논검과 비무는, 천하에 이 남궁세가를 제외한 어디에서도 할 수 없는 일이야."

남궁익의 제안은 모용천의 가슴을 뛰게 만들었다. 검왕과의 논검과 비무라니! 중원 모든 검수들이 바라 마지않는 조건이 아닌가?

그러나 모용천은 섣불리 대답하지 않았다.

남궁익은 우진이 모용천을 쓰다 버릴 장기말로 보고 있다 말했다. 그러나 그리 말하는 남궁익은 과연 우진과 얼마나 다른가? 남궁익의 말만 듣고 판단해서는 안 될 일이다.

대신, 모용천은 질문을 던졌다.

"조만간 대사를 치를 거라고 들었습니다만."

"대사? 딸아이 일을 말하는 건가?"

열정적으로 말하던 남궁익의 얼굴이 순간 차게 식었다. 딸의 혼사를 앞둔 아버지로서 저 반응은 어떤 뜻일까? 딸이 없는 모용천에게는 풀기 힘든 문제였다.

"예."

"그 아이는 곧 호북성 양가(梁家)에 시집갈 예정이네만. 그게 내가 한 얘기와 무슨 상관인가?"

"세상에 무지한 저도 무림과 관은 섞이는 법이 아니라고 알고 있습니다. 그럼에도 불구하고 중앙의 명문과 혼인의 연을 맺는 것은 무슨 뜻입니까?"

모용천은 자신이 묻고도 어리석은 질문이라고 생각했다. 세상에 단지 두 남녀의 만남으로 그치는 혼사가 어디 있단 말인가? 역시나 남궁익은 의아한 표정으로 반문했다.

"그걸 알면서 물어보는 저의가 무엇인지가 궁금하군. 아마도 자네가 생각하는 그것이겠지?"

혼처인 양가는 호북성의 권문세족으로, 성내에 막대한 영향력을 행사하는 가문이다. 혼인을 매개로 그러한 가문을 등

108

에 업게 된다면 남궁세가의 위세는 더욱 강해질 것이다.

게다가 호북성은 옛 신창권문의 터. 즉, 지금 무림맹의 본 거지인 무한이 속한 성이다. 무림맹에 가담하지 않고 있는 남궁세가로서는 권왕을 견제할 수 있는 또 하나의 무기를 손에 넣는 셈이다.

"한 가지만 더 물어보겠습니다."

남궁익의 대답을 되씹으며 모용천이 말했다. 남궁익은 어깨를 들썩이며 '얼마든지'라는 얼굴로 대답했다.

모용천이 말했다.

"선배님에게도 무공 이외의 힘이 필요합니까?"

잠시 후.

남궁익의 숲에서 나온 모용천은 조금 당황스러웠다. 기다리고 있어야 할 남궁겸의 모습이 보이지 않았던 것이다.

언질없이 자리를 뜬 것은 무슨 까닭이 있어서겠지 하며 제자리에 서서 기다려 봤지만 올 기미가 보이지 않자, 모용천은 홀로 걸음을 옮겼다. 남궁세가의 장원이 넓다 하나 금방 지나온 길을 모를 정도는 아니었다.

그런데 이상한 일이 있었다.

돌아가는 길, 지나치는 사람마다 무언가 쫓기는 듯 조급한 얼굴로 뛰듯이 걷는 것이다. 혼사를 앞두고 세가 전체가 들떠 있다는 사실을 들어 알았지만, 지금은 그렇다기보다 우왕좌

왕 몹시 혼란스러운 기색이 역력했다.

그 와중에도 아주 느긋하게 걷는 이가 하나 있었다. 깨끗한 옷에 귀티나는 용모의 틈바구니에서 홀로 이질적인 자, 바로 전날 목욕을 해도 씻은 티가 나지 않는 거지, 이소였다.

"무슨 일이 생겼소?"

모용천은 이소를 붙잡았다. 이소는 실실 웃으며 대답했다.

"흐흣, 지금 좀 재밌는 일이 벌어졌다네. 머잖아 혼사가 있다는 건 알고 있나?"

"알고 있소."

"그럼 얘기가 빠르겠군. 글쎄, 지금 신부 될 사람이 사라졌다지 뭔가."

"사라졌다니? 납치라도 당했단 말이오?"

"어떤 정신 나간 놈이 남궁세가의 영애를, 그것도 혼사를 앞둔 처녀를 납치한단 말인가? 장원 밖으로 나간 흔적도 없다니 예비 신부께서 변덕이라도 일었나 보지. 하긴 부지가 워낙 넓다 보니 작정하고 숨으면 찾기 힘들겠는걸."

그리 말하는 이소의 얼굴은 어린아이처럼 밝았다. 이런 소동이 일어나기를 바라던 것처럼 느껴질 정도였다.

"그래서 지금 숨바꼭질에 참여라도 하려는 것이오? 하루가 급하지 않단 말이오?"

빙왕이 기다리는 곳.

북해빙궁까지는 남궁세가에서 출발했을 때 준마를 채찍질

해도 한 달이 훨씬 넘는 거리이다. 가뜩이나 종리세가에 검을 전해준다고 가지 않아도 될 길을 돌아왔으니 일정이 촉박했는데, 만회하자면 하루라도 빨리 출발해야 했다. 그런데 이소는 그런 걱정보다 지금 남궁세가에서 일어나고 있는 작은 소란을 즐거워하고 있었다.

"너무 조급해하지 말게. 그렇다고 이 와중에 우린 갈 테니 말이나 내놓으랄 순 없잖은가."

이소의 말도 틀린 것은 아니었다. 말을 새로 살 만큼 여유로운 형편도, 걸어갈 만큼 여유로운 일정도 아니었다. 늑대떼에게 말을 잃은 것은 결국 모용천들의 잘못이다. 물론 모용천을 보고 싶어하던 남궁익의 청에 응한 대가라 해도 말 두 필을 선뜻 내주겠다는 호의는 마땅히 감사해야 할 일이다.

이런 상황이라면 말을 달라는 얘기를 먼저 꺼내기가 더욱 어렵다. 소동이 가라앉고 일이 정리될 때까지 기다릴 수밖에 없는 노릇이다.

"마음대로 하구려."

비무랄 것도 없었지만, 어쨌든 남궁익을 만난 것만으로 심신이 피로하다. 이소에게 신경 쓰느니 휴식을 취하는 게 차라리 남는 장사였다.

"그나저나 검왕이랑은 무슨 얘길 했나?"

돌아서는 모용천을 붙잡고 이소가 물었다. 모용천은 잠시 생각하다 대답했다.

"뭐, 별 얘기 없었소."

남궁익의 이야기는 결국 무림맹을 버리고 자신에게 오라는 것이었다. 하나 모용천은 응답하지 않았다.

무림맹에 애착을 가진 것은 절대 아니었으나, 그렇다고 남궁익이 우진보다 낫다는 생각은 할 수 없었다. 모용천이 보기에 두 사람은 다를 바가 없었던 것이다.

어쨌든 그런 이야기를 굳이 할 필요는 없었다. 모용천은 대충 얼버무리고 몸을 돌렸다.

남궁세가는 객을 위한 숙소만으로 건물 하나를 운영하고 있었다. 모용천과 이소가 묵은 곳은 개중 최상급의 방으로, 건물의 가장 깊은 곳에 위치해 있었다. 긴 복도를 지나 깊숙이 들어가야만 찾을 수 있는 방이었는데, 미로를 방불케 하는 구조였다.

덕분에 모용천은 모퉁이를 돌던 중 반대편에서 오는 자와 충돌할 뻔했다.

"괜찮⋯⋯!'

모용천이야 여유롭게 비켰지만 반대편에서 오던 이는 크게 놀랐는지 균형을 잃고 쓰러졌다. 모용천은 재빨리 손을 잡으며 넘어지려는 이를 붙잡았는데, 그 순간 말문이 막히고 말았다.

가느다란 팔목, 그 부드러운 살갗이 손아귀에서부터 머릿속까지 짜릿하게 타올랐다. 커다랗게 놀란 눈 속에 역시 놀라

는 자신의 얼굴이 보였다. 검은 동공 위에 윤곽으로 보이는
제 얼굴이 붉다고 느낀 것은 착각인지, 혹은 두근대는 가슴
탓인지.

다만 알 수 있는 것은 모용천의 손에 잡혀 바닥에 쓰러지지
도, 두 발로 일어서지도 못하고 어정쩡하게 균형 잡은 여인이
이제껏 만난 누구보다 아름답다는 사실뿐이었다.

"......!"

모용천과 눈이 마주친 여인 역시 얼굴에 홍조를 띠고 있었
다.

잠시 이대로, 그리고 영원히.

시간이 멈추어 버렸다는 착각은, 기실 바람의 무의식적 발
현일지도 모른다. 마음을 빼앗긴 순간만큼은 뒤이을 고통도
긍정할 만큼 달콤한 법이니까.

그러나 시간은 곧 제자리를 되찾았다.

"이것 좀......."

여인은 당혹스러워하며 모용천의 손아귀에서 팔을 빼려
했다. 퍼뜩 정신을 차린 모용천은 여인을 바로 세우고 재빨리
손을 뗐다.

"죄, 죄송합니다."

자신도 모르게 사과의 말을 내뱉은 모용천의 눈에 붉은 기
색을 지우지 못한 여인의 얼굴이 다시금 들어왔다. 이렇게 가
슴팍을 파고든 이라면 잊을 수 없을 텐데! 익숙하지만 처음이

라는 상반된 감상이 모용천의 머릿속을 뒤죽박죽으로 만들었다.

"모용 소협!"

그때 뒤에서 누군가 모용천을 불렀다.

"……!"

홍조 띤 여인이 난감해하며, 모용천과 다시금 눈을 맞췄다. 커다란 눈이 무언가를 강하게 호소하고 흰 손가락이 여인의 붉은 입술을 반으로 갈라놓았다.

그 손짓은 그것이 무엇이든 말하지 말라는 만고불변의 신호.

모용천은 자신도 모르게 고개를 끄덕거렸다. 여인은 희미하게 미소 지으며 가까운 방 안으로 들어갔다.

소리없이 문이 닫혔다.

막 꿈에서 깨어난 것처럼. 여인이 사라진 복도는 허허로웠다.

'……'

텅 빈 복도를 볼 수 없어, 모용천은 몸을 돌렸다. 여인을 사라지게 한 목소리의 주인, 남궁겸이 모용천의 눈앞에 나타났다.

"미안하오. 일이 있어서 잠시 자리를 비울 수밖에 없었소."

남궁겸이 다소 계면쩍어하며 말했다.

"일이라니요?"

"그런 일이 있소. 어쨌든, 잘 찾아왔으니 다행이오. 아버님과 이야기는 잘 나누었소?"

남궁겸은 모용천의 질문을 애써 피하고 화제를 돌렸다. 모용천은 대답했는데, 사실 뭐라고 했는지 자신의 귀에도 들리지 않았다. 그러나 경황이 없기는 마찬가지였는지 몇 마디 나누기도 전에 남궁겸은 사라져 버렸다.

남궁겸의 모습이 복도 저편으로 사라지는 걸 확인하고, 모용천은 문고리에 손을 얹었다.

"……"

그러나 그 손에 힘을 주기가 쉽지 않았다.

모용천은 죽음을 지척에 두고도 두려워한 적이 없었다. 두려움은 시야를 흐리고 망설임을 잉태하며 의심을 낳는다. 감정을 있는 그대로 받아들이는 수준의 정신적 수양이 되어 있지 않은 젊은이들에게, 두려움이란 곧 죽음으로 향하는 길이다. 모용천은 이를 잘 알고 있었고, 어떤 상황에서도 냉정을 유지하며 두려워하지 않으려 애썼다.

그러나 지금 이 순간, 쇠붙이의 귀 긁는 소리도, 피비린내도 없는 일상 속에서 모용천은 두려움을 느꼈다.

그녀는 깨어 있는 채로 꾸었던 꿈이 아니었을까? 이 문 안에 그녀가 없다면 어떻게 해야 할까? 아니, 있으면 또 어떻게 해야 할까?

빗발치는 적의(敵意) 속에서도 타인의 목숨을 거두는 데 거침없었던 손이 겨우 문고리 하나를 잡고 주저하다니! 우스운 일이지만 웃을 수 없는 일이었다.

텅 빈 복도에서 문고리를 붙잡고 우두커니 서 있던 모용천은, 문득 한 발 뒤로 물러났다.

스르륵.

닫힐 때와 마찬가지로, 소리없이 문이 열렸다. 반쯤 열린 문 안에서 꿈같은 여인이 모용천을 올려다보고 있었다.

"…갔나요?"

솜털 같은 음성으로 붉은 입술이 움직였다.

끄덕.

입안이 바싹 메말랐다. 모용천은 대답 대신 고개를 끄덕였다.

싱긋.

사라질 때도 그러더니, 나타나서도 여인은 희미한 미소를 지었다. 뭐에 홀린 듯 멍하니 바라보던 모용천은 여인의 미소에 이끌려 방 안으로 들어갔다.

第四章
남궁미인

손님에도 상하의 등급이 있는 듯, 비어 있는 방은 모용천이 묵었던 것과 비교도 할 수 없이 작았다. 그러나 그 안의 물품들은 비록 소박하였어도 정갈하고 품격이 있어 과연 남궁세가의 힘이 겉으로 보이는 것만은 아님을 알 수 있었다.

　그리고 손을 뻗으면 닿을 수 있는 곳에 그녀가 있었다.

　스치는 환상인 양 모용천에게 두려움을 주었던 여인은, 이제 바로 눈앞에서 안도의 한숨을 내쉬고 있었다. 무엇을 두려워했는지 얼굴에는 홍조가 가시지 않았고, 커다란 눈동자는 아직 가시지 않은 불안감을 담은 채 좌우로 구르고 있었다.

　여인은 환상도 아니고 그림도 아니었다. 모용천과 마찬가지로 피가 흐르는, 살아 숨 쉬는 사람이 확실했다.

물론 그렇다 하여 여인의 신비가 깨어지는 것은 아니었다.

말없는 얼굴 위로 펼쳐지는 풍부한 감정의 향연도 여인의 미모를 현실로 끌어내리기에 턱없이 부족한 것이다.

다시 한 번.

붉은 입술이 살랑거리며 여인의 목소리가 들려왔다.

"정말이지, 난리도 아니군요."

"……."

소리는 들었으되 그 뜻은 담을 수 없었다. 모용천은 대답을 잊고 멍하니 여인을 바라봤다. 좁은 방 안에 여인과 단둘이 있음이 믿기지 않는 것이다.

짝!

모용천은 퍼뜩 정신을 차렸다. 대답이 없자 여인이 모용천의 눈앞에서 손뼉을 친 것이다.

"난리도 아니라구요."

여인은 싱글벙글 웃으며 재차 말했다. 그제야 모용천도 마주 고개를 끄덕이며 대답했다.

"어수선하군요."

모용천이 본래 말을 즐겨 하는 편이 아니었지만, 그렇지 않다 해도 그 이상 말하기란 쉽지 않았을 것이다. 여인의 미모는 보는 사람으로 하여금 절로 숨을 막히게 하였으니……. 모용천은 어떤 말하기 좋아하는 자들이라 해도 여인의 앞에서는 자신과 다를 바 없으리라 생각했다.

모용천의 머릿속이야 어쨌든, 여인은 웃으며 말했다.

"명색이 오대세가인데 사람 하나가 잠시 보이지 않는다고 이 난리를 피우다니! 정말 우습지 않나요?"

여인의 눈동자에는 이제 불안감 대신 생기가 반짝이고 있었다. 이제 스물이 되었을까? 외양은 완연한 숙녀였으나 아직 소녀 시절을 빠져나오지 못한 앳됨이 언뜻 비치었다.

모용천은 역시 대답 대신 마주 웃어 보였다. 그러다 여인의 말뜻을 헤아려 보니 마음속으로 짚히는 바가 있었다.

아니, 처음 여인을 봤을 때에 눈이 흐려지지 않았다면 알아차리지 못하는 게 이상할 정도였다. 여인은 모용천이 바로 이각 전에 봤던 이를 그대로 빼닮았지 않은가!

모용천은 조심스레 말했다.

"소저가… 이 난리의 이유이지 않소?"

그랬다. 성이 뒤바뀌었을 뿐, 여인은 검왕 남궁익을 꼭 닮아 있었다. 남궁겸이나 남궁권 역시 수려한 외모의 미남자였지만 그 아비에 비하자면 아쉬움을 금할 길 없었는데, 부친의 미색은 아들들이 아닌 딸에게로 이어진 것이다.

여인, 남궁미인(南宮彌仁)은 모용천의 말에 고개를 갸웃거리다 이내 웃으며 말했다.

"아하! 당신이 바로 당금 무림에서 가장 많이 일컬어지는 이름, 무애검(無碍劍) 모용천이로군요! 이렇게 만나게 되어 정말 영광이에요."

무애검이라는 말이 생소했지만 남궁미인은 모용천의 이름을 정확히 알고 있었다. 모용천은 남궁미인이 했던 것처럼 고개를 갸웃거리며, 그러나 그녀와 달리 웃지 못하고 반문했다.

"나를 어찌 아시오?"

남궁미인은 모용천이 물어올 줄 알았다는 얼굴로 대답했다.

"그거야 당신이 나를 알아보았기 때문이지요."

"알아보았기 때문이라니?"

"당신이 나를 알아보았다는 건 아버님을 뵈었다는 뜻 아니겠어요? 내가 이토록 아버님을 닮았으니 말이에요. 그런데 최근, 아니, 요 사이 몇 년을 돌아봐도 남궁세가의 손님 중 아버님을 접견한 이는 아무도 없거든요. 심지어 아버님께서 강호에 출타하신 지도 오래인데, 당신처럼 젊은이가 아버님의 얼굴을 알 리 없지 않겠어요? 그러니 아버님께서 친히 초대하신 무애검 모용천이 아니라면 당신이 대체 누구일까요?"

모용천은 고개를 끄덕이며 속으로 감탄을 금치 못했다.

남궁미인이 말로 풀이해 놓았으니 유추의 과정이 일견 간단해 보였으나 막상 자신을 알아보았다는 하나의 단서로부터 풀어내라면, 그것도 고개 한 번 갸웃거리는 사이로 제한을 둔다면 누가 자신할 수 있을까? 더욱이 남궁미인은 제 판단에 일말의 의심도 두지 않았으니 통찰력뿐 아니라 그 배포가 남달랐다.

"맞소. 무애검이라는 별호는 소저에게 처음 듣지만, 어쨌든 내 이름이 모용천임은 사실이오."

모용천이 순순히 시인하자 남궁미인은 환하게 웃으며 말했다.

"당신이 작년 권왕의 비무대회에서 펼친 활약상이 얼마나 유명한지 모르나 보군요? 마왕의 역사를 방해함에 거리낌이 없었을뿐더러 저 마공, 마천상야공을 베어낸 장면은 아직도 인구에 회자되고 있다구요. 그래서 사람들은 당신의 거칠 것 없는 모습을 기려 무애검이라는 별호를 지어줬지요."

당사자보다 더 자세히, 마치 그 자리에 있었던 것처럼 말하는 남궁미인의 눈은 별처럼 반짝였다. 아름다운 여인의 안에는 무림 고수를 동경하는 소년의 마음도 있었던 것이다.

남의 입을 통해 자신의 칭찬을 듣기란 몇 번을 해도 익숙해지지 않는 일이다. 모용천은 머리를 좌우로 흔들고 말했다.

"나에겐 과한 이름이군요. 당치도 않소."

남궁미인은 빙그레 웃었다.

"이런 치사를 받으면 대개는 배에 힘이 들어가거나, 아니면 과하게 겸손하거나 둘 중 하나인데 당신은 어디에도 속하지 않는군요."

"분수에 맞지 않게 부풀려지는 걸 경계할 뿐이오."

모용천은 차분히 말했다. 남궁미인을 마주하여 들뜨던 마음도 어느 정도 진정이 된 터였다. 아니, 최선을 다해 마음을 진정시킨 것이다. 가만히 놔두었다간 자신을 잃어버릴지도 모른다는, 몹시 생소한 종류의 두려움이 끊임없이 모용천을 두드리고 있었다.

그러나 붙들어 맨 마음도 잠시.

"그렇다면 부풀려지지 않은 사실을 내게 말해줄 수 있나요?"

그리 말하며 상체를 숙여 다가온 남궁미인은, 은근한 미소는 마음을 잡아주던 매듭을 단칼에 잘라 버리는 것이었다.

"잠깐, 잠깐."

모용천은 다급히 말하며 한 발 뒤로 물러섰다.

"소저는 혼인을 앞둔 몸이라 알고 있소. 그렇다면 이런 곳에서 나와 단둘이 있는 것은 삼가야 할 일이오."

제 입으로 뱉어놓고도 후회막급하기 짝이 없었다. 물론 백번 옳은 말이지만 동시에 백번 원치 않는 말이었다.

그러자 남궁미인은 피식 웃으며,

"무림인이 그리 고지식해서 무에 쓴대요? 법도를 따지는 것은 글 짓는 선비에게나 어울리는 짓이 아닌가요?"

라고 비아냥거렸다.

이에 모용천은,

"법도를 따지는 것은 선비에게나 어울리는지 몰라도 법도를 지키는 것은 누구나 해야 할 일이지요."

라며 또다시 후회막급할 말을 자신도 모르게 하는 것이었다.

하지만 그 말을 들은 남궁미인은 다시 비아냥거리지 않고 대신 뒤로 물러나며 묘한 표정을 지었다.

"그게 그렇게 신경 쓰인다면 어쩔 수 없지요. 부탁하는 건 나니까."

그리 말하고 남궁미인은 다시 모용천에게 다가갔다. 따라서 뒷걸음질치는 모용천을 제치고, 남궁미인은 문을 열었다.

"신경 쓰이지 않게 해드리면 되겠지요?"

무슨 뜻인지 모용천이 채 알아차리기도 전에 남궁미인은 방문 밖으로 고개를 쏙 내밀었다. 그 앙증맞은 뒤통수에 대고 모용천이 물었다.

"일부러 몸을 숨긴 게 아니었소?"

"누구에게 그런 말을 들었죠? 나에게 들은 말은 아닐 텐데?"

웃음기 머금은 목소리를 흘리며 남궁미인은 고개를 좌우로 돌렸다.

"올 때가 되었는데……."

"올 때라니?"

"쉿!"

돌아보지도 않고 면박을 주더니, 남궁미인이 한 팔을 문밖으로 내밀었다.

"애, 연홍아. 이리 와보렴. 어서!"

모용천이 귀를 기울여 보니 복도 저편에서 여인네 걸음 소리가 들렸다. 곧이어 놀란 목소리가 문틈으로 들려왔다.

"아가씨! 여기서 뭐 하고 계시어요? 다들 아가씨가 사라졌다고 걱정하고 있는데!"

"어서 이리 오기나 하려무나."

"대체 손님방에는 왜……?"

점점 가까워지던 목소리가 순간 끊기고, 놀란 눈 그대로 굳어 있는 어린 시녀가 남궁미인의 손에 들려 방 안으로 들어왔다. 남궁미인은 연홍이라 부른 시녀에게 웃으며 말했다.

"잠깐이면 되니 너무 걱정하지 말려무나."

남궁미인의 위로는 별 효과가 없었는지 굳어 있는 연홍의 얼굴에 두려움이 떠올랐다. 정신은 멀쩡한데 사지가 움직이지 않고 목소리도 나오지 않아 자유로운 것은 오직 두 눈동자뿐인 것이다. 남궁세가의 고용인이라고는 하나 이제 십오륙 세에 불과한 소녀가 언제 혈도를 짚여봤겠는가?

그러나 연홍의 두려움은 아랑곳하지 않고, 남궁미인은 득의만만한 얼굴을 모용천에게로 돌리는 것이다.

"자, 이제 괜찮겠지요? 이 아이가 함께 있는데 누가 우리 두 사람을 좋지 않은 눈으로 보겠어요?"

"……"

남궁미인의 맹랑한 행동거지에 모용천은 할 말을 잃었다. 남궁세가의 금지옥엽이 이토록 거침없을 줄이야 누가 알았겠는가?

"무애라는 말은 나보다 소저에게 더 어울리겠소."

모용천은 헛웃음을 지으며 말했다. 남궁미인도 따라 웃으며 말했다.

"후기지수 중 일인자에게 그런 말을 듣다니, 영광이군요."

그렇게 남궁미인이 자신을 향해 웃어주자, 모용천은 더 이상 거부할 수 없음을 깨달았다.

"자리를 옮기는 게 좋겠소. 여기는 너무… 비좁구려."

"얼마든지."

자신의 뜻이 관철되었음을 알고 남궁미인은 미소 지으며 연홍을 침상에 눕혔다.

"한숨 푹 자고 일어나면 괜찮아져 있을 거야. 이 아가씨는 저분 나리와 잠시 이야기하고 싶을 뿐이니 다른 사람들 걱정일랑 하지 말려무나."

남궁미인은 말을 마치고 모용천을 돌아봤다.

"따라오세요."

그곳이 어디이든, 모용천은 자신이 따라갈 수밖에 없을 거라 생각했다.

* * *

한적한 공터에 이르러 남궁미인은 걸음을 멈추었다. 남궁세가는 여전히 부산스러웠으나 워낙에 부지가 넓어 마음만 먹으면 얼마든지 이목을 피할 곳이 있는 것이다.

"여기 어떤가요?"

몇 그루 작은 나무와 들꽃은 사람의 손을 타지 않은 듯 제멋대로였다. 그러나 오히려 그런 모습이 모용천의 마음을 편안케 했다. 안내를 받아 보았던 남궁세가는 풀 한 포기조차 정갈하여 명가의 품격이 서려 있었다. 그 모습이 감탄스럽기는 했지만 외인에게는 그 빡빡함이 다소 불편하기도 하였는데, 그 속에 이리도 자연스러운 곳이 있음이 놀라웠다.

"편안하군요."

모용천은 솔직한 감상을 토로했다. 남궁미인이 놀리듯 말꼬리를 잡았다.

"그렇다면 이제껏 불편했다는 건가요? 아버님께서 직접 청하신 무애검을 대접하는 데 소홀했다니, 내 한바탕 혼을 내야겠군요. 시중을 들었던 게 누구죠? 아까 그 연홍이었나요? 아니면 운진이?"

"그런 건 아니오."

모용천은 실없이 웃었다.

그러고 보니 비로소 편안한 웃음을 짓는 게 가능했다. 바뀐 장소가 마음에 들었던 탓인지, 남궁미인의 화술에 넘어간 탓인지는 몰랐지만.

모용천의 편안한 웃음을 보며 남궁미인도 만족스럽게 웃었다.

"내게 듣고 싶은 이야기란 무엇이오?"

"음… 글쎄, 사실 뭐가 딱히 궁금했던 건 아니에요. 그냥 명성이 자자한 무애검을 보고 싶었을 뿐이에요."

"내가 보고 싶었단 말이오?"

생각지 못한 말이었다. 모용천이 묻자 남궁미인은 당연하다는 듯 고개를 끄덕였다.

"그럼요! 그러고 보니 아까도 이상하게 알고 있던데……."

"무얼 말이오?"

"일부러 몸을 숨겼다 했잖아요."

"그야……."

생각해 보니 남궁미인이 몸을 숨겼다는 것은 이소에게 들은 말이 아닌가! 모용천이 얼른 잇지 못하자 남궁미인은 그것 보라는 표정으로 말을 가로챘다.

"내가 내 집 안을 돌아다니는 데에도 일일이 허락을 맡아야 한다면 그처럼 바보 같은 일도 없을 거예요. 지금 세가에 머무르는 손님이 한둘도 아닌데 체면만 깎이게 이게 뭐람. 그렇다고 너무 낮추어 보지는 말아요. 코끼리도 개미에게 물릴 수 있는 것처럼 위세 등등한 세가도 때로는 작은 일에 휘둘린답니다."

"천하에 누가 남궁세가를 낮추어 볼 수 있단 말이오."

모용천은 만면에 미소를 머금었다. 모용천의 마음을 뒤흔
드는 것은 남궁미인이었지만, 그 마음을 다시 안정시키는 것
도 남궁미인이었다. 종잡을 수 없는 그녀의 말이 모용천으로
하여금 절로 웃음 짓게 만드는 것이다.

모용천을 따라 함께 웃던 남궁미인은, 그러나 따가운 눈으
로 물었다.

"그럼 당신은 내가 시집가기 싫어서 도망치기라도 했다는
식으로 생각했겠군요? 아직 철없는 아이라고 말이에요."

"조금은… 그랬지요."

웃고 있는 남궁미인의 눈이 매서웠다. 모용천은 어쩔 수 없
이 고개를 끄덕였고, 남궁미인은 눈썹을 내리깔며 말했다.

"당신은 정말 솔직한 사람이군요. 그럴 때에는 아니라고,
빤히 보이는 거짓말이라도 하는 게 보통이라구요."

남궁미인의 말은 힐난이라기보다 오히려 낙담에 가까웠는
데, 그렇다고 차마 당신이 나로 하여금 거짓을 말하지 못하게
만들었다고 해명할 수야 없었다. 모용천은 어정쩡하게 웃을
수밖에 없었다.

"정말로요. 그렇게 생각하지 말아요. 내 비록 여인의 몸이
지만 세가를 위하는 마음은 오라버니들에게 지지 않는다고
자부하니까요. 언제든 어디로든 가야 할 몸인데, 출가외인이
되어서도 세가에 도움이 된다면 어찌 기껍지 않겠어요?"

남궁미인의 목소리에 어느덧 웃음기가 가셔 있었다. 그 속을 짐작하기 어려워, 모용천이 물었다.

"그렇다면 소저도 이 혼인이 단순한 혼인에 그치지 않음을 알고 있겠구려. 그런데 그것이 정말 기껍단 말이오? 혼인이란 평생을 좌우할 일인데, 더욱이 여인이라면 더욱 그러할진대, 그 속에 다른 의도가 끼어들어도 상관없단 말이오?"

남궁미인은 천천히 고개를 끄덕이며,

"물론이지요."

하고 곧이어 덧붙였다.

"내가 기꺼워하지 않는대도 바뀌는 것은 없답니다."

쓸쓸한 남궁미인의 대답이 모용천의 기억을 되살렸다. 채 반 시진이 안 되는 시간을 돌려, 남궁익의 대답을.

"선배님에게도 무공 이외의 힘이 필요합니까?"

모용천의 질문을 받은 남궁익은 의외라는 듯 턱수염을 만지작거렸다.

"무공 이외의 힘이 필요하다라… 대답하기 어려운 질문이로군. 왜 그런지 아나?"

"모릅니다."

남궁익은 그럴 줄 알았다는 얼굴로 입을 열었다.

"그 질문은 애초에 그릇된 것이기 때문이야."

"그게 무슨 뜻인지 여쭈어도 되겠습니까?"

"무공은 사람이 추구하는 힘의 일부에 불과하다는 뜻일세. 짧게 생각하면 무림인에게 무공은 전부일지도 모르지. 하나 우리 역시 무림인이기 이전에 사람이 아닌가? 세상을 살며 우리가 얻고자 하는 것들 중 과연 무공으로 손에 넣을 수 있는 것이 얼마나 되겠나."

"……."

"쉬운 예를 들어주지."

남궁익은 잘생긴 얼굴을 일그러뜨리며 말했다.

"여인의 몸을 취하고자 하면 무공이 가장 윗자리에 오겠지. 하나 여인의 마음을 얻는 데 무공이 무슨 소용 있겠나? 천하제일이라는 허명에 혹하는 이라면 몰라도, 그런 여인이 얼마나 될 것이며 그렇게 얻은 마음이 어찌 마음이겠는가?"

"……."

남궁익은 얼굴을 펴고, 말없는 모용천에게 인자한 미소를 지어 보였다. 그리고 은근한 어조로 다독이듯 말하였다.

"이리 말해도 자네는 모를 거야. 모르는 게 당연하지. 내 성취가 깊어지면 깊어질수록, 사람들의 칭송이 높아질수록 할 수 없는 일들이 늘어난다니, 상상도 못 할 일이지. 암."

"……."

"하지만 애써 알려 들지는 말게. 언젠가 싫어도 알게 될 날이 올 테니까. 제 한 몸의 무공으로 할 수 있는 일은 고작해야 한줌에 불과하다는 걸 말이야."

그리 말하던 남궁익의 얼굴은, 지금의 쓸쓸한 남궁미인과 꼭 닮아 있었다. 그런 얼굴로, 무엇을 하고 싶어서? 검왕의 힘으로 할 수 없는 한 줌밖의 일이 대체 무엇이란 말인가?

그것이 무엇이든 딸을 아비와 같은 얼굴로 만들어서는 안 된다. 모용천은 그리 생각했다.

"……."

"……."

잠시 두 사람 사이에 흐르던 어색한 침묵을 깨고, 남궁미인이 웃으며 말했다.

"나참, 이야기를 청한 게 누군데 내 말만 하고 있었군요."

"미안하오."

모용천에게 남궁세가의 혼인에 대해 왈가왈부할 권리는 없었다. 스스로 괜찮다는 남궁미인을 추궁할 권리는 더더욱 없고 말이다.

"미안하다면, 나에게 이야기를 들려주세요. 나는 무애검의 이야기를 듣고 싶어 당신을 찾아온 거니까요."

남궁미인은 배시시 웃으며 말했다.

그런데 대체 무슨 이야기를? 모용천이 물었다.

"나는 강호의 경험도 일천할뿐더러 말하는 재주도 없소. 남궁세가에는 수많은 강호인들이 드나들 텐데 왜 굳이 내 이야기를 듣고 싶다는 거요?"

"당신은 사람이 하는 일에 일일이 이유를 붙여야 직성이 풀리나요? 정말 본인 말대로 무애검이라는 이름이 무색한 사람이군요."

남궁미인의 얼굴이 금세 어두워졌다.

"나는 얼마 안 있으면 양씨 집안의 사람이 될 몸이에요. 그렇게 되면 더 이상 강호니 무림이니 하는 세계와는 영영 멀어지는 거죠. 아니, 벌써 세가 안에 갇혀 어디 나가지도 못하는 신세지 않겠어요? 보시다시피 잠시 자리만 비워도 이 난리가 나니 말이에요."

그렇게 제 처지를 한탄하는 모습조차 아름다워, 모용천으로 하여금 오래된 이야기를 떠올리게 만드는 것이다.

경국지색(傾國之色).

한 여인에게 웃음을 주고자 나라를 잃어버렸던 왕은 어리석음의 대명사가 되었다. 모용천 역시 그를 이해하지 못했던 때가 있었다.

그러나 이 순간부터 모용천은 옛 왕의 어리석음을 비웃지 못할 것이다. 남궁미인의 얼굴에 드리운 우울을 걷을 수 있다면 비단을 찢어도, 헛되이 군사를 일으켜도 아깝지 않을 것이다.

"본래 나는 세가를 찾은 손님들에게 강호의 이야기 듣기를 좋아했어요. 여인의 처지로 내 몸은 비록 세가 안에 있었으나 마음만은 강호를 동경해 왔답니다. 그러니 손님에게 이야기를 청해 듣기란 항상 가슴 떨리는 일이었어요. 그 순간만큼은 나도 강호를 주유하는 한 사람의 무림인이 될 수 있었으니까 말이지요."

떨리는 목소리는, 안타까운 눈동자는 모용천을 향해 있었다.

"그런 내 소소한 즐거움도 이제는 끝이지요. 위세 높은 권문세족의 며느리가 되고 나면 말이에요."

지금 남궁미인이 외진 곳에서 모용천과 단둘이 있는 것도 일반 여염집이라면 상상 못할 일이다. 사실 남궁세가라고 별 다를 것도 없었지만, 어쨌든 무림세가 출신 처녀의 치기 어린 행동이라 둘러댈 수 있는 것도 얼마 남지 않은 것이다.

"무애검이 아마도 내가 강호의 이야기를 청해 들을 수 있는 마지막 손님일 거예요. 소녀의 간절한 소원이랍니다."

어리석은 왕은 미인의 웃는 얼굴을 보느라 나라를 잃었다. 그러나 모용천은 몇 마디 말이면 족하니 어찌 마다할 것인가.

"나는……."

무슨 말을 해야 할지도 모르고, 모용천은 무작정 운을 떼었다. 그러나 그것만으로도 남궁미인의 얼굴이 거짓말처럼 밝아지는 것이었다.

이제 안타까움 대신 빛나는 별을 담은 눈동자를 향해, 모용천은 뒷말을 이었다.

"…어려서부터 검을 익혔소."

외적이 쳐들어왔다면 일말의 흔들림도 없었을 것이다.

남궁세가의 고수 중에서 죽음을 두려워하는 이 없었고, 자신과 가주의 무위를 의심하는 이 없었다. 남궁세가의 일원이라는 자부심은 일반 무사에 그치지 않고 잡일을 하는 고용인에게까지 미쳐 어떤 상황도 일사불란하게 움직여 극복해 내리라는 확신으로 가득 차 있었다.

그러나 혼인을 앞둔 신부가 사라졌다는 상황은 세가가 평소 상정해 왔던 어떠한 혼란과도 무관했다.

'그래, 차라리 외적이 쳐들어오는 게 낫겠다!'

차기 가주가 유력한 검왕의 장자, 남궁겸의 속이 타들어가는 것도 당연했다.

"남궁 소저의 은신술이 명불허전이구려."

아까부터 남궁겸의 뒤를 따라다니며 히죽거리는 거지, 이소가 가뜩이나 타들어가는 속에 부채질을 해대었다.

"금방 찾을 수 있습니다."

외면하며 고용인들을 독려하는 목소리는 냉랭했으되, 그 속은 시커멓게 타 재가 되고도 남음이 있었다. 그도 그럴 것이, 남궁겸과 동년배의 거지는 단순히 개방 장로의 신분이 아니었다.

이소는 무림맹의 대표라는 신분으로 남궁세가에 머무르고 있었다. 권왕 우진을 중심으로 세워진 무림맹은 남궁세가에게 있어 사파의 무리들보다 더 위협적인 존재였다. 절대 허점을 보여선 안 될 상대에게 제 식구 하나 건사하지 못하는 모습을 보이다니!

'네가 대체 무슨 억하심정으로 세가에 치욕을 주는 게냐? 아직도 숨바꼭질하는 어린아이인 줄 아는 게냐?

남궁겸과 남궁미인은 형제 중 장자와 막내로 십이 년의 차이가 있었다. 두 사람의 모친은 남궁미인이 어렸을 때 세상을 떠났는데, 장자라는 책임감과 십이 년의 나이 차가 더해져서인지 남궁겸과 남궁미인의 사이는 다른 동기간보다 각별했다.

무공 수련을 마치면 어린 여동생과 놀아주는 것이 남궁겸의 주요한 일과였다. 누구보다 아름답게 자란 여동생을 보는 남궁겸의 마음은 손위 형제라기보다 부모에 가까운 것이었다.

그러나 천하는 급변하고, 권위는 흔들리고 있었다.

권왕은 남궁세가를 무시하고 저를 중심으로 무림맹을 세웠으며 마왕은 일찍이 누구도 하지 못한 일, 사파의 왕이 되고자 하고 있었다. 지금은 오대세가라는 이름만으로 강호제현들의 존경을 받던 시대가 아닌 것이다.

더는 오대세가란 자리에 안주하고 있을 수는 없었다. 빠르게 돌아가는 세상에서 안주란 곧 낙오나 다름 아니니까.

그런 천하에서, 관부에 영향력을 행사하는 권문세족과의

결합은 남궁세가를 무림의 누구보다 앞선 곳으로 인도해 줄 것이 틀림없었다. 그리고 그 결합은 남궁미인이 있어 비로소 가능한 것이다.

남궁미인에게 있어서도 이보다 좋은 혼처를 찾기란 쉽지 않은 일이었다. 그러니 이 혼인은 세가도 살리고 남궁미인에 게도 이로운 상생(相生)의 행사라는 게 중론이었다. 남궁미인 역시 이러한 사실을 잘 알고 혼인을 받아들인 터였다. 하나 길일을 얼마 남겨두지 않고 이런 소동을 벌일 줄은 누구도 몰랐던 것이다.

"도련님, 도련님!"

어쨌든 누구보다 각별했기에 더욱 서운해하고 있던 남궁 겸에게 한 사내가 헐레벌떡 달려왔다. 사내는 남궁겸도 익히 알고 있는, 세가의 잡일을 보는 고용인 중 하나였다.

"자우관(慈友館)으로 가보십시오. 어서요."

자우관은 세가의 손님을 모시는 건물이다. 세가에 들른 이 들에게 이야기 듣기를 좋아하던 누이를 헤아려 방금 전 남궁 겸이 다녀온 곳이기도 했다.

"자우관이라니, 미인이가 그곳에 있단 말이냐?"

사내는 가쁜 숨을 몰아쉬며 힘겹게 대답했다.

"그런 건 아닙니다."

"그럼 대관절 왜 가보라는 것이냐?"

"자우관을 소재하러 간 연홍이라는 아이가 돌아오지 않아서 찾아봤더랍니다. 사람들이 그 아이를 찾긴 찾았는데 글쎄 몸이 나무토막처럼 뻣뻣한데 깨어 있으면서도 말도 못하고 움직이지도 못하지 뭡니까? 하여 가까이 있던 무사분을 청하였더니 한다는 소리가 세가의 독특한 점혈 수법에 당한 거라지 뭡니까?"

사내가 말을 마치기도 전에 남궁겸의 신형이 화살처럼 쏘아졌다. 세가의 점혈 수법을 시녀 아이에게 쓸 만한 사람은 남궁겸이 알기로 하나밖에 없는 것이다.

쉬익!

"어이쿠!"

그 기세에 놀란 사내가 뒤로 넘어졌다. 그러나 사내의 엉덩이가 바닥을 찧기 전에 허공에 멈추었으니, 히죽거리는 거지가 도중에 잡아챈 것이다.

"여보오, 자우관이 어디 있는 건물이오?"

사내를 일으키며 묻는 거지의 얼굴은 호기심으로 가득했다.

*　　　　*　　　　*

"…놈의 울음소리는 천지를 뒤흔들 만큼 커다랬소. 게다가 그 속에는 알 수 없는 힘이 있어 사람의 혼을 빼놓았소. 마치 소림의 사자후처럼, 아니, 그보다 더하면 더했지."

한편 모용천의 이야기는 이제 수왕의 남만에 가 있었다. 끝없이 펼쳐진 숲의 바다에서 교룡과 싸우는 대목에 이르자 남궁미인은 주먹을 불끈 쥐기까지 했다.

"그래서요? 그래서 어떻게 되었죠?"

재촉하는 남궁미인의 작은 손은 모용천의 눈에도 보일 만큼 땀으로 흥건하였다. 또한 경청하는 남궁미인의 표정은 실로 변화무쌍하여 희로애락(喜怒哀樂)을 넘나들었으니, 말하는 이로 하여금 절로 흥이 일게 하는 것이었다.

"그래서 결국 우리는 종리 형의 시신 찾기를 포기할 수밖에 없었소. 종리세가의 신물이라던 단목신검이 겨우 그의 시신을 대신하였지."

"저런……!"

손에 땀을 쥐어가며 듣던 남궁미인은, 결국 마지막에 이르러 안타까운 탄성을 지르고 말았다. 이미 지난 일이건만 남궁미인의 감정이 진실로 생생해, 모용천의 마음에도 그날의 안타까움이 새로이 이는 것이었다.

"나는 아직도… 종리 형이 왜 그런 짓을 했는지 이해할 수가 없소. 이미 막대한 내공을 얻고도 왜 또다시 내단을 탐하였는지 말이오."

"정말 특이한 사람이군요."

"아니오. 종리 형은 괜찮은 사람이었소."

"누가 고인이 그렇대요? 특이한 건 당신이라구요!"

남궁미인은 어이없다는 웃음을 지으며 외쳤다.

"내가 특이한 사람이라고?"

정색을 하며 되묻는 모용천에게 남궁미인은 눈을 반짝이며 대답했다.

"특이하고말고요. 그 종리상응이라는 분을 이해하지 못하는 건 아마 당신밖에 없을 테니까 말이에요."

모용천은 눈을 끔뻑이며 말했다.

"나밖에 없다니, 그게 무슨 말이오?"

"끝이 없는 게 사람의 욕심이라구요. 막대한 내공을 가져다준 내단이 하나 더, 그것도 눈앞에 있는데 가지려 들지 않을 수 있겠어요?"

정말 어쩔 수 없다는 얼굴로, 남궁미인은 어린아이 가르치듯 모용천에게 이야기했다.

'남궁 소저도 이 선배와 같은 말을 하는구나. 정말 내가 이상한 건가?'

모용천은 속으로 생각하며 고개를 끄덕였다.

"그 말이 맞나 보오. 내가 이상한가 보지."

그러자 남궁미인은 까르르, 새처럼 웃었다.

"그렇다고 냉큼 시인하는 법이 어디 있어요? 명색이 무애검이라는 별호를 가지신 분이 말이에요."

남궁미인은 틈만 나면 무애검이라는 별호를 들먹였는데, 그럴 때마다 불편해하는 모용천의 기색이 뚜렷했기 때문이다.

"그 이야기는 제발 하지 마시오. 대관절 누가 나를 그렇게 부른단 말이오? 아니, 부른다 해도 싫소. 감당하지 못할 말이오."

모용천의 표정이 심각했으나, 그것이 도리어 남궁미인의 웃음보를 건드리고 있었다. 남궁미인은 간신히 웃음을 참아가며 말했다.

"그러니까 특이하다는 거예요. 남들은 그럴듯한 별호 하나 얻어 명예를 구하고자 혈안이 되어 있는데, 당신은 있는 명성도 거추장스럽다 하지 말이에요. 무애검이라니! 대체 십왕을 제외하고 이런 별호를 누가 얻느냔 말이에요. 당신은 스스로에게 좀 더 관대해질 필요가 있다고 봐요."

"…노력해 보겠소."

모용천이 마지못해 대답하자, 남궁미인은 만족스러운 얼굴로 물었다.

"그런데 말이에요. 그 교룡에게는 왜 내단이 없었을까요?"

"누가 그걸 알겠소? 어쩌면 처음 교룡의 뱃속에 내단이 있었던 것이 이상한 일이었는지도 모르지요. 원래 없어야 할 것이 그놈에게만 생겼을지 누가 아오?"

"아니, 그건 아닐 거예요. 원래 두 번째 교룡도 내단을 가지고 있었을 게 틀림없어요."

남궁미인의 말은 힘이 있어, 마치 그 자리에 있었던 사람

같았다. 모용천은 그녀가 무엇을 믿고 이리 확언하는지 궁금할 따름이었다.

"단목신검과 함께 교룡의 시신도 회수하였소. 이 선배와 신 사부가 찾아보았으나 내단은 역시 없었소. 종리 형이 못 찾은 건 아니었소."

단목신검을 회수하기 위해 떠내려가던 교룡의 시신을 건져 올리고, 이소나 신유결은 이미 파헤쳐진 뱃속을 다시 헤집어 보았다. 두 사람이 함께 찾았어도 내단은커녕 그 비슷한 물건 하나 없었던 것이다.

그러나 남궁미인은 힘차게 고개를 저었다.

"아니요, 내단은 있었어요. 당신도, 다른 사람들도 전부 보았을 거예요."

"내단을 보았다니? 내단은 분명 없었소. 우리가 전부 눈뜬장님이었단 말이오?"

그러자 남궁미인은 환하게 웃으며,

"맞아요. 다들 눈뜬장님이었던 거죠!"

하고 말하는 것이었다. 그러자 마냥 남궁미인의 말에 맞장구 쳐왔던 모용천도 넘어가지 못하고 눈살을 찌푸렸다. 자신이야 눈뜬장님이든 말하는 벙어리든 상관없지만 종리상웅을 욕보이는 건 참을 수 없었다.

"나를 놀리는 것은 괜찮지만……."

"아니, 누가 누구를 놀려요? 난 사실을 말한 것뿐인데?"

"소저는 그 자리에 있지도 않았잖소?"

"거기 없었기 때문에 볼 수 있다고는 생각하지 못하나요?"

남궁미인의 말은 도통 이해할 수 없었다. 모용천은 그녀가 억지를 부린다고 생각했는데, 그 속을 짐작했는지 남궁미인이 설명하기 시작했다.

"진정하세요. 당신을 놀리고자 하는 말이 아니니까. 아마 나도 그 자리에 있었다면 당신처럼 눈뜬장님이었을지도 몰라요. 어떤 진실은 눈으로 보아도 보지 못하고, 보지 못해도 보이는 법이에요."

"나는 모르겠소. 대체 무슨 말을 하는지……."

"내단은 분명 있었어요. 다만 그 모습이 바뀌어서 몰라봤을 뿐이죠."

"모습이 바뀌다니?"

남궁미인은 다소 저어하는 심정으로, 그러나 제 말이 틀림없다는 바위 같은 얼굴로 말했다.

"고인을 채갔다는 작은 교룡, 그놈이 바로 내단이에요."

"……."

"생각해 보세요. 똑같이 생겼으나 몸집이 작은 교룡이라니, 그놈이 어디서 나왔겠어요? 한 쌍의 교룡이 낳은 새끼가 아니고 뭐겠어요?"

"아아!"

모용천은 자신도 모르게 탄성을 질렀다.

"몇백 년이 넘게 둘뿐이었다는 교룡이 낳은 새끼이니 얼마나 큰 공력을 기울였겠어요? 사람도 열 달을 품어 낳으면 제 몸을 가누지 못할 만큼 힘이 드는데, 어미 뱃속에 있던 내단이 어디로 갔는지 알 만하지 않겠어요?"

남궁미인의 말을 들으니 모용천도 짚이는 바가 있었다. 두 번째 교룡은 처음의 놈과 비교해 둔하고, 어딘가 힘이 빠져 있었다. 단목신검의 힘을 빌었다 해도 너무 쉽게 죽일 수 있어 의아할 정도였다.

과연 내단을 잃었으니 그리 힘이 없었을 테고, 새끼를 낳느라 내단을 잃었다는 식으로 생각하면 아귀가 맞아떨어지는 것이다.

"일리가 있는 말이오. 하지만 어떻게 증명할 수 있소?"

아무리 그럴듯해도 남궁미인의 말은 어디까지나 추측에 불과하다. 현장에 있지도 않았던 사람에게 답을 구했다는 생각이 억울해, 모용천은 억지를 부려보았다.

그러나 남궁미인은 확신에 찬 얼굴로 대꾸했다.

"물론 내 말은 추측에 불과해요. 하지만 이보다 더 그럴듯한 추측은 찾기 어려울걸요? 진실이 어떠한지 눈으로 확인할 수 있는 자가 없다면, 내 말이 바로 진실이랄 수 있지 않겠어요?"

'웬만한 사내보다 낫구나!'

들은 것만으로 그 자리에 있던 것처럼 추리해 내는 통찰력도, 유려한 말솜씨도 아니었다. 스스로 한 말에 대한 확고한 믿음. 남궁미인의 그 배포가 모용천으로 하여금 고개를 숙이게 만든 것이다.

"어떻게 그런 생각을 했소?

모용천은 한발 물러나 남궁미인에게 물었다. 남궁미인은 방긋 웃으며 대답했다.

"숲의 왕으로 군림하였던 한 쌍의 교룡을 퇴치하고자 했던 이유가 뭐였다고 했죠?"

'총명한 이들은 다 비슷비슷한가 보구나. 바로 대답해 주면 될 것을 꼭 굳이 되물어야 직성이 풀린단 말이지.'

모용천이 속으로 그런 생각을 하며 대답했다.

"제물을 마다하고 마을을 습격하여 사람을 해쳤기 때문이오."

"그 제물을 바쳐 온 세월이 몇백 년을 헤아린댔죠?"

"그렇소. 그래서 사람들이 그놈들을 제 주인으로 섬기고 받들었던 것이오. 그런데 어느 날부터 사람들을 무차별적으로 잡아먹어서 수왕이 퇴치를 결심한 것이오."

남궁미인은 가느다란 손가락을 내밀며 말했다.

"그 명색이 사람들에게 왕으로 대접받던 영물이, 가만히 있어도 알아서 먹이를 바치는 기특한 전통을 왜 마다했을까요? 그 이유를 생각해 본 적은 없나요?"

"……."

모용천은 대답하지 못했다.

모용천의 머릿속에는 교룡들이 돌연 변하여 사람을 닥치는 대로 잡아먹었다는 사실만 들어 있었지, 그네들이 왜 몇백 년 동안 반복해 온 일을 무시하였는지는 없었다. 모용천은 숲의 사람들이 대항할 생각도 못하고 자발적으로 제물을 바쳐 왔다는 이해할 수 없는 전통과 많은 사람들이 무참히 잡아먹혔다는 사실에만 주목했던 것이다.

"바쳐 온 제물만 먹고 조용히 지냈던 교룡이 갑자기 마을을 습격했다면 이유가 있지 않겠어요? 이를테면 지금까지는 충분했던 먹이의 양이 갑자기 부족해졌다거나 하는 이유 말이에요."

"……"

"그렇다면 왜 먹이의 양이 부족해졌을까요? 몇백 년 만에 위장이 늘어난 걸까요? 아니면 일시에 많은 힘을 잃어버려 그만큼 보충해야 할 일이 생긴 걸까요? 후자라면 일시에 많은 힘을 잃어버릴 만한 일이 어떤 게 있을까요?"

"……"

"변덕스러운 것은 사람으로 족하지요. 하나의 사실을 두고 본다면 원인이 없을 때보다 있을 때가 더 많은 법이랍니다. 그리고 원인이 무엇인지 더듬어가다 보면 비교적 진실에 가까워질 수 있는 법이구요."

남궁미인의 통찰력이 실로 대단했다. 모용천은 감탄한 나머지 할 말을 잃고 있다가, 정신을 차리고 엄지손가락을 내밀며 찬사를 퍼부었다.

"정말 대단하군요! 이 모용 모, 소저의 통찰력에 마음으로 굴복했소이다."

모용천은 그리 말하고 실제로 고개를 숙였다. 남궁미인은 웃으며, 그러나 다시금 쓸쓸히 말했다.

"통찰력이라니, 그렇게 대단한 것은 아니에요."

"하지만 바로 그때 그 자리에 있었던 나도 몰랐던 전후 사정을, 그것도 내 얘기만 듣고 꿰뚫어 보았으니 정말 대단하지 않소. 충분히 자부할 만한 것이오."

"나도 그 자리에 있었다면 당신처럼 눈뜬장님이었을지도 몰라요."

"……."

"나는 세가 밖으로 나가본 적이 드물어, 바깥 세상에 대해서는 세가에 들른 손님께 청해 들은 게 아는 전부예요. 들은 이야기를 토대로 이런저런 상상을 해보는 게 가장 큰 낙이니, 그렇게 얻은 통찰력 따위 무에 자부하겠어요?"

남궁미인의 목소리와 얼굴에 다시금 그늘이 드리웠다. 그늘은 곧 길어져 남궁미인의 얼굴을 벗어났고, 그 끝을 날카롭게 모아 모용천의 가슴을 찌르는 것이었다.

"미안하오."

어떻게 해야 할지 알 수 없어, 모용천이 할 수 있는 거라곤

고작 미안하다는 말이 전부였다. 그 말을 들은 남궁미인은 퍼뜩 정신을 차리고 활짝 웃어 보였다.

"모용 공자가 왜 미안해하는 거죠? 그럴 필요 없어요."

남궁미인을 보며 모용천도 멋쩍게 따라 웃었다.

"그럼, 이제 세가를 나가면 어디로 가나요?"

들려줄 만한 이야기는 남만에서 끝이 났다. 그다음은 남궁세가를 떠나서야 이어지는 것이다.

"행선지는 북해빙궁이오. 나는… 빙왕의 지지를 얻기 위해 가는 길이라오."

모용천은 잠시 망설이다 말했다. 심정적으로야 어쨌든 무림맹에 속해 있는 몸이다. 적이랄 수는 없지만 어떤 의미로 적보다 더 위협적인 세력, 남궁세가의 사람에게 제 진영의 일을 말해도 될까 혼란스러웠던 것이다.

"빙왕의 지지를 얻은 무림맹이라… 호랑이에 날개가 달린 격이겠군요."

"그거야 잘됐을 때의 일이지요."

모용천이 그리 말하자, 남궁미인은 소리 내어 웃었다.

"잘되지 않으면 또 어떤가요? 내가 남궁 씨라고 해서 그렇게까지 조심할 필요는 없어요. 기왕지사 맡은 일이라면 보란 듯이 해내야지요. 안 그래요?"

모용천은 고개를 끄덕이는 것으로 대답을 대신했다. 가슴이 벅차서 도저히 입을 뗄 수가 없었다. 아무렇지도 않게 던진 남궁미인의 한마디 격려가 모용천의 가슴에 불을 붙인 것이다.

"모용 공자는 할 수 있을 거예요. 적어도 나는 믿어요."

남궁미인의 이어지는 말은 불 위에 기름을 끼얹은 격이었다. 저도 모르게 열린 입에서, 뜨거운 말이 튀어나왔다.

"무림맹주, 권왕은 나에게 약속했소. 이 일에 성공하면 최선을 다해 모용세가의 재건을 돕겠다고 말이오. 그리고… 잃어버린 오대세가의 자리를 되찾아준다고도 했소."

모용천의 말을 들은 남궁미인이 눈을 크게 뜨며 말했다.

"권왕이 오대세가의 자리를 되찾아준다 했다고요?"

정확히는 오대세가라는 현 세력도에 한자리를 더해주겠다는 제안이었지만, 오대세가든 육대세가든 수 자체에는 그 이상의 의미가 없었다.

중요한 것은 다섯이나 여섯이나 관계없이, 어쨌든 기존의 세가와 하나로 묶여지는 이름이야말로 모용천의 과제라는 점이었다.

살아도 산 것이 아닌 몸으로 연명하는 아버지와.

가주와 함께 쓰러질 운명이었던 세가를, 돌려받을 수 없는 제 생애와 맞바꾸어 붙들어 맨 유 총관이.

두 사람이 모용천의 어깨에 지운 짐을 내려놓을 수 있는 지점이, 그 과제의 달성 여부를 가늠하는 기준이 바로 기존의 오대세가인 것이다. 그네들과 하나로 묶인다면, 앞의 숫자가 다섯이든 여섯이든 아무 상관도 없는 것이다.

"어쨌든 권왕이 도와준다면 내가 해야 할 일이 좀 더 수월해질 것이오. 세가의 영광을 되찾는 것이 내가 해야 할 일이었으니까……."

뜨겁게 말하는 모용천의 얼굴이 조금 붉어져 있었다.

남궁미인은 모용천을 알아보았던 얼굴로, 교룡의 내단을 이야기하던 목소리로 말했다.

"할 수 있어요. 그렇게 될 거예요."

권왕의 힘을 빌려 세가의 영광을 되돌리겠다는 말은, 곧 지금 무림맹과 대립하는 오대세가의 구도를 허물어뜨리겠다는 뜻이다(기실 모용천의 의도는 그렇지 않았으나). 이는 남궁세가의 안위와도 맞닿아 있는데, 그것을 알면서도 남궁미인은 모용천에게 아낌없는 격려를 준 것이다.

뒤늦게 제 실언을 깨달은 모용천은, 그럼에도 불구하고 기꺼이 웃어주는 남궁미인에게 끌리듯 말했다.

"그렇게 되면… 내가 성공하여 세가의 영광을 수복한다면……."

쉬익―

강한 바람이 모용천의 뒷말을 집어삼켰다. 바람을 따라 나타난 신형이 두 사람의 사이를 가로막고, 남궁미인은 놀라 뒤로 물러났다.

"……!"

남궁미인의 앞을 가로막은 사내는 잔뜩 굳어진 얼굴로 모용천을 노려보았다. 남궁미인은 사내의 등을 보며 조심스레 말했다.

"오라버니……."

넓은 등으로 남궁미인과 모용천을 갈라놓은 사내, 남궁겸은 여동생의 말을 가볍게 묵살했다. 남궁겸은 매서운 눈으로 남궁미인을 조용히 시키고 다시 고개를 돌려 포권의 예를 취하며 말했다.

"소인의 불민한 소매(小妹)를 찾아준 은혜, 어찌 갚아야 할지 모르겠소. 이 남궁 모, 깊이 감사드리오."

말은 그렇게 하였으나 모용천을 쏘아보는 남궁겸의 눈빛이 예사롭지 않았다. 그 기세가 사납긴 하였으나, 보통의 사나움과는 또 다른 면이 있었다. 웬만해서는 꿈쩍도 않는 모용천도 남궁겸의 사나운 기세에 눌려 눈살을 찌푸렸다.

"별말씀을."

모용천도 가볍게 답례하였다. 그러면서 시선을 잠시 옮겼으나, 남궁미인의 모습은 가리어 보이지 않았다. 단지 남궁겸의 어깨 위로 틀어 올린 머리가 간혹 보일 뿐이었다.

"……."

삼자가 한자리에 있으나 교환되는 시선은 한 쌍도 없었다. 모용천은 보이지 않는 남궁미인을 찾아 고개를 기웃거렸고, 남궁겸은 남궁미인을 가리며 모용천을 노려보기만 했다.

남궁미인의 시선은, 보이지 않았다.

그녀도 자신을 보려 애쓰는지, 모용천의 머릿속은 온통 그러한 생각으로 가득했다.

그렇게 한동안 엇갈리는 시선이 하나로 모아졌다.

남궁겸을 따라온 듯, 뒤늦게 이소가 도착한 것이다.

"어허? 자네는 왜 여기 있나?"

남궁겸을 따라온 이소가 모용천을 보고 말했다. 모용천은 딱히 할 말을 찾지 못했는데, 마침 이소가 따라와 잘되었다는 투로 남궁겸이 말했다.

"세가에 대사가 있으니 더 이상 손님들을 대접할 여유가 없구려. 미안하지만 이만 가주시오."

이유야 어쨌든 쫓아내겠다는 말이었다. 방금 전까지만 해도 비교적 호의적이었던 남궁겸의 태도가 급변하였으니 이소가 놀라 남궁겸을 보고, 다시 모용천을 보았다.

'무슨 일이 있었던 게 틀림없구나.'

청춘 남녀가 이리 외진 곳에 단둘이 있었으니 그런 생각이 드는 게 당연하다. 아니, 설령 그런 일이 없었다 해도 혼처가 정해진 처녀가 취할 행실은 아닌 것이다.

"말이 필요하다 하셨소? 지금 당장 조치하겠으니 어서 나가주시오. 어서!"

남궁미인을 가리고 선 남궁겸의 목소리가 단호했다. 지레짐작을 한 이소가 오히려 마음이 급해, 못 박힌 듯 서 있는 모용천을 잡아끌었다.

"……."

모용천은 마지못해 걸음을 옮겼다.

아주 잠깐, 가리고 선 남궁겸과 모용천의 시선이 어긋났다.

스치고 지나는 순간,

고개를 끄덕이는 남궁미인의 눈은 웃고 있었다.

第五章

그가 바라는 것은

"자자! 다들 거셨으면, 한번 굴려보겠습니다!"

어두운 방.

호롱불 하나에 의지한 가운데 등이 굽은 사내가 능숙한 솜씨로 찻잔을 돌리다 탁자 위에 거꾸로 엎었다.

탁!

밝은 해 아래였다면 차가 쏟아질라 아찔한 순간이지만, 호롱불이 닿지 않는 어둠 속에 도사린 자들은 조금도 움직이지 않고 엎어진 찻잔을 노려볼 뿐이었다.

"……"

다행히 잔은 비어 있었고 탁자 위는 멀쩡했다. 그러나 찻잔을 향한 긴장감은 여전히 팽팽하였으니 방 안에 모인 예닐곱 사내들이 무엇을 걱정하고 있는지 알 수 없었다.

"자아……!"

한참 뜸을 들이던 사내가 좌중을 둘러보며 추임새를 넣고, 조심스레 잔을 들었다.

호롱불 아래 드리운 그림자가 거두어지고, 탁자 위로 한 쌍의 주사위가 모습을 드러냈다.

"일, 육! 일, 육 나왔습니다!"

낭랑한 목소리로 사내가 주사위의 눈을 읽었다.

"……!"

눈은 하나이되 어둠 속 사내들의 반응은 여럿이었다.

누군가는 한숨을.

누군가는 소리없는 환호를.

그러나 상반된 반응은 오직 공기로만 읽을 수 있었다.

승리의 기쁨도 패배의 아쉬움도, 반드시 침묵으로 말해야 하는 것이 이곳 배상장(背常莊)의 규칙이었다.

산동성(山東省) 제남(濟南)은 대도시가 으레 그러하듯 낮과 밤의 모습이 서로 달랐다.

치세와 학문, 교역의 중심으로 산동성을 대표하는 것이 낮의 모습이라면 밤의 모습은 비교할 수 없이 음험하고 또 매력적이다. 사방으로 뻗은 길과 그 위로 오고 가는 물자들이 쌓

아울린 부(富)는 환하게 타는 불처럼 헛된 생명을 끌어들이는 힘이 있었다.

제 몸이 타는지도 모르는 불나방처럼 모여드는 사람들을 다시 장작 삼아 타오르는 불꽃.

낮에는 평범한 상회에 불과해 쉬이 찾을 수 없는 배상장은, 밤이 되어야 밝은 그런 불꽃이었다.

성 밖의 사람들은 상상도 못할 거액이 한순간에 오가고, 호롱불 아래 사내는 다음 판을 준비하고 있었다.

겨우 한 쌍의 주사위에 갈리는 승패의 무게는 솜털 같아 쉬이 받아들이기 힘들 터인데, 누구도 불만을 표하지 않고 결과에 수긍하는 광경이 놀라웠다.

하나 배상장에서 이는 지극히 당연한 일이다.

어둠 속에 묻힌 사내들은 대부분 해 아래에서 누구나 알아볼 명사였다. 그러한 자들이 형성하는 세계의 법칙은 자연 세간의 것과 다른 면이 많았다. 승리의 기쁨도, 패배의 쓰림도 내색하지 않는 것을 미덕으로 삼는 세계였다.

그러니 다음으로 넘어가야 할 판이 방해받는 일은 흔치 않아, 주사위를 굴리던 사내는 물론 어둠 속에 있던 자들이 모두 놀라야 했다.

"잠깐, 잠깐."

경쾌한 목소리와 함께 누군가 어둠 속에서 튀어나왔다. 제 얼굴이 드러나기를 거리끼는 자들과 달리 목소리의 주인은 서슴없이 호롱불 아래로 걸어나왔다.

청수한 기품이 서린 미청년은 호롱불 아래로 나올 때와 마찬가지로 거침없이 팔을 뻗었다.

"이, 이게 무슨 짓이오!"

호롱불 아래에서 주사위를 챙기던 사내가 놀라 소리쳤다. 주사위를 담아 굴리던 찻잔이 어느새 청년의 손안에 들려 있었다.

"잠깐 봅시다. 닳는 것도 아닌데 뭐 어떻소?"

등 굽은 사내가 크게 놀라 두 팔을 내밀었다. 찻잔을 빼앗기 위한 동작이었으나 청년의 옷자락 하나 건드리지 못해, 땅 위에서 헤엄치는 듯 허우적거리는 모양이 실로 우스꽝스러웠다.

그러나 웃는 이는 한 사람, 청년뿐이었다.

"뭐가 그리 켕겨서 난리인지 모르겠군."

청년은 웃으며 등 굽은 사내의 손을 피했다. 그러면서도 여유롭게 찻잔을 거꾸로 들어 털어보고, 호롱불 아래에서 속을 들여다보기도 하였다.

"이노옴!"

머리끝까지 화가 치밀었는지 등 굽은 사내가 노기 띤 고함을 질렀다. 언제나 실실 웃으며 굽은 등으로 손님들을 올려다 보던 사내였던지라, 화내는 모습이 사람들을 또 한 번 놀라게

했다.

쉐엑!

그러면서 등 굽은 사내의 신형이 청년을 덮쳤다. 불편한 몸이라고 생각할 수 없을 만치 신속했고, 갈고리처럼 구부린 손가락이 매섭게 빛나고 있었다.

"어허, 위험하게시리!"

청년은 짐짓 놀란 표정을 지으며 손에 든 찻잔을 움직였다.

타앙! 탕!

흙으로 구은 찻잔이 등 굽은 사내의 손가락과 부딪쳐 맑은 소리를 냈다.

등 굽은 사내의 조법은 변화가 무쌍하고 수법이 지극히 잔인하였는데, 놀랍게도 청년은 작은 잔 하나로 열 손가락을 당해내고 있었다. 아니, 오히려 청년의 잔 놀림이 사내의 손가락을 밀어내고 있었다.

"......!"

열 초도 채 오가기 전에 등 굽은 사내의 얼굴이 어두워졌다. 눈앞의 청년은 자신보다 월등한 고수인 것이다.

탁!

둔탁한 소리를 내며 등 굽은 사내의 손가락이 한데 모아져 찻잔 안으로 쏙 들어갔다. 오른손이 봉쇄당한 것이다.

"이익!"

등 굽은 사내는 이를 악물고 왼손을 날카롭게 구부려 할퀴

161

었다.

좌라락!

청년이 슬쩍 옆으로 피하고 등 굽은 사내의 손가락은 애꿎
은 벽을 할퀴고 지나갔다. 단단한 벽을 종잇장처럼 찢은 손가
락이 다시금 표적을 찾을 때, 청년이 등 굽은 사내의 손등을
가볍게 쳤다.

그 순간,

콰악!

청년이 등 굽은 사내의 손등을 가볍게 치자 거짓말처럼 등
굽은 사내의 손이 벽 속으로 푹 들어갔다. 손목까지 깊숙이
박힌 것이다.

콰직!

동시에 청년의 손안에서 찻잔이 부서졌다.

"끄아아악!"

청년의 손아귀에서 부서진 찻잔 조각과 등 굽은 사내의 오
른손이 하나가 됐다. 비명을 타고, 등 굽은 사내의 고통이 방
안 모두에게로 전이됐다.

"우와아아앗!"

제자리에 얼어붙었던 예닐곱 사내가 일제히 소리를 지르
며 뛰쳐나갔다. 문은 하나인데 나가려는 몸은 여럿이다 보니
한데 엉켜, 급기야 경첩이 뜯어지며 문짝이 떨어져 나갔다.

"조심들 하시오."

눈앞에서 벌어지는 한바탕 소동에 청년은 여유롭게 웃었다.

"여, 여기가 뉘 댁인 줄은 알고 하는 짓이냐……? 크윽!"

등 굽은 사내가 힘겹게 말하다 다시금 고통스러운 신음 소리를 냈다. 그 소리를 듣고 청년이 화들짝 놀란 얼굴로 꼭 쥐고 있던 손을 놓았다.

"이런, 적잖이 아팠겠군! 미안하오."

등 굽은 사내의 손은 찻잔 조각과 한데 엉켜, 이미 손이라고 부르기 힘든 모양을 하고 있었다. 굳이 비유하자면 뭉개진 만두와 같아 청년의 사과가 무색했다.

"너, 너 이노옴……!"

등 굽은 사내는 절망스러운 눈으로, 그러나 고통에 겨워 채 말도 제대로 이어나가지 못했다. 흔들리는 호롱불 밑에 청년이 피식 웃는 입모양이 슬며시 비쳤다.

"웬 놈이냐!"

곧이어 호통 소리가 들리고, 부서진 문 안으로 건장한 사내들이 우르르 밀려들어 왔다. 사내들은 모두 칠 척 장신에 하나같이 험상궂은 얼굴을 하고 있어, 겉모습만으로도 사람을 능히 위압할 자들이었다.

호롱불 하나에 의지하던 방 안이 환해졌다. 사내들이 들고 온 등불이 방을 가득 채웠는데, 어두워서 미처 보지 못했던 청년의 모습이 온전히 드러났다.

착각일까?

호기롭게 소리치며 달려온 사내가 눈을 비볐다. 어스름이, 청년의 손가락 사이로 나무를 태울 때 나는 연기 같은 것이 보였기 때문이다.

슥슥, 소매로 눈을 닦고 보니 청년의 손가락은 희고 길었지, 연기 같은 것은 보이지 않았다. 단순히 잘못 본 것일까? 사내는 눈살을 찌푸리며 외쳤다.

"곱게 놀다 갈 것이지, 이게 웬 행패냐! 머리에 피도 안 마른 것이 여기가 네 집 안방이라도 되는 줄 아느냐?"

청년을 꾸짖는 사내의 목소리가 우렁찼다. 청년은 두 손으로 귀를 막으며 말했다.

"거, 조용조용 말할 수 없소? 그러지 않아도 다 들리오."

"뭐, 뭣이?"

기가 막혀 반문하던 사내의 눈이 동그래졌다. 눈 하나 깜빡이지 않았건만, 어느새 청년이 자신의 앞에 서 있는 것이 아닌가?

"이, 이익!"

당황한 사내가 손을 높이 들었다. 두꺼운 손은 솥뚜껑만 해 한 대만 맞아도 호리호리한 청년의 목이 부러질 것 같았다.

"……!"

그러나 목이 부러지는 대신 청년의 손이 사내의 주먹을 가볍게 받아냈다. 팽이를 돌리듯 가벼운 손짓에 사내의 거구가 뒤로 빙글 돌았다.

"우와아아!"

양옆과 뒤에 서 있던 사내들이 소리를 지르며 청년에게 달려들었다. 청년은 한 손으로 사내를 제압한 채로 나머지 손을 허공에 휘저었다.

구우우웅─

청년의 손이 지나간 자리를 따라 사내가 잘못 보았나 싶었던 연기 같은 것, 검은 기운이 허공에 펼쳐졌다.

"크아아악!"

거대(巨大)하다는 말이 어울리는 사내들이, 한둘도 아니고 십여 명이 양쪽 벽으로 나가떨어졌다. 사내들에 비하면 절반도 안 되는 호리호리한 청년의 손짓 한 번에 이토록 커다란 위력이 있을 줄은 누구도 몰랐으리라.

"크윽! 귀, 귀하는 대체 누구시오?"

수하들이 한 번에 나가떨어지자 사내의 어투가 바뀌었다. 청년이 무시무시한 고수임을 비로소 알게 된 것이다.

청년은 휘둘렀던 손을 거두어 살펴보았다. 밝은 불빛 아래에서 보니 손에는 등 굽은 사내의 피가 묻어 있었다.

"내가 누구인 것은 중요한 문제가 아니지."

청년은 가벼이 웃으며 사내의 등에 피를 닦았다.

어느 정도 피를 닦아낸 청년은, 제 손을 불 아래 이리저리 비추어 보며 무심히 말했다.

"…육 노대(老大)를 보러 왔소."

"……!'

아무렇지도 않게 한 말이었지만 사내의 얼굴은 벼락이라
도 맞은 것 같았다. 고통으로 일그러졌던 얼굴이 삽시간에 누
렇게 떠버렸다.

제 손을 살펴보던 청년은 마음에 들지 않았던지, 다시금 사
내의 등에 문대며 말했다.

"왜 말이 없소? 육 노대를 보러 왔단 말이오. 그는 어디 있
소?'

"그, 그, 그걸 누구에게 듣고……?'

육중한 사내의 몸이 사시나무 떨 듯 떨리고 있었다. 대답조
차 제대로 못해 더듬거리다 말았으니, 육 노대라는 사람을 얼
마나 두려워하는지 삼척동자라도 알 수 있을 것 같았다.

"이것참, 말이 안 통하는군."

청년은 잠깐 고개를 갸웃거리다, 나직이 중얼거리고 사내
의 등을 가볍게 밀었다.

우당탕타타탕!

사내의 거구가 공처럼 굴러 덜렁거리던 문 한 짝을 부수고
나가떨어졌다. 그 모습을 보는 청년의 표정이 미묘했다. 자신
의 방식은 아니지만 어쩔 수 없다는 얼굴로, 청년은 뻥 뚫린
문을 나서며 소리 질렀다.

"제남에 배상장이 있다더니, 손님 대접이 영 엉망이로다!
주인이라는 자는 제 수하들만 믿고 코빼기도 비추질 아니하

166

니 과연 산동의 금웅이라는 이름이 제대로 된 것인지 모르겠 구나!"

내력으로 충만한 목소리가 쩌렁쩌렁, 건물 안을 뒤흔들었 다. 긴 복도에 줄줄이 늘어선 문들이 차례대로 들썩이고, 곧 이어 무슨 영문인지 몰라 사람들이 고개를 내밀었다.

"모두 들어가십시오! 들어가십시오!"

곧이어 복도 끝에서 누런 옷을 입은 사내들이 소리치며 달 려왔다. 그 서슬 퍼런 기세에 놀라 고개를 내밀었던 자들이 모두 문을 닫고 방 안으로 들어갔다.

"네 이놈, 예가 어디라고 행패냐, 행패가!"

강하게 소리치는 사내들은 먼저 달려온 자들에 비해 평범 한 체구였지만, 그보다 몇 배는 위험한 기운을 풍기고 있었 다. 한 사람, 한 사람, 고수 아닌 자가 없었다. 더구나 겉으로 내어놓지 않았으나 길쭉한 윤곽이 소매 위로 드러나니 맡으 려 하지 않아도 불길한 쇠붙이 냄새가 진동을 했다.

"잡아 족쳐라!"

꽉 막힌 복도 양쪽에서 위험한 고수들이 달려드는 상황은 몹시 긴박하였으나 청년은 위험을 감지하지 못하는지 혹은 그렇게 여기지 않는지, 여전히 무언가 불만이라는 얼굴로 중 얼거릴 뿐이었다.

"이건 내 방식이 아니라니까."

화아악!

그와 동시에 검은 기운이 청년의 전신에서 피어올랐다. 실체없는 안개처럼, 청년 황지엽의 몸이 검은 기운으로 화하여 달려드는 황의인들에게로 쏘아졌다.

*   *   *

마천상야공의 검은 기운은 그 자체로 상대의 내력을 갉아먹고 마성(魔性)을 부추기는 독이나 다름없었다. 황의인들은 모두 고수의 반열에 오른 자들이었으나, 마천상야공의 독한 기운을 견뎌낼 수 있는 자는 없었다.

"이, 이런!"

"크으윽!"

황지엽이 채 당도하기도 전에, 분무(噴霧)처럼 퍼지던 마천상야공의 검은 기운을 호흡한 황의인들이 이상(異狀)을 일으켰다.

잡아 족치라며 소리친 사내는 두 손으로 목을 죄었고, 그 뒤를 따르던 사내는 거품을 물며 쓰러졌다.

쏴아아아—

마천상야공의 검은 기운이 사내들 틈을 비집고 들어가 종내 세 사람의 황의인을 제 안에 품었다. 비교적 공력이 깊은 자가 잠시간 저항하긴 했으나, 얼마 버티지 못하고 파란 얼굴로 정신을 잃었다.

스르륵—

쓰러진 사내들 틈을 지나간 검은 기운이 다시금 황지엽으로 화하였다. 반대편에 있던 황의인들은 감히 달려들 생각도 못하고 멍하니 그 광경을 바라보고 있었다.

"마, 마천상야공……!"

누군가 검은 기운의 정체를 알아보았는지 믿을 수 없다는 듯 중얼거렸다. 불신의 중얼거림은, 그러나 두려움의 탈을 쓰고 두 발로 서 있는 자들에게로 퍼져 나갔다. 천하에 이러한 무공은 오직 마천상야공뿐인 것이다.

"쯧."

황지엽이 혀를 차고, 잘생긴 얼굴이 일그러졌다.

모두 열 단계로 이루어진 마천상야공은 지고의 경지에 오르면 지금 황지엽처럼 검은 기운을 겉으로 드러낸다거나 할 일이 없었다. 마왕 황종류의 마천상야공은 지금과 사뭇 다른 광경일지니, 황의인이 알아본 것은 바로 황지엽 자신의 마천상야공이었다.

이는 작년 가을, 권왕의 영웅연에서 당한 패배가 얼마나 널리 알려졌는지를 반증하는 것이니 당사자인 황지엽의 입맛이 자연 쓸 수밖에.

황지엽은 곧 그러한 기색을 지우고, 웃음기없는 얼굴로 말했다.

"그대들의 주인에게 가서 일러라, 오대산에서 황 씨 성을 가진 이가 찾아왔다고!"

황지엽의 말소리는 크지 않았고 내공도 실려 있지 않았지만 그 무게가 남달랐다. 마천상야공을 쓰는 오대산의 황씨가 무엇을 뜻하는지, 모르는 이가 없었던 것이다.

황의인들이 앞 다투어 사라지고 삽시간에 복도가 허허로워졌다. 황지엽은 즉시 몸을 돌렸다. 하기 싫은 일이라면 최대한 빨리 끝내야 한다.

흐읍.

황지엽은 크게 한 번 숨을 들이쉬었다 크게 내뱉었다.

"오늘 장사는 이만 끝났소. 모두 댁으로 돌아가시오!"

우우우웅—

내공 실린 고함 소리가 다시금 건물을 진동시켰다. 그러면서 황지엽은 가까운 문 하나를 뜯어냈다.

콰직!

문을 열듯 가벼운 동작이었지만 문은 경첩째로 뜯어져 나갔다. 어두웠던 방 안으로 복도의 환한 등불이 들이닥치고, 몇 사람인가 장년인들이 기함을 했다.

"이, 이게 무슨 짓인가!"

"당장 불을 끄지 못할까!"

지시하기에 익숙한 목소리들이 간간이 튀어나왔지만 힘이 들어가 있지 않았다. 뜯겨져 나간 문짝이 황지엽의 손안에서 과자처럼 부서지고 있었다.

"말씀드렸지요, 오늘 장사는 여기서 끝이라고!"

황지엽은 차갑게 내지르고 문짝의 잔해를 방 안으로 던졌다. 물론 방 안의 장년인들이 다치지 않도록 신경 쓰긴 했으나 효과는 만점이라, 장년인들은 벗어놓은 겉옷도 챙기지 못하고 황망히 빠져나가는 것이었다.

아버지뻘 되는 장년인들이 자신의 일갈에 허둥대며 뛰는 뒷모습이 우스우면서도 썩 개운치 않은 기분이었다. 그러나 이 정도는 해줘야 두더지같이 땅속에 박혀 나오지 않는 이 배상장의 주인을 끌어낼 수 있다는 게 진첩결의 조언이었다.

'조언? 조언이 아니라 지시겠지.'

제 생각을 스스로 부정하면서도 황지엽은 서슴없이 다음 문을 열고 같은 식으로 도박에 열중하던 이들을 쫓아냈다. 그렇게 다섯 번째 문을 열려던 때에, 비로소 황지엽의 앞을 가로막은 자가 나왔다.

말쑥하게 차려입은, 길게 찢어진 눈이 날카로운 사내였다.

"함 모가 황 공자를 뵙니다."

사내는 차분히 포권의 예를 취하며 허리를 굽혔다. 열댓 살은 어린 황지엽에게 허리를 굽히면서도 사내는 비굴하지 않았고, 동작에는 절도가 있어 앞선 황의인들과 비교도 할 수 없는 고수가 틀림없었다.

'이자가 함교서(咸喬瑞)가 틀림없으렸다!'

함교서는 산동에 이름난 고수로, 지금은 이 배상장의 장주를 보필하고 있다 했다. 황지엽은 사전에 들은 이야기를 떠올리며, 턱을 약간 치켜들고 대답했다.

"육 노대를 뵙고자 왔네만, 좀처럼 볼 수 없더군. 이것이 배상장의 손님 대하는 방식인가?"

적당히 비아냥거리는 말투였지만 함교서는 동요하는 기색없이, 여전히 정중한 자세로 대답했다.

"대접에 소홀할까 염려하여 준비하다 보니 시간이 지체된 줄도 몰랐습니다. 따라오시지요."

미로처럼 구불구불한 복도를 지나, 함교서가 안내한 곳은 배상장 가장 깊숙한 곳에 위치한 방이었다. 뒷짐을 지고 방 안에 들어선 황지엽의 눈앞에 펼쳐진 광경이 이채로웠다.

넓은 방은 사방이 온통 금빛이었고, 갖가지 보기 힘든 시화(詩畵)와 자기(瓷器)로 둘러쳐 있었다. 그중 어느 하나라도 귀하지 않은 물건이 없었으니, 가격을 따지고 들면 지금 방 안에 있는 물건들로 능히 성 하나쯤 꾸려 나갈 정도였다.

그러나 방 안 가득한 황금빛이 지극한 예술품과 어울리지 못해 천박하기 그지없었으니, 말 그대로 안목없는 졸부의 자기만족에 불과한 배치였다.

절로 얼굴을 찡그린 황지엽은 곧 방 한가운데 놓인 의자 위에 앉아 있는 노인을 발견했다. 삐쩍 말라 뼈밖에 남지 않은, 그래서 나이보다 더 늙어 보이는 이 노인이야말로 황지엽이 만나고자 찾아온 바로 그 사람이었다.

제남을 넘어 산동성 전체의 돈 줄기를 틀어쥔 자. 혹자는 돈의 노예라고도 하고 혹자는 돈의 신선이라고도 하는 자.

금응(金鷹) 육주당(陸朱堂)이었다.

강호의 배분으로는 황지엽이 그에 비할 바 아니었지만, 지금은 엄연히 마왕을 대신해 온 자리였다. 황지엽은 불쾌한 감정을 굳이 감추지 않으며 육주당을 내려다 봤다.

"육 노대시오?"

굳이 필요치 아니한 확인이었다. 육주당은 고개를 끄덕이며 대답했다.

"내가 육주당이외다. 오대산에서 왔다 하시었소?"

"그렇소."

황지엽이 고개를 끄덕이자, 육주당은 제 손으로 주름 가득한 얼굴을 문지르며 중얼거렸다.

"어디 보자… 마왕에게 네 마리 새끼 사자가 있다더니, 그 중 하나임은 분명한데 몇째인지가 문제로군. 첫째라기엔 어리고 막내라기엔 제법 나이를 먹었는데… 듣기로 둘째는 빙왕의 초대를 받았다 하니 그대는 셋째이겠구려. 크큭!"

육주당이 배상장 안에 틀어박혀 재물만 쓰다듬은 지 오래건만 이토록 바깥일에 정통할 줄이야! 육주당은 황지엽을 알아보고 참지 못했다는 듯 웃음을 터뜨렸다.

제마성의 삼공자.

경외의 대상이어야 할 황지엽의 이름 석 자가 강호에서는 이처럼 웃음거리로 통용되는 것이다. 이는 오직 모용천에게 무릎 꿇고 관음지의 등에 업혀 패주한 자신의 탓이었으니 달리 누구를 원망할까?

황지엽은 입술을 질끈 깨물며 말했다.

"육 노대는 그간 주군의 부름을 받고도 한 줄의 답도 내어놓지 않았소. 이에 먼 길을 왔으니 어디 대답해 보시오."

크흥!

육주당은 당치도 않다는 듯 콧방귀를 뀌었다.

"노부는 강호를 등진 지 오래라, 한동안 바깥일을 모르고 지냈소이다. 주군이라는 자가 누구인지 모르겠지만 나를 불렀다는 일도 모르고, 설령 불렀다 한들 답해야 할 이유도 없소. 노부는 그저 내 집에서 편안히 여생을 보내고픈 마음뿐이오."

일면식없는 황지엽을 알아본 육주당이었으니 모른다 하는 말이 가당치도 않았다.

육주당은 사파의 고수였지만 그보다는 유력한 자산가로, 제남 지역의 권문세족과 친밀한 관계를 유지하고 있었다. 제 손을 더럽히기 싫어하는 자들을 위해 일하고 오래도록 물질적 지원을 아끼지 않았으니, 마왕의 부름도 무시할 배짱이 생긴 것이다.

황지엽은 고개를 끄덕이며 말했다.

"그렇다면 이 자리에서 직접 주군의 말씀을 전할 터이니 잘 들으시오. '금웅 육주당은 근시일 내에 재산을 모두 정리하고 제마성에 투신하여라', 이상이오."

마왕의 명을 듣고 동요치 않을 자 없었으나, 육주당은 간이 얼마나 커졌는지 실실 웃으며 말했다.

"크큭! 아니, 거, 말이 되는 소리를 하시오. 이곳 제남에는 노부가 없으면 안 될 분들이 수두룩하고, 개중에는 황실과 연이 닿은 귀인도 계시외다. 마왕, 마왕 하지만 그거야 남들이 부르는 이름일 뿐! 그 몸에 흐르는 피는 나나 마찬가지가 아니오? 배상장은 엄연한 상회이고 무림과는 상관없는 세계에서 귀하신 분들의 일을 도맡아 하고 있소. 예가 어디라고 그런 말을 하는지 모르겠군!"

"뭐, 육 노대의 뜻이 그렇다면 나도 더 말하지 않겠소. 사실 꼭 육 노대를 제마성의 사람으로 만들 필요는 없다는 말을 듣고 왔으니 말이오."

황지엽은 그럴 줄 알았다는 듯 여유로운 얼굴로 대답했다.

"뭐요?"

허를 찔린 쪽은 육주당이었다. 눈살을 찌푸리며 되묻는 육주당에게 황지엽이 고개를 끄덕였다.

"그 대신 예까지 온 걸음이 아쉬우니 한바탕 놀아야겠소. 육 노대가 그렇게 내기를 좋아하신다고 들었소만, 나도 내기라면 어디 가서 빠지지 않는 몸이오. 나와 한판 붙어보시겠소?"

그 말을 들은 육주당의 얼굴에 한가득 비웃음이 피었다. 그도 그럴 것이, 육주당의 재산 축적 과정은 모두 한판의 도박

과도 같았다. 금웅이라는 별호로도 알 수 있듯이 황금과 재물을 좋아하기가 병(病)보다 깊은 육주당이었지만, 그에 앞서는 것이 도박이었던 것이다.

그런 자신의 앞에서 머리에 피도 안 마른 황지엽이 한판 내기를 걸다니, 기가 차는 게 당연했다.

"허어! 거참, 반가운 소리구려. 근간에 노부가 낄 자리가 없어 무료하던 터였소. 그래, 어떤 판으로 붙어보고 싶소?"

주사위를 이용한 간단한 노름에서부터 마작, 심지어 바둑에 이르기까지 육주당은 자신이 있었다. 종목이야 어떠하든 내기가 걸려 있다면 육주당은 스스로 이기는 것이 당연하다 여기는 것이다.

기대에 가득 찬 얼굴로 물어오는 육주당에게 황지엽은 웃으며 말했다.

"판이야 무엇이든 상관없소. 중요한 건 내기이지 않소?"

육주당도 마주 웃으며 말했다.

"공자가 어린 나이에 이미 도박의 묘를 꿰뚫고 있으니 귀성의 앞날이 실로 밝소이다. 대체 무엇을 걸려 하는지 궁금하기 짝이 없구려!"

황지엽이 고개를 끄덕이며 말했다.

"별것 아니오. 내가 이기면 노대의 목숨을 거둘 것이고, 지면 대신 이 배상장을 거두겠소. 어떻소? 이만하면 공평한 내기가 되지 않겠소?"

"뭣이?"

황지엽의 말은 오만하기 짝이 없었다. 육주당이 이기면 목숨만은 살려주겠다는 말이지 않은가?

분노로 일그러지는 육주당의 얼굴 위로 황지엽이 기름을 끼얹었다.

"미안한데, 역시 안 되겠소. 주군께서 이만저만 노여워하시는 게 아니라, 노대를 살리면 대신 내가 목숨을 내어놓아야 할 판이구려."

"머리에 피도 마르지 않은 것이 감히!"

벽에 걸려 있던 서화들이 일제히 몸을 비틀었다. 육주당의 노성이 미친 까닭이다.

선반 위에 놓인 자기들도 공명하며 몸을 흔들었다. 그 하나면 몇 채나 되는 집을 살 수 있는 호리병들이 금방이라도 떨어질 듯 위태로웠다.

황지엽은 놀라는 얼굴로 그들을 향해 손을 뻗었다.

그리고,

와장창창창창!

황지엽의 손이 지나가자 하얗고 푸른 자기들이 차례로 바닥에 떨어졌다. 가만히 놔두었으면 잠시 흔들리다 말았을 것이었다. 수십여 점의 자기가 바닥에 깨어지고 흩어져, 상상도 못할 고가의 제 몸값도 돌이킬 길 없이 흩어놓았다.

"어이쿠! 이런!"

황지엽은 짐짓 놀란 표정을 지으며 육주당을 돌아봤다.

"육 노대도 보았을 것이오. 나는 이것들을 구하려 했소!"

황지엽의 능청스러운 태도가 육주당의 속을 완전히 뒤집어놓았다. 더 이상의 말은 필요없다는 듯 흐려진 육주당의 신형이 황지엽의 머리 위에 나타났다.

"갈아 마셔도 시원찮을 놈!"

일갈하는 육주당의 손가락이 황지엽의 천령개 위로 내리꽂혔다.

황금빛으로 빛나는 다섯 개의 손가락!

육주당에게 금응이라는 별호를 가져다준 독문절기, 황금조(黃金爪)의 한 수였다.

*   *   *

"……!"

황지엽이 육주당을 한껏 조롱하였지만 그 무공까지 경시하는 것은 아니었다. 더구나 제 머리 위로 내리꽂히는 손가락들의 기세가 보통 흉험하지 않았다.

구우웅—

황지엽의 전신에서 마천상야공의 검은 기운이 급속히 피어오르고 동시에 육주당의 손가락이 천령개 깊숙이 꽂혔다.

수욱—

손끝의 감각이 허하다. 두개골을 뚫고 뇌수에 파고들었을 손가락들이 허공을 휘저었으니 육주당의 얼굴이 일그러졌다. 황지엽의 몸이 머리끝에서부터 검은 연기처럼 흩어져 버린 것이다.

화악!

검은 기운이 완전히 흩어지기 전에 육주당은 다른 손을 그 속에 집어넣고 양팔을 벌렸다. 열 개의 손가락이 검은 기운을 헤집으며, 좌우로 열 개의 금빛 길이 생겨났다.

"크윽!"

흩어지던 검은 기운이 몇 발짝 뒤에서 하나로 모아졌다. 제 모습을 되찾은 황지엽의 얼굴에 낭패가 서려 있었다. 찢어진 어깨 밑으로 드러난 살갗에 손톱자국이 선명했다.

"타앗!"

기합 소리를 내며 육주당의 손가락들이 다시금 황지엽을 향해 날아들었다.

육주당은 환갑을 넘긴 늙은이이고 황지엽은 이제 이십대 중반의 젊은이다. 두 배분은 족히 차이 나는 후배를 상대로, 한 번 점한 우위를 끝까지 물고늘어지겠다는 육주당의 모습에서 그가 얼마나 화가 나 있는지 짐작할 수 있었다.

쉬쉭! 쉬쉬쉭!

바람을 가르는 소리가 어쩜 이리도 흉포하게 들리는지, 황지엽은 난색을 표하며 뒤로 물러났다. 황금조의 공력이 막대하니 섣불리 마천상야공을 일으켰다가 아까와 같은 피해를 입을지 몰랐다.

치이이익!

황지엽의 보법은 신중했으나 그보다 더 날카로운 것이 육주당의 손가락이었다. 황금빛으로 빛나는 손가락들은 말 그대로 매의 발톱과 같이 위협적이었고, 구부린 손가락들이 표적을 노리는 움직임은 기괴하면서도 신묘하기 이를 데 없었다.

무수히 많은 조법 중에서도 첫째를 꼽으라면 단연 소림의 용조수이겠으나, 육주당의 황금조도 그에 비해 손색이 없었다. 물론 한쪽은 소림 정종의 조법이요, 다른 한쪽은 사파의 무리가 근년에 창안한 조법이었지만 그 위력은 누가 낫다고 말하기 곤란한 것이었다.

더구나 육주당의 본신 내력은 깊디깊었고, 방은 여러 기물이 가득해 생각보다 운신의 폭이 좁았다.

치이이익!

삼십여 초를 교환했을 때 이미 황지엽의 상의는 엉망이 되어 있었다. 겨우 걸치고 있는 게 가능할 만큼 찢겨져 나갔으며 곳곳에 핏자국이 흥건했다.

"타앗!"

황지엽이 소리치며, 목을 노리는 손가락을 쳐내고 좌장을 내밀었다. 어깻죽지로부터 일어난 검은 기운이 팔을 휘감으며 손바닥으로 모아졌다.

구우우웅—

그러나 미처 왼팔을 뻗기도 전에 육주당의 손가락이 황지엽의 팔목을 잡아챘다.

화악! 불에 데인 듯 고통이 밀려오며 살점이 뜯겨져 나갔다. 그 지점에서 핏줄기가 분수처럼 뿜어져 나왔다.

"크윽!"

아픔을 느낄 새도 없이, 한번 저지당했던 육주당의 손가락이 다시 황지엽의 목을 횡으로 할퀴려 했다. 팔목에서 뿜어져 나오는 핏줄기도 문제지만 저 손가락에 목을 잡아 채이면 그 길로 저승행이다.

'처음부터 하기 싫은 일이었어!'

육주당의 손가락이 목끝에 닿은 긴박한 상황에서도 황지엽은 원망을 잊지 않았다. 구부린 손가락이 갈고리처럼 목을 따려는 순간, 황지엽의 몸이 다시금 검은 기운으로 화하였다.

"어딜!"

어림없다는 듯 소리치며 육주당이 검은 기운을 잡아챘다. 손안에 검은 기운이 들어오고, 육주당은 속으로 쾌재를 불렀다. 그러나 쾌재를 반도 부르기 전에, 기묘한 이질감이 머릿속을 땅땅 때렸다.

'잡혔다?'

연기처럼 흩어지던 검은 기운이 손안에 잡힌 것이다. 잡아

채려던 손가락은 단단한 것에 걸린 듯 움직이지 않았다.

단지 검은 기운이 피어올랐을 뿐, 처음처럼 황지엽의 몸 자체가 검은 기운으로 화한 것이 아니었다. 피어오른 검은 기운은 연기 같던 아까와 달리 실체를 가지고 있었다.

쉬이익!

곧이어 눈앞으로 커지는 황지엽의 일장. 그 위로 뱀같이 일렁이는 수십 가닥의 검은 기운은 육주당이 본 이승에서의 마지막 광경이 되었다.

텁!

솥뚜껑 덮는 소리를 내며 황지엽의 우장이 육주당의 이마에 적중했다. 그러나 소리와 마찬가지로 황지엽의 손바닥은 육주당의 이마를 타격했다기보다 포개었다는 편이 어울릴 정도였고, 대신 그 위에서 일렁이던 수십 가닥의 검은 기운이 먹이를 발견한 것처럼 달려들었다.

검은 기운들은 각자 생명을 가지고 있는 듯 어떤 놈들은 길게 늘어나 육주당의 머리를 휘감았고, 어떤 놈들은 칠공을 파고드는 것이었다.

"끄어… 어억……."

금빛 매처럼 움직이며 화려한 초식으로 황지엽을 핍박하던 육주당은 변변한 신음 소리 한 번 내지 못하고 선 채로 잠든 듯 그 자리에서 목숨을 잃었다.

스르륵—

황지엽의 손을 떠났던 검은 기운들이 곧 주인에게로 돌아오고, 육주당의 시신은 제자리에서 힘없이 쓰러졌다.

"하아… 하아……."

격렬했던 오십여 초를 증명하는 것은 황지엽의 가쁜 숨소리뿐이었다. 결말이 허무할지언정 과정은 분명 험난했다. 기세는 줄어들었으나 왼쪽 팔목에서는 여전히 피가 흘러나오고 있었다.

"후우……."

황지엽은 숨을 내쉬며 살점이 뜯겨져 나간 팔목 위에 오른손을 포갰다. 흘러나오는 피에서 심장의 맥동을 느끼는 순간, 다리에 힘이 풀리며 눈앞이 파랗게 아득해졌다.

너무 많은 피를 흘린 걸까? 황지엽의 호리호리한 몸이 휘청거렸다.

"……!"

금방이라도 쓰러질 것처럼 휘청거리던 걸음이 어느 순간 안정을 찾았다. 황지엽의 몸이 지면과 수평을 이루며 허공에 누운 것이다.

"큰일 날 뻔했군요!"

많은 피가 빠져나가 아득한 정신으로도 똑똑히 들리는 목소리. 아주 높고, 그러면서도 건조한 여인의 목소리가 황지엽을 깨웠다.

"……!"

183

정신을 차린 황지엽의 눈앞에 목소리의 주인이 있었다. 하얀 얼굴과 가느다란 눈으로 내려다보는 여인은 황지엽이 정신을 차리자 반갑게 말했다.

"괜찮으신가요?"

높은 목소리가 귀를 찌르자 황지엽은 비로소 자신이 여인의 품에 안겨 있음을 깨달았다. 화들짝 놀라 일어나려는 황지엽을 여인이 가볍게 저지했다.

"좀 더 누워 계셔야 할 거예요, 삼공자."

많은 피를 흘렸다지만 황지엽을 간단히 저지한 여인이 놀라웠다. 그러나 황지엽은 그보다 불쾌하다는 얼굴로 여인의 품에 안겨 물었다.

"언제부터 쫓아오신 겁니까?"

여인은 빙긋 웃으며 대답했다.

"삼공자는 행여 본녀를 원망할 생각일랑 하지 마세요. 본녀도 어디까지나 부성주의 지시를 따른 것뿐이니 말이지요."

"아하! 비사면주들은 주군이 아니라 부성주에게 충성을 맹세했답니까? 아니면 비흑면주의 일이 고작 이런 거랍니까?"

사실 지금의 황지엽은 한눈에도 위험한 상태로, 세 살배기 어린아이 손에 식칼만 들려줘도 죽일 수 있을 것 같았다. 본인도 그러한 자신의 상태를 잘 알 텐데도 이처럼 거침없이 말하는 것은, 그녀가 제남에 나타날 리 없는 비사면주 중 한 사람.

바로 비흑면주 방난화(龐蘭華)였기 때문이다.

제마성의 외오각주들은 모두 사파의 이름난 고수로, 말하자면 제마성이라는 집단을 이끌어가는 자들이었다. 이는 단순히 일을 처리함에 있어서만이 아니라 상징적인 의미도 함께 지니고 있었다.

관음지 허규, 항불, 섭영귀, 혈랑도객, 요검 은삼교.

모두가 한 사람의 절정고수요, 강호를 독행하며 제멋대로 살던 인물들이다. 그러한 자들이 한데 모여 동일한 주인을 섬기고, 또 서로 협력하여 지내기를 누가 감히 상상이나 했을까?

저 다섯 고수를 모아 만든 외오각주라는 자리는, 이미 마왕을 빛내고 제마성의 기치를 높였기 때문에 그 존재만으로 제 몫을 해내는 자리였다.

그렇다면 비사면주라는 자리는 무엇인가?

앞선 외오각주가 대외적인 활동을 위해 만들어졌다면, 비사면주라는 자리는 보다 은밀한 일들을 하기 위해 만들어졌다고 봐야 할 것이다. 외오각주에 있는 자들이 사파의 인물들이기는 하나 모두 중원인이었고 누구나 이름만 대면 알 고수인 반면, 비사면주로 자리한 네 사람은 모두 새외의 인물들이며 동시에 알려지지 않은 자들이었다.

애초에 중원인이 아니니 정사의 구분도 없는 그들은, 오로지 마왕의 힘에 이끌려 충성을 맹세한 자들이었다. 또한 중원무림에서 활약할 기회가 없었기에 이름이 알려지지 않았을

뿐, 본신 무공은 외오각주에 비해 손색이 없다는 정도가 비사
면주들에 대해 황지엽이 아는 전부였다.

그중 비흑면주 방난화는 웬만한 남자 못지않게 큰 키로, 타
고난 힘 또한 가히 장사라 불릴 만했다. 생김새는 한인의 여
인과 크게 다를 바 없었으나, 기골이 장대하고 기질이 자유로
워 저 멀리 초원의 피를 이었다는 소문 아닌 소문이 돌 정도
였다. 더구나 항상 묶지 않고 다니는 긴 머리에 흐르는 귀기
가 대낮에도 혼령을 불러들인다고 일컬어질 만큼 기이했는
데, 마침 지금도 늘어뜨린 머리카락이 황지엽의 안면을 찌르
고 있었다.

황지엽이 신경질을 내고는 있으나 많은 피를 흘려 제 몸도
가누지 못하는 상태였다. 방난화는 그런 황지엽이 귀엽다는
듯 피식 웃으며 대답했다.

"부성주는 허튼 일은 계획하지 않는 사람입니다. 본녀 또
한 쓸데없는 일을 할 만큼 한가한 입장이 아니지요."

"그럼 왜 이런 쓸데없는 짓을 하는 겁니까?"

"쓸데없는 짓은 아니지요. 만약 본녀가 나타나지 않았다면
공자께서는 이제 어떻게 되었을까요? 고작해야 피를 멈추고
지금처럼 투정이나 부리다가 픽 쓰러지고 말았겠지요. 안 그
래요?"

"애당초 부성주가 내게 제대로 된 이야기를 해주지 않았기
때문 아닌가! 육주당의 무위는 부성주가 알려준 자료보

다……!"

화를 내며 소리치던 황지엽이 문득 무언가 생각이 난 듯 입을 다물었다.

"설마……?"

황지엽은 미간을 찌푸리며 힘겹게 방난화의 품을 빠져나왔다. 순순히 놓아준 방난화는 여전히 웃는 얼굴로 황지엽을 바라보고 있었다.

"일부러 내게 육주당의 무위를 거짓으로 알려줬단 말인가? 내가 마천상야공의 어느 단계에 도달했는지 확인하기 위해서……?"

마왕의 피를 받은 네 형제 중 기재 아닌 자가 없었으나, 그 중에서도 특히 빼어난 이가 황무기와 황지엽이었다. 황지엽은 이십대 중반의 나이에 이미 마천상야공의 삼단계를 익혀 큰 기대를 모으고 있었는데, 이는 장남 황무기와 시기적으로 동일한 성취였다.

따라서 발 빠른 사람들은 둘 중 누구의 뒤에 서야 마왕 이후의 권세를 점할 수 있을지 주판알을 튕기는 데 정신이 없었다. 그러나 장남의 자리를 당연한 것으로 여기며 야심을 숨기지 않는 황무기에 비해, 황지엽은 다소 패기가 부족하며 손위 형제와 다투기를 꺼려하는 터였다. 무공의 성취도 자신이 늘 한발 뒤처지니만큼 마왕의 후계자는 황무기라는 게 황지엽의 굳건한 주장이었다.

처음에는 성급하고 포악한 성미의 황무기를 두려워하여 황지엽의 뒤에 서려던 자들도, 이런 그의 유약함에 실망하여 등을 돌리곤 했다. 사실 그것이야말로 황지엽이 원하는 바임을 모르는 채 말이다.

"비흑면주! 어서 대답하시오! 내 말이 맞는지 틀리는지!"

황금을 입힌 벽에 기대어 파리한 얼굴로 다그치는 황지엽의 모습은 금방이라도 쓰러질 듯 위태로웠다. 그러나 방난화는 무척이나 사랑스러운 눈길로 그런 황지엽을 바라보며, 귀기 짙은 미소로 대답했다.

"과연! 총명하기로는 형제 중 제일간다는 말이 사실이군요. 저 부성주의 의중을 단번에 알아채다니! 하지만 그 총명한 머리도 타고난 무재에는 따르지 못하는 것 같군요. 제사단계의 마천상야공, 잘 감상했어요."

마지막 순간, 육주당에게 펼친 한 수는 제삼단계의 마천상야공이 절대 아니었다. 마천상야공의 검은 기운이 실체를 획득하여 생명을 가진 것처럼 꿈틀대는 모양은 보다 높은 단계로 나아가기 위한 준비 중 하나였으니! 바로 중간 단계에 해당하는 마천상야공 제사단계의 모습이었다.

알려진 것과 달리 황지엽은 이미 마천상야공 제사단계를 이루었던 것이다.

"대체… 대체 당신들은 왜 이러는 거지? 내게, 내게 무엇을 바라는 건가……. 으헉!"

쓸데없는 다툼을 피하기 위해, 제마성의 분열을 막기 위해 지금껏 숨겨왔던 수고가 물거품이 되어버렸으니. 육주당과의 일전으로 심력을 소모한 황지엽은 비통함을 이기지 못하고 왈칵! 한 움큼 피를 토해냈다.

더 이상 버티고 설 힘도 없어 황지엽은 앞으로 고꾸라졌다.

"이런."

그대로 바닥에 쓰러지려는 황지엽을 방난화가 잡아챘다. 방난화는 품에 안은 정신 잃은 황지엽을 사랑스레 바라보다가 고개를 낮추어 귓가에 속삭였다.

"철없는 도련님 같으니. 더 이상 어리광 피우지 마세요. 이 고모가 지켜볼 테니까."

"……."

방난화의 목소리는 귓가를 겉돌고, 정신은 아득히 먼 곳을 향하고 있었다. 육신으로부터 자유로워진 정신은 제 주인이 항상 그리워하던 곳, 소녀를 향하고 있었다.

황지엽을 향해 해맑게 웃어주던 소녀.

서해영.

그러나 마땅히 그리운 이를 떠올렸음에도 황지엽의 의식은 고통 속에 있었다. 황지엽이 서해영에게 마지막으로 보여주었던 모습은 한없이 초라했고, 서해영이 황지엽에게 마지막으로 주었던 미소 역시 서글프기만 했으니까.

소녀의 얼굴은 지금도 그리 울상일까?

소녀에게는 남은 시간이 얼마 없었다. 하루라도 더 웃기를 바라며, 황지엽은 그대로 정신을 잃었다.

바람이 통해서일까?

황지엽의 의식이 미처 다다르지 못한, 제남으로부터 오천 리 넘게 떨어져 있는 동토(凍土).

그곳에서 소녀는 웃고 있었다.

"모용 형!"

볼을 찌르는 찬 공기 속에서 소녀의 부름을 받은 청년이 돌아보았다. 차가운 안개 속에서 흐릿한 청년의 얼굴을 확인한 소녀는, 다시 한 번 청년을 부르며 해맑게 웃었다.

"모용 형!"

모용천도 반가운 미소로 서해영을 반겼다.

第六章

길을 잃고 헤매다

표면의 역사도 그러하였지만, 무림의 역사 역시 중원인들을 중심으로 쓰여져 왔던 게 사실이다. 중원의 무공이어야 정통이고, 새외에서 독자적으로 발전한 무공은 모두 사특한 것이요, 이단이니 대성할 수 없다는 게 중원무림의 일반적인 인식이었다.

그러한 편견은 오래전부터 이어져 온 것으로, 그 뿌리가 깊고 단단하였다. 특히 중원인들에게 마교(魔敎)라고 칭하여지는 서장의 정교(貞敎)가 비교적 최근이라 할 수 있는 백 년 전 행하였던 중원 정벌은 이러한 인식을 좀 더 공고히 했던 계기라 할 수 있었다. 젊은이들의 내공은 노회한 고수를 뛰어넘었고 그네들의 장법은 중원의 무리(武理)로는 설명하기 힘든 구석이 많았다. 그럼에도 불구하고 그 위력은 중원의 장법 중에서도 대적할 만한 것이 드물어 급기야 제명(制命)이라고 부를 정도였으니, 당시 무림인들의 인식이 어느 정도였는지 지금도 어렵잖게 상상할 수 있는 것이다.

모르지만 무시할 수 없는 대상을 앞에 두었을 때 사람들의 반응은 대개 두 가지로 나뉘는데, 하나는 필요 이상으로 두려워함이며, 다른 하나는 필요 이상으로 숭상함이다. 새외의 무공을 두고 중원인들의 인식 또한 앞선 두 가지를 크게 벗어나지 않았는데, 앞서 말한 정교가 전자의 대표적 예라면 후자를 대표하는 것은 바로 북해빙궁이라 할 수 있었다.

얼어붙은 땅[凍土] 가운데 바다처럼 거대한 호수 위에 세워졌다는 식으로 시작하는 북해빙궁에 대한 묘사는, 그 구성원들의 얼음장같이 차가운 성정과 무공으로 절정을 이루는 것이 대다수라 할 수 있었다. 그러나 음기(陰氣)를 바탕에 둔 북해빙궁의 무공이 음험(陰險)한 것으로 여겨지지 않는 까닭은, 비교적 중원무림에 호의적이었던 역사 때문일 것이다.

더구나 거리상으로는 구파일방 중 하나인 곤륜파보다 가까움에도 불구하고 그 길의 험난함은 비할 바 아니었으니, 자연 왕래도 드물었다. 그에 더하여 현 궁주, 진하굉의 무공이 다른 중원의 십왕들로부터 정통의 것이라 인정받은 이후로 북해빙궁은 세인들에게 이야기 속에나 나올 환상적인 곳으로 그려지기 일쑤였다.

얼음보다 차갑고 금강석보다 단단한 만년빙옥(萬年氷玉)으로 만들어진 이국적인 건물들과 태고의 신수(神獸)들이 살아 노니는 북해(北海). 그곳에서 나고 자라 추위를 타지 않는, 서역인과 중원인의 피가 반반씩 섞인 늙지 않는 사람들.

중원인들의 머릿속에 들어 있는 북해빙궁이란 대개 위의 세 가지를 벗어나지 않았다. 그것은 모용천도, 이소도 마찬가지였다.

"거참, 이거 생각과는 영 딴판이군!"

실망 섞인 이소의 목소리가 귓가를 때렸다. 고개를 끄덕여 동의를 표한 모용천의 눈에는 중원과 썩 다를 바 없는 광경이 펼쳐져 있었다.

얼어붙은 땅 위에도 풀은 자라고, 살림살이는 언뜻 평범해 보였다. 마을은 도시에 가까울 만치 컸고, 나름 분주하여 활기에 차 있었다. 차가운 공기만큼이나 냉정한 사람들이 모여 살 거라는 환상은 처음부터 여지없이 깨진 것이다.

"하핫! 처음 오시는 분들은 거의 비슷한 반응을 보인답니다."

몇 리 앞서 마중을 나온 북해빙궁의 사자가 익숙하다는 얼굴로 말했다.

"중원에서 생각하는 그런 곳에서 누가 살겠습니까? 여기도

다 사람 사는 곳입니다. 짧긴 하지만 봄이 오고, 여름도 지나 갑니다. 서역의 피가 섞여 있기는 해도 중원과 생김새가 크게 다르지도 않고 말입니다. 말도 중원말을 쓰지요."

"자네는 그렇지 않은 것 같군."

사자에게 대꾸하는 이소는 조금 심통이 난 듯했다. 추위에 대비하여 대거 사들인 겨울옷이 무색해진 것이다. 아주 짧은 봄과 여름이 하필이면 이 시기라, 모용천과 이소가 느끼기에 도 선선한 정도에 불과했다. 행운이 따른 것이라 여겨야 할 터인데 이소는 그렇지 않은 모양이었다.

하나 이소의 말이 전부 골이 나서 한 건 아니었다. 북해빙 궁의 사자는 이십대 중반의 청년이었는데, 서역의 피가 섞인 미남자였다.

얼굴은 눈처럼 희고 부리부리한 눈에는 푸른 기운이 어려 있었다. 키도 모용천보다 한 뼘이나 클 뿐 아니라 팔다리 또 한 길었으니, 과연 이야기 속 북해빙궁의 인물 그대로인 것이 다.

이소의 말뜻을 알아챘는지 사자는 웃으며 말했다.

"물론 궁은 바깥과 조금 다르답니다."

마을 안으로 들어서자 사자를 알아본 주민들이 저마다 인 사를 건넸고, 그럴 때마다 사자는 꼬박꼬박 고개를 숙였다. 차가운 인상과 다르게 말하는 품새나 비치는 성품이 온화한 청년이었다.

사자의 뒤를 따르며 이소가 물었다.

"어쨌든 이제 다 온 건가? 궁은 대체 어디 있는 건가?"

이소의 말에 사자는 하늘을 올려다봤다. 해는 중천을 지나 좀 더 서쪽으로 내려가 있었다.

"오늘 하루는 여기서 묵으셔야겠습니다. 시간이 늦어 오늘은 들어갈 수 없겠군요."

"시간이 늦어?"

"내일이면 알게 될 겁니다."

사자는 빙그레 웃으며 즉답을 회피했다.

"마을 안에 있는 게 아니었어?"

바다처럼 거대한 호수, 북해를 끼고 세워진 마을은 옅은 안개에 싸여 있었다. 그 때문에 보이지 않는 건가 생각했던 이소가 되물었지만 사자는 그저 웃을 뿐, 다른 말을 하지 않았다.

"허참, 되게 비싸게 구네. 그거 좀 먼저 말해주면 어때서, 안 그래?"

이소가 투덜거리며 모용천을 바라봤다. 그러나 모용천은 멍한 얼굴로, 이소의 말을 듣지 못한 눈치였다.

'또 이러네, 이거.'

이소는 속으로 중얼거리며 고개를 저었다.

이소가 모용천과 함께 다닌 지도 벌써 여러 날이다. 우진이 원했던 만큼 친밀한 사이는 못 되어도 웬만큼 모용천을 파악하기에 충분한 시간이었다.

이소가 아는 모용천은 잘 벼린 검처럼 날이 서 있어, 항상 주변을 살피고 주의를 기울이기를 게을리하지 않는 자였다. 그런 모용천이 언젠가부터 멍하니 있는 때가 많아졌다. 말을 걸어도 듣지 못하는 때가 잦은 것이다.

정확히는 남궁세가를 나온 뒤부터였다.

약관의 나이에 천하를 진동시켜 무애검이라는 칭호를 얻은 모용천이다. 그러나 그의 나이, 해를 넘겨 이제 겨우 스물하나. 한창 혈기 왕성하여 이성을 그리워하는 게 무엇보다 앞서야 할 때이다. 모용천이 남궁미인에 반하여 그녀를 그리워하고 있음은 옆에 있는 것이 굳이 이소가 아니었어도 누구나 알 수 있을 정도였다.

두 사람이 함께 있었던 시간은 극히 짧았으나 남녀의 일은 길이나 양 등 계량할 수 있는 것들로부터 자유로운 법. 남궁겸이 모용천과 이소를 쫓아내다시피 한 것도 그러한 까닭이 아니었겠는가?

남궁미인의 마음은 알 수 없었으나 모용천은 확실히 사랑에 빠졌다. 남궁겸의 일 처리는 무례했지만 결과적으로 적절했던 것이다.

한편 그런 모용천을 보는 이소의 마음은 한마디로 표현하기 힘들었는데, 전 무림이 주목하는 고수가 사춘기 소년처럼 속병을 앓는 게 우스우면서도 안심이 되는 것이었다.

이성을 대함에 있어 모용천도 십대를 무공 연마에 고스란히 바친 여느 무림인들과 다를 바 없다는 것이 이소에게는 묘한 안도감을 주었다.

이소에게 있어 모용천은 오랜 시간을 함께하여도 여전히 알 수 없는 존재였다. 익숙한 나머지 잊기도 하지만, 간혹 드러나는 모용천의 무공은 그의 나이를 감안하지 않아도 충분히 놀라운 것이었다. 그것이 겨우 약관을 지났다는 그의 나이와 결합하면, 모용천은 곁에 있어도 손에 닿지 않는 불가해한 존재가 되는 것이다. 일반적인 무림인이라면 당연히 가져야 할 욕구와 욕망으로부터 초연한 모습—그를 움직이는 이유 중에 모용천 자신의 것이 없다는—은 종교적 인상마저 띠고 있어, 이소는 때때로 모용천을 자신과 같은 사람이라고 여기기 힘들다는 생각도 하고는 했다.

그런 모용천이 남궁미인을 만난 뒤로 어디 한군데 모자란 사람처럼 구는 때가 잦았으니 그 역시 나와 같은 사람이구나, 이소가 안심하는 게 당연했다. 더구나 그 사랑은 이루어질 수 없는 것이었으니, 내심 안타까움과 고소함이 교차하여 지금 모용천을 보는 이소의 마음은 한마디 말로 정의 내리기 힘든 상태였다.

"오늘은 여기서 하루 묵겠습니다. 중원에 비할 수는 없겠지만 부디 넓은 아량으로 넘어가 주십시오."

사자의 안내를 받아 당도한 곳은 중원의 것과 별다를 바 없는 객잔이었다. 상대적으로 외부와 교류가 적으니 자연 규모도 작았지만 점소이들의 접대하는 태도나 요리 솜씨는 중원의 것과 비교해도 손색이 없었다.

"그렇게 먼 길을 왔는데 어째 타지라는 생각이 들지 않는군."

식사를 하면서도 모용천은 멍하니, 이소의 말을 듣는 듯 마는 듯했다. 그 모습이 이채로웠는지 자리에 함께하던 사자가 물어올 정도였다.

"저분은 원래 말수가 적으십니까?"

"그럴 일이 있었다네."

쯧쯧, 혀를 차며 이소가 말했다. 그 소리에 퍼뜩 정신을 차린 모용천이 겨우 한다는 소리가,

"아무것도 아니오."

이었으니 이소는 어쩐지 서글픈 마음이 앞서는 것이다. 젊은 거지에게도 이루어질 수 없는 사랑에 괴로워한 적이 있었던 것이다.

더욱이 남궁미인은 모용천이 만나기도 전에 혼처가 정해지고 예물을 주고받아, 혼례만 올리지 않았지 절반은 이미 양씨 집안의 사람이나 마찬가지였다.

처음부터 누군가의 부인이었다면 연정을 품지도 않았을 것이오, 그렇지 않았다면 불같은 사랑을 표하였을 것이다. 하나 남궁미인은 둘 중 어느 한쪽도 아닌 입장에 처해 있었으

니, 하필이면 그런 사람을 사모하게 된 모용천이 박복한 것인지 아니면 그런 때에 만나게 해준 하늘이 가혹한 것인지 알 수 없었다.

그렇다 한들 이미 정해져 있는 혼례를 바꿀 수는 없는 노릇이다. 사람은 마음에 품은 이를 떠나보내는 법을 배우며 성장하는 법이니, 모용천을 보는 이소의 눈이 한결 부드러웠다.

"잠시 나갔다 오겠소."

음식을 입에 대는 둥 마는 둥, 모용천은 젓가락을 내려놓고 자리에서 일어났다.

"그럼 저도⋯⋯."

함께 일어나려던 사자를 이소가 만류했다. 혼자 있고 싶을 때에는 혼자 있도록 두는 게 최선이다.

마중 나왔던 사자의 중원말은 성조나 어투가 비교적 정확했다. 그에 반해 마을 사람들의 그것은 중원말이긴 하되 저들 나름의 성조와 어투로 발전하였는지 도무지 알아들을 수가 없었다. 지나치며 간간이 들리는 단어를 통하여 겨우 뜻을 짐작할 뿐이었는데, 생판 다른 말이라면 모를까, 분명 귀에 익은 제 말과 같은데 알아들을 수 없으니 답답함이 더하는 것이다. 이들과 비교하자면 타사을의 말은 실로 유창하고도 유려하다고 해야 옳을 정도였다.

그러나 말을 알아듣지 못하는 답답함이 어찌 지금 모용천의 마음만 할 것인가? 모용천은 오히려 잘되었다 싶어 말 모르는 사람들 틈에 끼어 걷고 또 걸었다. 이 답답함을 눈치채고 있는 이소와 함께 있느니, 모르는 이들 사이에서 완연한 이방인이 되는 편이 백번 나은 것이다.

문득 한 방향으로 나아가던 인파의 흐름이 사방으로 흩어지고, 떠밀리던 모용천은 제자리에 멈춰 섰다. 마을을 종횡으로 가르는 큰 길의 교차점에는 주민들의 일을 공통으로 처리하는 행사를 치르기 위한 공터가 조성되어 있었다.

"……."

모용천은 제자리에 멈춰 섰지만, 어디로 가야 할지 선뜻 걸음을 옮기기가 쉽지 않았다.

자신이 예까지 어떻게 오게 되었는지 알 수 없었다. 모용천을 싣고 왔던 사람들은 공터에 이르러 저마다의 길로 흩어졌고, 모용천만이 홀로 남은 것이다. 다른 길에서 왔던 이들도 마찬가지로 공터를 만나 흩어지니, 이 자리에서 다시금 모용천을 싣고 어디론가 향할 흐름은 만들어지지 않았다.

넷 중 어느 한 길을 택해 들어가지 않는 이상 모용천은 언제까지고 이 자리에 서 있어야 하는 것이다.

하아.

어울리지 않게 깊은 한숨을 쉬고, 모용천은 하늘을 올려다봤다. 그 넓이가 바다를 닮았다 하여 북해라고 이름 지어진 호숫가에 위치한 마을은, 그래서인지 옅은 안개에 싸여 시계(視界)가 썩 좋지 않았다.

그러나 흐린 하늘에도 해는 빛나고 있었다.

해는 하나이니 어디에서든 사람들은 같은 해를 보고 있을 것이다. 문득 떠오른 생각은, 당연하다는 듯 남궁미인을 향하고 있었다. 그녀 역시 나와 같은 해를 보고 있을까?

'그럴 정신도 없겠지.'

모용천은 자문자답하며 고개를 저었다. 그녀는 지금 하늘을 올려다볼 정신도 없을 것이다. 아니, 보고 싶어도 볼 수가 없을 것이다.

혼례를 치르는 신부는 하루 종일 붉은 면사를 쓰고 있을 테니까. 머리를 풀고 면사를 벗을 때에는 이미 해가 져 신방에 들었을 테니까. 얼굴도 모르는 양 씨 성의 도련님이, 그 면사를 올려줄 테니까……

생각이 그에 미치자 답답하던 가슴이 쓰려왔다. 모용천은 황망히 주위를 둘러봤지만 옅은 안개 위에 어둠이 드리어 몇 장 앞도 보이지 않게 되었다.

잠깐인 줄만 알았는데 제자리에 얼마나 오래 서 있었던 건지 알 수가 없었다. 가만히 둘러보았으나 자신이 어느 길로 왔던 건지도 알아보기 힘들어, 졸지에 길을 잃어버린 것이다.

이것이 딱 지금의 내 처지로구나.

"푸훗!"

자신도 모르게 실소가 터져 나왔다. 한참을 떠밀려 와 이

제 돌아가고자 하나 길을 모르니 웃음이 절로 나오는 것이었다.

그러고 있자니 묘하게도 마음이 편했다.

아무도 자신을 모르는 곳에서, 아무도 신경 쓰지 않는 곳에서 조용히 사는 것도 나쁘지 않겠다는 생각이 드는 것이다.

'이대로 돌아가지 않으면 어떻게 될까?

이대로 모르는 사람들 속에 묻혀 사라지면 어떻게 될까.

객잔으로 돌아가지 않고, 무림맹으로 돌아가지 않고, 세가로 돌아가지 않고…….

이소를 보지 않고, 우진을 보지 않고, 유 총관을 보지 않고, 아버지를 보지 않고…….

이루어질 수 없어 상상은 달콤하다.

모용천은 자신이 그럴 수 없다는 사실을 누구보다 잘 알고 있었다. 다른 사람은 몰라도 유 총관을 배신하고 세가를 버리는 일은, 도저히 할 수 없는 일이었다.

다만 예전이라면 감히 떠올리지도 못했을 일들을 꿈꿀 수 있는 것은, 남궁미인을 만났기 때문이리라.

남궁미인을 그리워하기 때문이리라.

하아.

다시 한숨을 쉬었다. 생각은 허무하게 한 바퀴 돌아 제자리로 돌아온 것이다.

'돌아가야지.'

생각하고 돌아선 등 뒤로, 모용천을 부르는 목소리가 들려
왔다.

"모용 형!"

가늘고 높은, 여인의 목소리.

북해빙궁의 마을에서 자신을 알아볼 여인이 있단 말인가?
설마? 말도 안 되는 일이지만, 그럴지도 모른다는 헛된 생각
이 모용천의 머릿속을 순식간에 가득 메웠다.

돌아본 모용천의 눈에 들어온 것은 여인인 듯 작은 그림
자.

"아……."

누구를 부르려고 했는지, 모용천은 나오던 이름을 집어삼
켰다. 안개를 헤치고 나타난 얼굴은 이름의 주인이 아니었
다.

"모용 형!"

한없이 반갑게 자신을 부르는, 근골은 아직 자리 잡지 못하
였고 목소리도 변하지 않은 소년.

서해영이었다.

*   *   *

뜻밖의 일이었다.

이 변방에서 아는 얼굴을 만날 줄은 꿈에도 몰랐던 일이다.

205

그 얼굴이 강호에 나와 처음 사귀었던 또래의 동생일 줄은 더더욱 몰랐던 것이다.

그러나 모용천의 얼굴에 순간 떠오른 감정은 실망이었지, 놀람이 아니었다. 하나 모용천이 그를 알아채고 표정을 바꾼 순간은 이미 늦어, 서해영의 미간이 찌그러진 후였다.

"뭐예요? 이런 곳에서 나를 만난 게 반갑지 않다는 거예요?"

"아니, 아니야. 잠깐 다른 사람과 착각했지 뭐야. 서 아우를 만난 게 반갑지 않은 건 아니야."

모용천은 애써 서해영을 달랬다.

그 말에는 거짓이 없었다. 실망은 아주 잠깐이었을 뿐, 서해영을 다시 만난 것은 진심으로 반가웠던 것이다.

모용천의 난감한 얼굴을 본 서해영은 이내 노기를 풀고, 활짝 웃으며 말했다.

"다른 사람인 줄 알았다니, 누가 나처럼 또 아름다웠던가요?"

"뭐라고?"

소년이 스스로를 아름답다고 하니 모용천이 고개를 갸우뚱거리며 반문했다. 서해영도 자신의 잘못을 알고 바로 정정하였다.

"말이 잘못 나왔네요. 나처럼 잘생긴 동생이 또 있던가요?"

'이런 바보!'

서해영은 속으로 자신을 꾸짖으며 겉으로는 아무렇지도 않게 웃어 보였다. 모용천은 의문을 길게 품지 않고 마주 웃으며 고개를 끄덕였다.

"아무것도 아니야. 어쨌든 이런 곳에서 서 아우를 다시 만나게 될 줄은 꿈에도 몰랐지 뭐야. 여기는 어쩐 일이야?"

"그러는 모용 형이야말로……."

되묻던 서해영은 무언가 짚이는 것이 있는지 말꼬리를 흐렸다. 그런 서해영에게 모용천이 한 발 다가서며 손을 내밀었다.

"어쨌든 밖에서 이럴 게 아니지. 어디……."

서슴없이 서해영의 손을 잡으려는 순간, 안개가 몸부림쳤다. 모용천은 뻗던 손을 회수했고, 바로 그 손이 나아가던 자리를 한 줄기 빛이 관통하여 지나갔다. 그리고 빛을 뒤따라온 소리가 흩어지는 안개의 등을 떠밀었다.

쉬익!

그대로 뻗었다면 서해영의 손을 잡기 전에 손바닥에 커다란 구멍이 났을 것이다. 아니, 손목 아래가 남아나지 않았을 것이다. 모용천은 간신히 구해낸 손으로 검을 잡고 중얼거렸다.

"절창……!"

주문에 이끌린 듯, 안개를 헤치고 절창 기소위가 홀연히 모습을 드러냈다. 한 손에 평범한 장창을 들고 나타난 기소위는 모용천을 향해 여전히 무형의 기운을 날리고 있었다.

기소위가 나서자 놀랍게도 주변의 안개가 조금 걷힌 듯 시계가 밝아졌다. 그 덕에 기소위의 뒤를 따르던 세 사람의 모습이 보였는데, 그중 하나는 모용천도 익히 아는 얼굴이었고, 다른 하나는 본 적은 없으되 낯이 익은 얼굴이었다.

"⋯⋯!"

표범같이 긴 허리에 찢어진 눈. 그 눈으로 모용천을 보고 어쩔 줄 몰라 하는 장년인은 바로 관음지 허규였다.

서해영과 기소위, 허규 세 사람이 각각 모용천을 알아보았지만 아무 말도 하지 못하고 있었는데, 그보다 뒤에 서 있던 청년이 앞으로 나와 물었다.

"무슨 일입니까?"

삼십을 전후한 나이의 청년은, 모용천이 분명 보지 못했으나 낯익은 얼굴을 하고 있었다. 청년은 모용천을 힐끗 보고 다시 세 사람을 돌아보며 물었다.

"아는 사람이라도 됩니까?"

청년의 목소리는 부드러우면서도 힘이 있었다.

화들짝 놀란 허규가 고개를 힘차게 저으며 대답했다.

"아니, 아니오. 아니, 그게 아니라⋯⋯!"

아니라고 대답하던 허규의 혀가 꼬였다. 본래 허규는 모용천과 아는 사이가 아니라고 말하고 싶었으나, 아니라고 대답하고 보니 권왕의 영웅연에서 보았던 것까지 부정하는 꼴이 되어버리니 말이 생각을 앞서 어쩔 줄 몰라 하게 된 것이다.

청년, 황유극은 당황해하는 허규의 모습이 이상할 수밖에 없었다. 황유극이 다시금 허규에게 물어보려는데, 뜻밖에도 기소위가 끼어들었다.

"이자가 모용천이오."

"모용… 천?"

귓가에 익숙한 이름이다.

입 밖으로 소리 내어 말한 순간, 황유극의 얼굴이 차갑게 굳어졌다. 근래 제마성 안팎에서 가장 많이 언급되는 바로 그 이름이 아닌가!

황유극은 자기도 모르게 한 발 뒤로 물러나며 진기를 일으켰다. 순식간에 마천상야공의 검은 기운이 황유극의 두 손을 감쌌다.

"그대가 무애검 모용천이오?"

잔뜩 긴장하여 황유극의 목소리가 떨리고 있었다. 모용천 역시 검은 기운을 알아보고 눈살을 찌푸리며 대답했다.

"무애검이라는 자가 따로 있는지는 모르겠으나 모용천이 내 이름인 것은 맞소."

"그대가 왜 이곳에… 설마?"

황유극 또한 무엇을 짐작했는지 말을 그쳤다.

"……"

모용천은 자신의 앞에서 할 말을 잃은 네 사람을 둘러보았다. 누구도 먼저 말을 꺼내는 이가 없었는데, 기소위야 그렇다 치고 서해영 또한 반가움을 애써 감추며 모용천의 시선을 피하는 것이었다.

'저자도 마왕의 아들 중 하나일까? 얼굴이 다들 비슷비슷하군.'

황유극의 두 손에 피어오른 검은 기운은 마천상야공의 그것이요, 생김새는 황무기나 황지엽과 무척 닮아 있었다.

지금 모용천의 앞에 선 네 사람 중 세 사람이 바로 마왕의 수하였으니, 다른 한 사람도 과히 다를 게 없다는 것이 자명했다.

'자세한 이야기는 나중에 해야겠구나.'

그렇게 반가워하던 서해영이 순식간에 태도를 바꾸어 모용천의 시선을 피하고 있었다. 모용천은 일단 서해영에게서 시선을 거두고, 황유극을 향하여 말했다.

"내가 누구인지 알았다면 응당 그쪽도 소개를 해야 하지 않소? 제마성의 법도는 강호와 또 다른가 보지?"

황유극이 생각해 보니 모용천의 말이 맞았다. 더구나 황유극의 옆에는 절창과 허규가 있었고 모용천은 하나였으니 두려워할 이유가 없는 것이다.

"실례했군. 나는 황유극이라 하고 제마성 사절단의 대표로 빙왕을 방문하였소. 귀하의 명성은 익히 들은 바, 연이 닿기를 바랐는데 이렇게 만날 줄은 또 몰랐구려."

비록 황유극이 자신들과 모용천 사이에 선을 그었지만 말하는 품새나 행동거지에는 품위가 넘쳐흘렀다. 그 모습이 무턱대고 살수를 내밀던 황무기나 의뭉스럽던 황지엽과 또 달라, 모용천은 한 발 물러나는 것으로 적대감을 대신하며 대답했다.

"나 또한 무림맹주를 대신하여 빙왕을 방문하였소."

'역시……!'

그날, 권왕의 영웅연 이후 모용천이 무림맹에 몸을 의탁한 것은 널리 알려진 사실이다. 저 남만의 수왕 안남효를 권왕의 무림맹에 가담하도록 만든 것도 무애검 모용천의 공적이었다 하니 그가 다시 빙왕을 설득하기 위해 파견된 것도 능히 예상할 수 있는 수순이었다.

모용천의 말을 끝으로 대화가 다시 끊겼다. 황유극은 마천상야공을 거두긴 했으나 경계를 늦추지 않았고, 허규는 태연을 가장하였으나 켕기는 구석이 있는지라 못내 조바심을 감추지 못하고 있었다. 서해영은 어쩐 일인지 모용천의 시선을 피하며 안절부절못하고 있었으며 모용천은 그런 서해영을 의아하게 바라보고 있었으니, 이 자리에 오직 기소위만이 평소의 그다웠다.

잠시간 흐르던 어색한 침묵은, 서해영들의 뒤에서 몇 발짝 떨어져 있던 사내가 나서는 것으로 깨어졌다.

"무슨 일입니까?"

앞으로 나선 사내는 이십대 중반의 청년으로, 머리는 금빛이요, 눈은 푸르러 완연한 서역인의 얼굴을 하고 있었다. 큼직큼직한 이목구비도 중원인과 영 딴판이었는데 묘하게도 낯이 익었다.

'어디서 봤던가?'

의문은 오래가지 않았다. 정답을 가져온, 아니, 정답, 그 자체가 등 뒤에서 모용천을 부르며 나타났다.

"여기 계셨군요! 길을 잃으신 건 아닌지 걱정했습니다!"

해가 다 져갈 때까지 돌아오지 않아 걱정이 되었는지 북해 빙궁의 사자가 찾아 나선 것이다. 반갑게 모용천을 부르던 사자는 그와 대치하고 선 자들을 보고 이내 얼굴을 굳혔다.

"오랜만이구나."

얼굴을 굳힌 것은 서해영들과 함께 온 금발벽안의 청년도 마찬가지였다. 청년이 어색한 인사를 건네자 모용천과 이소를 안내했던 사자도 고개를 끄덕였다.

"…오랜만이오."

두 사람의 얼굴은 판박이처럼 똑같아, 누가 보아도 형제임이 틀림없었다. 다만 서해영들과 함께 온 청년이 완연한 서역인의 얼굴을 한 반면, 모용천의 사자는 중원의 피가 섞여 있다는 생각이 절로 들었다.

"시간이 늦었습니다. 어서 가시지요."

짧은 인사를 나누자 사자는 바로 모용천을 잡아끌었다. 금발벽안의 청년도 사자와 마찬가지 입장인 듯, 황유극을 향해 말했다.

"날이 늦었습니다. 입궁은 내일이 되어야 가능하니 오늘은 여기서 하루 묵으셔야겠습니다."

청년은 그리 말하고 황유극을 다른 길로 안내했다. 잠시 모용천을 노려보던 황유극은 청년의 권유를 받아들여 다른 이들을 이끌고 걸음을 옮겼다.

맨 뒤에서, 서해영이 살짝 고개를 돌렸다.

두 눈에 가득 고인 안타까움.

'다시 볼 수 있겠지.'

모용천은 소리 내지 않고 대답했다.

서해영의 모습이 안개 속으로 사라지고 나서야 비로소 모용천은 몸을 돌렸다. 사자가 이끄는 길은 서해영이 사라진 방향과 정반대였다.

"놀라셨습니까?"

돌아오는 길에 사자가 물었다. 모용천은 솔직히 대답했다.

"초대받은 건 우리뿐인 줄 알았소."

"궁주님은 신중하신 분입니다. 어느 한쪽의 말만 듣고 선택하실 분이 아니지요. 때로는 신중이 지나칠 때도 있지만……."

진정 하고 싶은 말은 때때로 하지 말아야 할 말이다. 청년은 말꼬리를 흐렸지만, 그것이 도리어 모용천의 주의를 끌었다.

"불만이 많은가 보군요."

"아닙니다."

완곡히 말하는 사자가 어쩐지 친근하게 느껴졌다. 모용천은 더 이상 그를 곤란하게 만들기 싫어 다른 이야기를 꺼냈다.

"아까 그자도 빙궁의 사람이오?"

예상했다는 듯 사자는 싱긋 웃으며 말했다.

"많이 닮았지요? 제 형님입니다."

"닮기도 했지만 다른 부분도 많던데?"

"아버지는 같으나 어머니가 다르답니다. 큰어머니는 서역 분이시고 내 어머니는 중원 분이시지요."

과연. 모용천은 고개를 끄덕였다. 그렇다면 더 깊이 물어보기 힘든 이야기다. 사자도 더 이상 말하기 싫은 듯, 입을 다물고 걸음을 재촉했다.

날은 아직 밝았으나 해가 진 지 오래였다. 이 또한 북해의 환경이던가? 중원이라면 벌써 달과 별이 떴을 것이다. 하나둘, 등불이 켜지거나 혹은 꺼질 시간이다.

신방의 불도 꺼질 시간이다.

반가운, 혹은 의외의 사람들은 이내 머릿속에서 지워졌다. 모용천은 답답함에 괴로워하며 사자의 뒤를 말없이 따랐다.

다음날, 사자를 따라 간 곳은 마을 밖 북해의 호숫가였다. 전날보다 안개가 짙어져 멀리까지 보이지는 않았으나, 바다라고 이름 지어진 광대함은 몸으로 전해졌다.

"여기에 비교하면 동호는 개울물에 불과하구먼."

중얼거리며 이소는 모용천의 눈치를 살폈다.

밤사이 이소도 어제가 무슨 날인지 떠올린 것이다. 어제는 바로 남궁미인이 혼례를 치르는 날이니, 모용천의 이상 상태가 정점에 달하는 게 당연했다. 그렇다면 지금은 어떨까?

"동호는 비교할 수도 없겠구려."

다행히도 모용천의 대답하는 모양새가 평소와 같았다. 나름대로 마음을 정리하는 데 성공한 걸까?

'하긴 죽자 사자 서로 좋아한 것도 아니고, 오래 두고 본 정도 없으니… 까짓거, 금방 정리했겠지.'

이소는 속으로 생각하고, 아까부터 호숫가에서 말없이 서 있는 사자에게 물었다.

"그건 그렇고, 북해빙궁은 대체 언제 들어가는 건가? 물가라 그런지 바람이 차구만. 으드드!"

이소는 제 팔로 몸을 감싸며 떠는 소리를 냈다. 모용천 역시 의아하기는 마찬가지였다. 호숫가로 데려온 것을 보면 북해빙궁이 북해 안에 있을 거라 생각했는데, 배는커녕 판자때기 하나 보이지 않는 것이다.

"조금만 더 기다려 보십시오."

그러나 사자는 웃으며 기다리라는 말만 되풀이할 뿐이었다. 더 채근하기도 지쳤는지 이소는 챙겨온 보따리에서 옷가지를 꺼내 입었다.

그렇게 한참을 기다리는데, 저편에서 한 무리의 사람들이 다가오는 것이었다. 북해빙궁에 들어가야 할 또 다른 이들, 황유극을 위시로 한 제마성의 사절단이었다.

"어라? 저자들은……?"

이소는 놀란 나머지 말을 잇지 못하였다. 충분히 예상할 수 있는 일이었는데, 그럼에도 불구하고 나타난 면면들은 놀라지 않을 수 없었다.

절창과 관음지라니!

앞서 걷는 청년과 뒤에서 오는 소년은 어떤지 모르겠으나, 이미 저 두 사람만으로도 사절단의 무게감이 아예 달라진다. 떠오르는 신성, 무애검이라는 별호를 얻은 모용천과 개방의 팔결제자로 이미 다음 방주 자리가 예정된 젊은 후개 이소 역시 어디 가서 무시당할 이름이 아니다. 그러나 절창과 관음지에 비하자면 한없이 가볍고 또 가벼운 것이었다.

그러나 제마성의 사절단을 이끄는 자는 절창도, 관음지도 아니었다. 그들에 앞서 걸어온 청년이 이소에게 다가와 포권의 예를 취하며 인사했다.

"반갑습니다. 제마성의 황유극이라고 합니다."

놀란 이소와 달리 황유극의 태도는 여유가 넘쳤다. 빙왕 진하꿩이 제마성과 무림맹, 양측에 사람을 청하였음을 알았느냐 몰랐느냐의 차이였다. 이소는 허겁지겁 두 손을 모았다.

"바, 반갑습니다. 무림맹의 이소입니다."

"아! 개방의 젊은 후개가 빼어나기로 명성이 자자하던데, 바로 이 형이었군요. 이렇게 만나뵙게 되어 영광입니다."

황유극은 받는 사람이 황송할 정도로 허리를 굽혔다. 제마성의 인물이, 그것도 사절단의 대표가 적대 세력에게 허리를 굽히다니! 스스럼없는 행동에 놀라 이소도 얼른 허리를 굽혔다.

"무슨 말씀을! 이 거지는 그렇게 대단한 사람이 아닙니다."

이소와 황유극이 그렇게 서로 자신을 낮추는 반면, 각 사절단을 안내해 온 사자들은 안 그래도 냉랭한 공기를 더욱 차갑게 하고 있었다.

"오셨소?"

"으음."

어색한 인사를 교환하고도 한참 동안 두 사람은 말이 없었다. 일다경쯤 지났을까, 기다리다 못한 허규가 언성을 높였다.

"대체 여기서 뭘 하고 있는 겐가? 여기 어디에 북해빙궁이 있단 말인가?"

"슬슬 시간이 되었습니다."

제마성 측의 사자가 하늘을 올려다보고 대답했다.

"뭐?"

그 모습을 보고 허규와 이소가 동시에 하늘을 올려다봤다. 하지만 짙은 안개에 가려 해 그림자가 겨우 보일 뿐이어서 무엇을 보고 시간이 되었다는지 알 수 없었다. 무슨 시간이 되었다는지도 역시 알 수 없어, 답답해하지 않는 이가 없었다.

"으음."

그 말에 고개를 끄덕인 것은 모용천과 이소를 안내한 사자였다. 사자는 고개를 돌려 모용천과 이소에게 말했다.

"이제 입궁하겠습니다. 발이 다 젖을 테니 신을 벗고 바지를 걷어올리시는 게 나을 겁니다."

"어디를 어떻게 간다고 그러는 겐가?"

이소가 눈살을 찌푸리며 말했다. 사자는 빙긋 웃으며,

"저기로 가는 겁니다."

하며 안개 낀 북해를 향해 손가락을 뻗었다.

"뭐?"

놀라 묻는 이소를 무시하고, 사자는 신을 벗고 바지 자락을 무릎까지 걷어 올렸다. 그리고는 성큼 긴 다리를 뻗어 북해 안으로 들어가는 것이었다.

"……!"

놀라는 사람들을 아랑곳하지 않고 사자는 서너 걸음을 더 걸어 들어갔다. 그러나 북해의 물은 처음부터 사자의 발목 언저리까지만 찰 뿐, 몇 장을 더 가도 그대로였다.

사자는 곧 걸음을 멈추고 등을 돌렸다. 뭍에 선 사람들은 반신반의하는 얼굴로 사자를 바라보고 있었다.

"걱정하지 말고 들어오십시오. 저만 따라오면 빠질 일도 없습니다."

"보이지 않는 길이 있나 보군."

허규가 나직이 중얼거렸다. 제마성의 사절단을 안내한 사자가 고개를 끄덕였다.

"북해의 물은 바다와 같다고들 합니다. 눈으로는 모르지만 어느 때에는 물이 깊어지고, 또 어느 때에는 얕아져서 특정한 시간이 되면 물 아래 길이 생깁니다. 그리 오래가지는 않으니, 어서 건너셔야 합니다."

그 말을 듣고도 의심이 가시지 않았는지 이소는 꽁꽁 싸맨 옷깃을 여몄다. 그런 이소를 보고 모용천이 먼저 신을 벗고 물 안으로 들어갔다.

'크윽.'

입으로 뱉을 정도는 아니었으나 물이 얼음장처럼 차가웠다. 발바닥을 통해 전해지는 물밑 땅을 제외하고는 아무것도 느껴지지 않아, 발목 아래가 마치 내 것이 아닌 듯싶었다.

어쨌든 모용천을 보며 다른 이들도 주섬주섬 신을 벗고 바지를 걷기 시작했다. 이소가 물 안으로 들어가고 황유극, 허규가 그 뒤를 따랐다.

"안 들어가십니까?"

다른 이들이 모두 들어가는데도 서해영이 신을 벗기를 주저하자 사자가 물었다.

"음, 그게……."

마찬가지로 서해영을 기다리고 있던 기소위가 창대를 내밀며 말했다.

"타라."

"어? 어, 그, 그래."

서해영을 태운 창대를 어깨 위에 걸치고, 기소위는 가벼운 걸음으로 허규의 뒤를 따랐다. 그 모습을 보는 사자의 푸른 눈에 이채가 서렸다.

호수 안으로, 아니, 물 위로 걷기를 한 식경.

몸 안에 한기가 가득 차서 입도 떼지 못할 지경이 되었을 때, 비로소 북해빙궁이 그 모습을 드러냈다.

*   *   *

북해빙궁은 육지로부터 한참 떨어진 섬 위에 자리하고 있었다.

북해의 차가운 안개 속에 숨은 거대한 성은, 서역의 건축 양식을 따랐는지 중원의 것과는 판이하게 달라 보였다. 수없이 많은 탑이 세워져 있었고, 탑 위에는 뾰족한 끝에서 둥글

게 내려오는 기묘한 모양의 지붕이 씌워져 있었다.

이야기처럼 얼음으로 만들어진 것은 아니었지만 그렇다고 평범한 흙이나 벽돌로 세워진 것도 아니었다. 속이 비칠 듯 말 듯 반투명한 벽은 무엇으로 만들어졌는지 재질을 짐작조차 할 수 없었다.

면사로 눈 아래를 가린 여인들이 모용천들을 궁 안으로 안내했다. 처음으로 안내받아 들어간 방은 한쪽 벽에 아궁이를 만들어놓고 불을 피워놓아 후끈거리는 열기로 가득했다.

제아무리 고수라 해도 얼음장 같은 물에 발을 담그고 한 식경을 걸었으니 성할 리 없었다. 이들 중 가장 내력이 심후한 기소위도 파랗게 질려 몸을 녹이고 있었는데, 놀랍게도 허규와 두 사람의 사자는 아무렇지도 않은 얼굴이었다.

"저들이야 제집을 드나들다 보니 그렇다 쳐도, 관음지는 어째서 그리 멀쩡하죠?"

기소위의 창대에 앉아 와서 마찬가지로 멀쩡한 서해영이 물었다. 허규가 떨떠름한 표정으로 대답했다.

"본신 무공이 워낙에 음한하다 보니 이 정도는 아무것도 아니라오."

허규는 그리 말하며 두 사람의 사자를 보았다. 그들 역시 아무렇지도 않게 황유극들이 몸을 녹이기를 기다리고 있었다.

"저들도 아마 마찬가지일 것이오."

"마찬가지라니요?"

"빙왕의 빙공이 음한하기로는 당대제일이라 하니 저들 또한 그 진전을 이어받지 않았겠소?"

그 말을 들은 이소나 모용천도 내심 고개를 끄덕였다. 저들이 일개 사자의 신분으로 자신들을 안내해 오긴 했으나 그 사이 몸에 지닌 기품이나 눈빛을 통해 비추어지는 깊은 내공은 감출 수 없었던 것이다.

"흐음."

허규의 말을 들은 서해영은 흥미롭다는 듯 사자들을 돌아봤다. 서해영의 주의가 다른 곳으로 돌아가자 허규는 안도하는 표정을 지었는데, 그 모습이 이소의 관심을 끌었다.

"저 소년은 대체 누구인데 관음지도 함부로 대하지 못하는 걸까? 정말 궁금하군그래."

이소가 나직이 모용천에게 귓속말로 의문을 표했다. 그도 그럴 것이, 황유극은 마왕의 아들로 사절단의 대표였고, 절창이나 관음지는 설명이 필요없는 고수이다. 그런데 십대 소년에 불과한 서해영이 한 치의 조심스런 기색도 없이 그들을 대하는 반면 허규들은 오히려 소년을 어렵게 대하니 누가 봐도 놀라운 일이었다.

"…나도 모르겠소."

모용천은 나직이 대답하고 다시 서해영을 보았다. 순간 두 사람의 눈이 마주쳤으나 서해영은 이내 고개를 돌렸다. 그리 반갑게 얘기하던 서해영은 어디로 갔는지, 자신을 외면하는 서해영이 모용천은 못내 섭섭했다.

일다경쯤 시간이 흐르고 사람들이 한기를 몰아내자 다시금 면사를 쓴 여인들이 방 안으로 들어왔다. 여인들은 모용천들에게는 눈길 한 번 주지 않고, 두 사람의 사자에게 이야기를 전했다.

"궁주님께서 기다리고 계신답니다. 이쪽으로."

사자들을 따라간 곳에서 사절단들은 비로소 빙왕을 만날 수 있었다.

북해빙궁의 궁주이자 십왕의 한 사람.

얼음처럼 투명한 의자에 앉아 모용천들을 맞이한 빙왕 진하굉은 흰머리가 성성한 노인이었다. 눈처럼 흰 피부와 푸른 눈, 성성한 백발, 잔주름 없이 깨끗한 얼굴이었지만 과히 안색이 좋지 않았다.

'저이가 정녕 당대 최강이라는 십왕의 한 사람인가?'

순간 모용천들의 머릿속을 스치는 생각이 하나였을 만큼 빙왕 진하굉에게서 풍기는 기운이 미약했다. 오늘내일, 죽을 날만 기다리는 처지라는 게 차라리 나았다.

어쨌든 이소와 황유극이 포권의 예를 취하고 진하굉도 마주 답례했다. 그러나 어찌나 기력이 쇠하였는지 그 간단한 동작을 취하는 데에도 오랜 시간이 걸리는 것이었다. 다들 말만 하지 않았다뿐이지 같은 생각을 하고 있을 때, 빙왕이 입을 열었다.

"노부의 부름에 응해준 것에 대해 먼저 감사를 표하는 바이오. 마왕이나 권왕이나, 당대 일인자에 가장 가까운 분들이니 노부가 감히 임의로 한쪽을 택하기가 어려웠소. 이해해 주시길 바라오."

목소리에는 힘이 없었고 발음이 부정확해 알아듣기 힘들었지만 대충 저런 내용이었다. 이소와 황유극이 아니라며 고개를 숙였지만, 십왕이라 해도 어찌 저런 자의 힘을 얻으려 이 먼 길을 왔는지 절로 후회가 일었다.

빙왕의 말이 이어졌다.

"…어쨌든 노부는 몇 날 며칠을 고심하였어도 결론을 내지 못하였소. 그렇다고 홀로 빠져 있기에는 무림이 노부를 놓아주지 않더군. 하여… 노부는 근간에 쭉 생각해 오던 일을 실행에 옮기기로 결심했소."

"……."

모두들 숨을 죽이고 진하굉을 주시했다.

빙왕은 잠시 숨을 고르고, 몇 없는 이 사이로 말을 내뱉었다.

"노부는 이제 북해빙궁의 궁주 자리에서 물러날 것이오. 아울러 강호 동도들이 내게 주었던 십왕의 이름도 반납하고자 하오."

진하굉의 작은 목소리가 사람들의 귓속에 똑똑히 들렸다.

이소는 뜻밖의 말에 놀라 입을 벌린 채 진하꿩을 바라보았고, 황유극이 재빨리 물었다.

"빙왕의 뜻이 그러하다면 감히 누가 뭐라 하겠습니까? 다만 빙왕께서 물러나시는 것과 북해빙궁이 본성과 정도무림맹 중 어느 쪽을 지지하는지는 별개의 문제라고 사료되는 바입니다."

진하꿩의 얇고 주름진 입술이 히죽, 웃음을 띠었다.

"귀 성주는 빙왕이 아니라 북해빙궁을 원하는 겐가?"

"마왕께서는 항상 확실한 답을 구해오셨습니다."

황유극의 말이 완곡했지만 그 내용은 협박이나 다름없었다. 북해빙궁이 제아무리 새외에서 홀로 있는 세력이라도 중립이란 있을 수 없다는 이야기다. 진하꿩이 십왕의 자리에서 물러난들 정사로 나뉘어 편을 가르는 작금의 세태를 벗어날 수는 없다는 것을 황유극은 확실히 짚고 있었다.

"실은 그 때문에 여러분을 초대한 것이오."

범은 죽어서도 범이지, 늙고 병들었다 하여 삵이 되지는 않는 법이다. 진하꿩이 옅은 미소를 거두고 엄숙히 말하니 일순간에 좌중을 압도하는 힘이 느껴졌다.

"노부는 궁에서나 강호에서나 지나간 사람, 이제는 편히 쉬어야 할 사람이지. 제 길은 자신이 선택해야 하지 않겠소? 그러니 본 궁의 거취도 앞으로 궁을 이끌어 나갈 자에게 물어보는 편이 낫다는 게 노부의 짧은 생각이외다."

이는 선언이니, 타인의 말을 필요로 하지 않았다. 진하꿩은 좌중을 한 번 둘러보고 모용천들을 안내해 온 두 사람의 사자에게 말했다.

"너희들은 선택에 후회가 없느냐?"

사자들은 동시에 무릎을 꿇고 포권의 예를 취하며 한목소리로 대답했다.

"없습니다!"

"좋다."

만족한 듯 진하꿩은 웃으며 모용천들에게 고개를 돌렸다.

"노부가 마왕과 권왕을 놓고 고심할 때에, 내 아들들도 의견이 분분하였소. 마왕을 좇아 제마성에 가입해야 한다는 녀석이 있었고, 정도무림맹에 힘을 보태야 한다는 녀석이 있었지. 이 녀석들이 마음만 맞았어도 이리 고민할 일은 없었을 텐데, 유독 맞지 않는 인연은 부모로서도 어쩔 수 없나 보오."

마지막 말에는 회한이 서려 있어, 듣는 이들이 절로 숙연해졌다. 절세의 신공으로 천하를 호령했던 빙왕도 자식에 관해서는 여느 평범한 부모와 다를 바 없었던 것이다.

"하여 노부는 비겁하지만 선택의 권한을 다음 대의 궁주에게 넘기겠소. 노부와 달리 저 아이들은 각자 주관이 뚜렷하고 이미 결심이 서 있는 바, 어느 쪽이든 시원한 대답을 줄 것이오."

진하꿩의 말이 끝나자 모두 말을 잃고 자신들의 운명이 걸

린 사자, 아니, 차기 궁주 후보를 바라보았다. 두 사람의 후보
는 비록 닮은 얼굴이었지만 다른 인상으로 서로를 바라보고
있었다.

얼마 지나지 않아 황유극이 앞으로 나섰다.

"빙왕께 감히 여쭙겠습니다. 북해빙궁의 선택을 두 분의
후계자에게 위임하신다면, 저희들은 어째서 그 먼 길을 온 것
입니까? 이는 받아들이기 힘든 일입니다."

나서진 않았지만 이소 역시 마찬가지 심정이었다. 그런 불
만을 예견했는지, 진하굉은 곧바로 대답했다.

"그대들 양편의 운명이 저 아이들에게 걸렸듯, 저 아이들
의 운명도 그대들에게 걸려 있소."

"……"

진하굉은 묘한 말을 남기고, 역시나 묘한 눈으로 좌중을 둘
러보았다. 모두들 마른침을 삼키며 진하굉의 입이 다시 열리
기만을 기다리고 있었다.

이윽고 진하굉이 앙상한 손가락을 들어 황유극들을 안내
해 온, 서역인의 피가 짙은 아들을 가리켰다.

"저 아이는 내 두 번째 부인의 아들로, 이름은 진현교(晉賢
矯)라고 하오. 내가, 이 북해빙궁이 굳이 선택해야 한다면 어
디여야 하는지 물었을 때 저 아이는 제마성이라 대답했소."

진현교가 고개를 숙였다. 진하굉의 손가락은 다시 모용천
들을 안내해 온 아들을 향했다.

"저 아이는 네 번째 부인의 아들이오. 이름은 진현요(晉賢曜)라고 하며 정도무림맹에 가담하여야 한다고 대답했소."

진현요 역시 고개를 숙였다.

진현교와 진현요, 배다른 두 형제는 아비의 말에 고개를 들지 못하고 있었다. 끝내 의견 일치를 이루지 못함이, 다음 대 궁주의 자리를 두고 팽팽히 대립하기를 그치지 못함이 죄스러운 게다.

"아무리 못난 놈들이라도 어떤 부모가 제 자식들이 다투는 꼴을 보고 싶겠소? 그러니 이제 그대들을 청한 이유를 말하겠소. 초청에 응해 와준 분들 중 각각 한 사람씩, 내 아이들을 대신한 비무를 청하는 바이오. 어느 쪽이든 이긴 진영을 지지했던 아이에게 다음 대의 궁주 자리를 줄 것이오."

"불가합니다!"

가만히 듣고 있던 이소가 크게 놀라 외쳤다.

"이건… 이런 일은 받아들일 수 없습니다. 이리도 중한 일인 줄 알았다면 달리 대비를 했을 터! 자칫 잘못된 선택을 하고 오래도록 후회할 일이 생길지도 모릅니다."

이소가 이처럼 격하게 반응하는 것도 당연했다.

절창 기소위는 십왕에 가장 가까이 있다고 일컬어지는 자. 그야말로 고수 중의 고수였다. 당연히 제마성을 대표하며 진현교를 대신하여 나설 자는 절창밖에 없는 것이다.

모용천의 신위를 곁에서 몇 번이고 목격한 이소였지만 그래도 모용천이 절창을 이길 거라고는 생각할 수 없었다.

"미리 고하지 않은 것은, 그대들이 노부와 북해빙궁을 얼마나 중히 여기고 있는지도 가늠하고 싶었던 것이오."

진하껑의 냉정히 잘라 말했다.

그러나 미리 알았다 해도 누가 절창에 대항하여 북해빙궁으로 올 것인가? 정도무림을 모두 포용하지 못한 현 무림맹에는 맹주인 우진을 제외하고는 절창을 당해낼 자가 없었다. 맹주가 직접 북해까지 올 수야 없는 노릇이니, 알고 있었다 해도 이는 당할 수밖에 없는 조건이었다.

"다시 한 번 생각해 주십시오."

이소로서는 그저 재고를 간청할 밖에 다른 수가 없었고, 진하껑은 이를 받아들이지 않고 시녀들의 부축을 받아 자리를 떴다.

"이 선배, 우리도 그만 가는 게 좋겠소."

황유극들은 이미 승리를 확신한 듯 자신들의 숙소로 자리를 옮긴 후였다. 빙왕도 가고, 황유극들도 사라진 방 안에서 멍하니 서 있는 이소를 모용천이 채근했다.

"그렇게 걱정한다고 뾰족한 수가 생기는 것도 아니고… 일단은 쉬는 게 좋지 않소?"

망연자실해 있던 이소는 아무렇지도 않은 모용천의 목소리를 듣고 화를 냈다.

"걱정을 어찌 안 할 수 있단 말인가! 저들은 당연히 절창을 내세울 터인데! 아무리 자네라 해도 절창을 당할 수 있단 말인가?"

"그럼 선배가 나설 것이오?"

버럭 소리를 지르던 것이 무색하게 이소는 말문이 탁 막혔다. 말마따나 절창을 상대해야 할 모용천 자신이 더 걱정이면 걱정이지, 이소가 두려워할 필요는 없었던 것이다.

"…자넨 어찌 그리 태연한가?"

꿀 먹은 병아리처럼 쳐다보기만 하다 이소가 물었다. 모용천은 역시 어두운 얼굴로 서 있던 진현요를 재촉하며 대답했다.

"어떻게든 되겠지. 싸워보지도 않고 질 걱정부터 할 참이오? 맨발로 북해를 건너느라 피곤하구려. 어서 좀 쉬었으면 좋겠소."

아침까지만 해도 머릿속이 온통 남궁미인의 생각으로 가득했던 모용천이었다. 그런 모용천의 얼굴에 갑자기 생기가 돌고 목소리는 드물게 들떠 있어, 이소와 진현요는 놀라 서로를 바라볼 뿐이었다.

第七章

다시, 서해영

"언제부터 알고 계셨소?"

어둠 속에서, 그보다 더 어두운 목소리가 들려왔다. 이십대 청년의 맑은 목소리는, 그러나 무언가에 짓눌려 한없이 무겁고, 또 어두웠다.

그 목소리가 향한 곳.

호롱불 하나를 들고 있는 노인은 여유롭게 웃고 있었다.

"세인들이 소인을 천리안이라고 부른다지만 정말로 그럴 리 없지요. 짐작하는 것과 아는 것 사이에는 커다란 차이가 있지 않겠습니까?"

노인, 천리안 진첩결이 말을 그치자 어둠 속에서 다시 목소

233

리가 들려왔다.

"금웅 육주당은 어찌 된 것이오? 그자의 무위도 몰라서 짐작했을 뿐이오?"

그 말과 함께 어둠 속에서 한 청년이 모습을 드러냈다.

얼굴 가득 피곤함을 안고 있는 청년, 마왕의 셋째 아들인 황지엽이었다.

황지엽은 진첩결의 지시를 받고 산동성 제남에 막 다녀온 길이었다. 산동성 제남에는 사파의 이름난 고수인 금웅 육주당이 있었는데, 실제 목적은 사람이 아니라 그의 재물이었다. 금웅 육주당은 고수이기 이전에 탁월한 장사치였고, 실제로 제남의 지하경제를 한 손에 거머쥐고 있는 대부호였다.

다만 육주당은 돈의 힘을 과신하였다. 그가 음으로 양으로 도와주는 제남의 권문세족들이 마왕으로부터 자신을 지켜줄 거라 생각한 것이다. 육주당은 그들을 믿고 마왕의 부름을 몇 번이나 무시하여 노여움을 샀다.

황지엽에게 내려진 임무는 그런 육주당을 처치하고 그의 재물을 몰수하는 것이었다.

문제는, 그 명과 함께 주어진 육주당에 대한 정보가 사실과 판이하게 달랐음에 있었다. 본래 황지엽은 겨우 마천상야공의 제삼단계를 익혔을 뿐으로, 나이에 비하자면 놀라운 성취였지만 강호의 기준으로 본다면 겨우 일류고수를 넘어서는 정도에 불과했다. 금웅 육주당은 독문절기인 황금조라는 조법으로 명성이 높았는데, 그럼에도 불구하고 황지엽이 육주당을 찾아간 것은 진첩결에게 받은 자료를 전적으로 신뢰했기 때문이다.

진첩결이 황지엽을 지목하여 일을 맡긴 것은, 당연히 황지엽이 실패할 리 없다는 전제하에서야 가능했다. 그러한 믿음이 있기에 황지엽은 군말없이 육주당을 찾아 제남으로 떠날 수 있었다.

진첩결이 등불을 비추며 말했다.

"말하지 않았습니까, 짐작했을 뿐이라고. 짐작했다면 무엇을 해야 할까요? 짐작한 바가 옳은지 그른지 확인을 해봐야 할 것 아닙니까? 소인은 그저 순서를 따랐을 뿐입니다."

"……."

황지엽은 아무런 말도 못하고 어둠 속에서 진첩결을 노려보기만 했다. 진첩결은 황지엽의 시선을 가볍게 받아넘기며 여전히 웃고 있었다. 그런 진첩결의 웃는 낯이, 황지엽은 증오스러워 견딜 수 없었다.

마왕에게 배다른 네 아들이 있어, 각기 사자의 새끼가 틀림없다는 말은 이미 강호에 유명했다. 그러나 그중에서도 재능의 고하는 틀림없이 나누어지니, 제마성의 기대는 장남인 황무기와 삼남인 황지엽에게로 양분되어 있는 실정이었다. 두 형제는 세상에 나온 날이 다를 뿐, 타고난 무재는 과연 마왕의 아들이랄 정도로 높았던 것이다.

제 아비인 마왕에게는 미치지 못하여도, 그들은 동년배에 마천상야공의 삼단계를 이루었던 것이다. 이는 그들과 같은 연배에 이미 마천상야공의 육단계를 넘어서려던 부친을 제외하고는 누구도 범접하기 힘든 기세였다.

그러나 알려진 것처럼 두 형제의 재능이 마냥 같은 것만은 아니었다. 삼남인 황지엽은 장남의 기를 세우며 동시에 골치 아픈 권력 다툼에서 벗어나고픈 마음에 제 재능을 온전히 발휘하지 않았던 것이다. 세상 사람들이 아는 것과 달리 황지엽은 이미 마천상야공의 제사단계를 이루고 오단계에 들어선 지 오래였다.

그러나 이제껏 잘 숨겨오던 본신 무위가 들통이 났으니, 이는 진첩결이 처음부터 알고 있으면서도 확인을 하고자 했던 것에 지나지 않았다. 진첩결은 마침 조건과 무위가 적당한 금웅 육주당을 지목하고, 일부러 그의 무위를 낮추어 알려준 것이다.

"그러다 제가 정말 당하기라도 하면 어쩔 뻔했습니까?"

"그래서 비흑면주로 하여금 수행케 하지 않았습니까."

"홍! 염탐하기 위해서가 아니고?"

"말이야 갖다 붙이기 나름이지요."

황지엽은 분란을 피하기 위해 자신의 무재를 숨겨온 세월이 다 헛고생이 되어버려 화가 나 있었다. 그러나 능구렁이 같은 진첩결과 대화하다 보니 독기가 빠져 버려 절로 허탈했다.

236

"대체… 내게 뭘 원하는 겁니까?"

황지엽의 어투가 어느새 애원조로 변하였다.

진첩결은 황지엽이 범접치 못하는, 가히 제마성 제이의 고수이며 동시에 제마성을 실질적으로 꾸려 나가는 자였다. 오늘날 제마성을 가능케 한 그의 천재적인 두뇌는 황지엽도 익히 알고 있는 바, 그가 원한다면 못할 일이 오히려 드문 지경이었다.

진첩결은 황지엽의 말에 고개를 끄덕이며 말했다.

"소인은 그저 합당한 능력을 갖춘 자가 합당한 자리에 있어야 한다고 믿을 뿐입니다."

"형님은 부성주께서 생각하시는 합당한 자가 아니라는 겁니까?"

"소인보다야 더 잘 알고 계시겠지요."

생략된 주어가 가리키는 게 누구인지 모를 황지엽이 아니었다. 그리고 불행히도, 진첩결의 말은 틀림이 없었다.

마천상야공의 제사단계를 성취하기 위해 황무기가 오랜 시간 폐관을 거듭하였을 때, 황지엽은 오단계로 넘어가 있었다. 굳이 추상적인 재능을 계량화하려 애쓰지 않아도 고하는 이미 드러난 것이다.

다만 황지엽은 그 사실을 본인만 알고 영원히 덮어두려 했다. 진첩결은 그를 간단히 꿰뚫어 본 것이다.

"……"

황지엽은 다시 어둠 속으로 들어가 말이 없었다. 그러나 진
첩결의 두 눈은 어둠마저 뚫고 황지엽에게로 곧장 날아가는
것이었다. 이 노련한 사파의 거두는, 주군의 아들을 제 손 위
에 올려놓고 싶어했으며 실제로도 그랬다. 황지엽이 제 아비
의 후계자 다툼에 뛰어들기 꺼리는 이유 중에는 그러한 것도
있었다. 어려서부터 진첩결에게 너무나 휘둘렸다는 기억이
그것이었다.

"나를… 어째서 이리도 괴롭히는 거요?"

황지엽은 타고나기로 남과 다투기를 싫어했다. 가지고 있
는 무학에의 재능이 무색하도록 여리고 소박한 성품을 가진
자였다.

진첩결은 그런 황지엽을 측은하게, 그러면서도 노여워하
는 눈으로 보며 말했다.

"언제까지 그렇게 피하기만 할 거요? 사내로 태어나 진정 원
하는 것 하나 손에 넣지 못하고, 평생을 그렇게만 살 것이오?"

"부성주가 나에 대하여 무엇을 안다 그러시오?"

진첩결의 어떤 말에 자극받았는지, 황지엽은 어둠 속에서
벌떡 일어났다. 그러나 진첩결은 분노로 이글거리는 황지엽
의 눈을 똑바로 보며 말했다.

"화를 낼 거라면 내가 아니라 삼공자, 자신에게 내야 하지
않겠소?"

그 말이 맞다.

황지엽이 화를 내는 것은 진첩결의 말이 허튼소리라서가 아니라, 오히려 진실이기 때문이었다. 그를 자꾸 덮고, 외면하려고 하는 자신의 못남을 자꾸 들춰내기 때문이었다.

"그만, 그만하시오."

황지엽은 다시 자리에 주저앉아 고개를 저으며 말했다.

육주당에게서 입은 내상은 치료한 지 오래지만 그보다 더 아픈 상처가 있었다.

"잘 생각해 보시오. 이대로 계속 자신이 아닌 다른 것으로 위장하여 살 것인지, 아니면 제 모습을 찾고 원하는 것을 손에 넣을 것인지."

콰당.

진첩결이 등불을 들고 나가 문을 닫자, 방 안은 완연한 어둠에 싸였다. 제 손도 보이지 않는 어둠 속에서, 황지엽은 머릿속에서 떠나지 않는 진첩결의 말을 되뇌었다.

'진정 원하는 것을 손에 넣으라고? 그게… 무엇을 뜻하는지 알면서 하는 말인가?'

"큭… 크큭, 큭!"

진첩결의 말을 곱씹던 황지엽은 자신도 모르게 웃음이 나왔다. 원하는 것? 원하는 것이라면 단 하나뿐이다. 원하는 것을 손에 넣을 수만 있다면 제마성의 어쩌구 하는 이 거추장스러운 신분도, 평생을 닦아온 무공도 모두 버릴 수 있다.

그러나 그 모두를 버려도 가질 수 없는 것이 있다. 그렇기 때문에 진첩결의 말은 헛소리, 그 이상이 될 수 없었다.

"크홋… 크하하… 크하하하핫!"

내상을 치유하기 위한 정양의 방에서, 기괴한 웃음소리가 흘러나오고 있었다.

*　　　*　　　*

거창하게 말하자면 북해빙궁의 운명을 건—그럼에도 불구하고 외부인들의 손으로 치러질—일전을 며칠 앞두고, 뜻밖의 손님이 모용천을 찾아왔다. 제마성을 대표해 모용천과 겨루어야 할 자, 절창 기소위였다.

"모용 형!"

절창이 가타부타 홀로 온 것은 아니었다. 한때 모용천을 외면했던 서해영이 절창과 함께였던 것이다.

황유극과 허규의 앞에서 자신을 모르는 체했던 서해영이었지만, 이렇게 찾아와 다시 반갑게 말하니 아주 작게 남았던 섭섭함도 눈 녹듯 사라졌다. 모용천도 마주 웃으며 서해영을 맞이했다.

"서 아우! 기 선배도… 일단 들어오시지요."

북해빙궁의 대접은 극진하기 짝이 없어, 모용천 한 사람을 위해 마련된 숙소도 크고 화려하기 그지없었다. 절창과는 며칠 뒤 싸워야 할 사이이니 비무에 앞서 만나는 것은 드러낼 일이 아니라고 생각했는데, 손님에게 제공되는 방조차 드나드는 사람들의 동선을 고려하여 이목으로부터 최대한 보호받을 수 있게끔 만들어져 있어 거리낄 일이 없었다.

"……."

"……."

어쨌든 두 사람을 방 안에 들이긴 했으나 막상 아무도 입을 열지 않았다. 모용천 역시 딱히 말이 앞서지 않아 한참 침묵이 계속되었는데, 그 와중에 서해영이 용기를 내어 말했다.

"모용 형! 그날은 정말 죄송했어요. 형을 만나 정말 반갑고 좋았지만… 그날은 정말 사정이……!"

모용천은 서해영의 사과가 끝나기를 기다려 주지 않았다.

"서 아우에게도 사정이 있었겠지. 이해하니까 내게 그리 격식을 차려서 사과하거나 하지 않아도 괜찮아. 암, 괜찮고말고."

서해영은 어두운 얼굴로 고개를 저으며 말했다.

"그렇게 말하지 말아요. 나는… 나는 사실 사파의 인물이고, 정확히 말하자면 제마성 측의 사람이에요. 일부러 숨기려고 한 것은 아니지만 그동안 말할 틈이 없었고, 말하려고 하니 만날 수 없었어요……."

한 자 한 자 힘주어 말하는 만큼 서해영의 마음이 얼마나 힘들었는지 모용천의 가슴으로 전해져 왔다. 기소위가 마왕의 밑으로 투신했다는 이야기를 들은 뒤부터 어렴풋이 짐작하고 있었지만, 이처럼 서해영 본인의 입을 통해 들으니 새삼스러웠다.

'기명자, 그 노인네의 말이 맞았구나.'

기명자는 모용천의 말만 듣고도 서해영을 사파의 인물이라 단정 지었다. 모용천은 그 말을 허튼소리라 일축했지만 의혹은 갈수록 커졌고, 이제 본인에게서 직접 자신이 사파의 인물입네 들었으니 그 통찰력이 놀라웠다.

모용천은 고개를 저으며 말했다.

"너무 신경 쓸 필요 없네. 어느 정도 짐작은 하고 있었으니까. 다른 것보다 서 아우의 입을 통해서 들었다는 게 다행이고, 얼마나 고마운지 몰라. 무림맹이면 어떻고, 제마성이면 또 어떤가? 어디에 있든 서 아우는 서 아우인걸."

본래 모용천은 서해영이 사파일지도 모른다는 기명자의 말에 반박할 만큼 정사의 구분을 짓곤 했었다. 그러나 모용천이 막연히 생각해 왔던 것처럼 정사의 구분이 확연하고, 정파의 사람들이 모두 정의로운 것이 아님을 겪으며 다소 생각에 변화가 있었다.

더구나 서해영은 모용천이 강호에 나와 처음으로 사귄 친구였으며, 오직 사람과 자신의 느낌을 믿었지 정이니 사니 하는 배경을 본 일이 없었다. 모용천은 자신이 스스로 믿는다면, 서해영의 출신은 문제될 것이 없다고 생각했던 것이다.

"……."

모용천이 솔직히 자신의 생각을 말하였는데, 서해영에게서 대답이 없었다. 의아해하며 모용천이 서해영을 살펴보는

데, 서해영은 모용천을 피해 얼굴을 돌리며,

"사실은 절창이 모용 형을 보고 싶어해 함께 온 거예요. 잠시만요."

말하고 잠시 방을 나갔다.

서해영이 나가고 나니 방에는 모용천과 기소위, 두 사람뿐이었다. 필요 이상으로 넓은 방이었지만 기소위 한 사람이 있는 것만으로 꽉 차는 느낌이 들어, 모용천은 그 기도에 감탄을 금치 못했다.

바라만 봐도 바위를 연상케 하는 굳건한 기운이 전신에 넘쳐흐르고 있었다. 잘 때에도 빈틈을 보이지 않을 사내는, 바늘로 찔러도 들어갈 구석이 없을 것 같았다.

'저런 자를 상대해야 한다니!'

그러나 오히려 기소위를 보면 볼수록 절망보다는 다른 감정이 샘솟았다. 그것은 일찍이 맛본, 권왕의 영웅연에서 권왕과 절창의 대치를 보며 느꼈던 바로 그 감정, 아직도 모용천은 이름조차 알 수 없는 그것.

호승심이었다.

절창 기소위와 비무를 하게 되었다는 이야기를 들었을 때, 이 청량한 감정은 마른 들판의 불처럼 모용천의 가슴속에 확 번져 나갔다. 심지어 몇 날 며칠을 우울해했던 남궁미인의 일도 문득 먼 일로 여겨지는 것이었다.

하지만 그렇게, 며칠 뒤 손속을 섞어야 할 상대가 아무렇지

243

도 않게 자신의 방 안에 있다니. 모용천은 어쩐지 우습기도 하고 거북스럽기도 하였다. 절창이 대체 나에게 무슨 용무인지?

침묵은 길어지고 앉은자리가 점점 고통스러워질 때, 비로소 기소위가 입을 열었다.

"도야객을 만났다고 들었다. 그의 소식을 듣고 싶은데, 들려줄 수 있나."

"무슨 생각을 그리하나요?"

낭랑한 목소리가 차가운 안개를 산란하여 모용천의 귓가를 때렸다. 모용천은 퍼뜩 정신을 차리고, 고개를 돌렸다.

"무슨 생각을 그리 하냐구요?"

돌아본 곳에는 밝게 웃고 있는 서해영이 있었다. 흘러내리는 앞머리를 넘기며 웃는 서해영은, 참으로 아름답다는 말이 어울리는 소년이었다.

서해영은 이제 열여덟, 한창 하루가 다르게 성장할 시기인데도 여전히 아름다운 소년의 모습을 간직하고 있었다. 근 반년 만에 다시 만났음에도 그때와 같이, 아니, 기분 탓인가 오히려 더욱 여성스러워진 것이다.

모용천도 마주 웃으며 대답했다.

"아무것도 아닐세."

서해영은 스스로 제마성의 사람이라고 밝혔는데, 황유극이나 허규의 앞에서 모용천과 아는 사이인 척해서는 곤란하다고 했다. 때문에 절창의 도움을 받아 이렇게 눈을 피해 모용천을 만나러 온 것이었다.

"사실 도움은 제가 준 거였죠, 뭐. 한데 대체 절창이 형에게 무슨 할 말이 있어서 그랬대요?"

"글쎄."

모용천은 서해영의 물음에 건성으로 대답하고, 말을 돌렸다.

"그건 그렇고, 뭘 어쩌자고 나온 거야?"

눈치 빠른 서해영은 모용천이 그에 대해 말하기 썩 내켜하지 않음을 알고 더 묻지 않았다. 대신 자신도 대답하지 않겠다며 잠깐 뜸을 들이다 곧 입을 열었다.

"북해빙궁이라고 해도 뭐 신기한 거나 볼 것도 없고, 심심하잖아요. 마침 짬이 났으니 형이랑 마을에라도 나가보려고요. 왜, 싫어요?"

"싫은 건 아닌데, 이래도 괜찮겠나?"

"절창만 알고 있을 테니 상관없어요. 다른 이들은 한데 틀어박혀서 무슨 꿍꿍이를 꾸미는 건지 나 하나 있든 말든 상관도 안 할걸요. 애초에 나나 절창은 사절단도 아니었으니까."

"뭐? 사절단이 아니면 이 먼 곳까지 왜 온 거지?"

모용천이 놀라 물었다. 당연히 네 사람 모두 제마성의 사절단이라고 여겼던 것이다.

휘잉―

안개 너머로 북해의 바람이 불어왔다.

서해영은 흩날리는 앞머리를 잡고 말했다.

"왜긴요, 형이 보고 싶어서 왔지요."

"뭐?"

다시 놀라 묻는 모용천에게, 서해영은 혓바닥을 한 번 내밀며 말했다.

"놀라기는. 내가 무슨 수로 모용 형이 북해빙궁에 온다고 알았겠어요? 난 그저 북해빙궁이 어떤 곳인지 한번 보고 싶었을 뿐이에요. 그 덕에 이렇게 형과도 다시 만나게 되고, 얼마나 좋은지 몰라요. 하하핫!"

서해영은 한바탕 크게 웃고, 모용천에게 손짓했다.

"시간과 나가는 길을 대충 외워뒀어요. 어제도 이때 즈음에 여기로 사람들이 오가더라고요. 우리끼리 한번 나갔다 와요."

"그럴까?"

모용천도 좋은 생각이다, 맞장구치고 들어올 때와 마찬가지로 신을 벗었다. 그런데 막상 가자고 운을 뗀 서해영이 신 벗기를 주저하는 것이다. 모용천은 이미 바지 자락을 무릎까지 걷어 올린 채로 채근했다.

"서 아우, 뭐 해?"

서해영은 구국의 결단이라도 내리는 듯, 심호흡을 크게 하고 신을 벗었다. 신 밖으로 나온 발은 눈처럼 희고 손바닥처럼 작아 마치 어린아이의 것 같았다.

"바지도 걷어야지."

지적하는 모용천의 목소리는 맑디맑아 일체의 사심도 없었다. 붉어진 얼굴로, 서해영은 눈을 한 번 흘기고 바지 자락을 말아 올리기 시작했다. 가느다란 발목과 역시 모용천의 팔만큼이나 가느다란 종아리가 옷 아래로 모습을 드러냈다.

　모용천은 그 다리를 보며 웃었다.

　"서 아우, 밥 좀 많이 먹어야겠어. 다리가 그게 뭔가? 젓가락이 따로 없군."

　"놀리지 말아요!"

　서해영은 다시 눈 흘기고, 앞장서 물 안으로 들어갔다. 가느다란 발목이 푸른 물에 잠기고, 냉기는 복사뼈 위로 차올랐다. 서해영은 애써 웃으며 다른 한쪽 발도 물속으로 내밀었다.

＊　　　＊　　　＊

　한편 북해빙궁 안, 은밀한 방에서는 서해영의 말대로 황유극과 허규가 진현교와 한데 모여 이야기를 나누고 있었다.

　"진 공자는 절창을 믿지 못하는 겁니까?"

　말하는 것은 황유극이며, 진 공자는 당연히 진현교를 가리킴이다. 그리 말하는 황유극의 표정은 못 볼 것을 본 듯 일그러져 있었는데, 상대방에게 무척 실례가 되는 일임에도 진현교는 아무렇지도 않게 대답했다.

　"믿지 못하는 게 아니라, 일을 확실히 하자는 거지요."

247

"아무리 그렇다 해도… 그래요, 저 모용천이라는 자가 강하다는 건 인정합니다. 아마도 저나 여기, 관음지보다도 강하겠지요. 하지만 절창에 비하자면? 어림도 없습니다. 절창의 승리에 의심을 품는 것조차 말도 안 되는 일입니다."

황유극은 다소 격앙된 목소리로 말했다. 그러나 진현교는 여전히 차분하게, 그러나 더욱 무서운 눈으로 황유극을 바라보며 말했다.

"황 공자께서는 정말 그리 믿는 겁니까? 십이면 십, 백이면 백, 천이면 천. 두 사람이 겨루면 항상 절창의 승리로 끝날 거라고 한 치의 의심도 없는 겁니까?"

"아니, 그런 말이 아니라……."

"귀 성에게는 그저 새외의 보잘것없는 세력이 붙느냐 아니냐의 차이일는지 몰라도 내게는, 본 궁에는 생사가 걸린 중대한 사안이란 말입니다. 그런 일에 만전을 기울여 할 수 있는 모든 일을 총동원하겠다는데, 그게 뭐 그리 마음에 안 든단 말입니까?"

진현교의 눈은 차갑게 얼어 있었고, 목소리도 시종일관 낮은 그대로였다. 그러나 그 안에 타오르는 욕망의 불길이 황유극을 움츠러들게 만들었다.

"밑지는 일도 아닌데 한번 해보지요. 이공자께서 직접 손 쓰기 저어하시면 제가 대신 하겠습니다."

망설이는 황유극의 옆에 잇던 허규가 호기롭게 나섰다. 진현교의 제안은 그의 입맛에도 썩 맞았던 모양이다. 그러나 황유극은 단호히 고개를 저었다.

"절대 그래선 안 될 것이오. 이 이야기는 못 들은 것으로 하겠소."

딱 잘라 말하고 황유극은 두 사람을 물린 뒤 홀로 생각에 잠겼다.

신분이 고귀한 자들끼리 피 흘리기를 두려워해 대리인을 내세워 결투하는 일은 동서고금을 막론하고 드문 일이 아니었다. 그러나 빙왕이라는 자가 설마 그러한 일을 꾸미리라고는 생각지도 못했던 것이다.

아울러 황유극은 안도의 한숨을 내쉬었다.

사절단은 가능한 작은 규모로 와달라는 청이 있어, 온 자들이 황유극과 허규였던 것이다. 황유극은 마왕의 차남이며 허규는 강호에서도 이름난 절세고수였으니 이 둘만으로도 사절단에 부족함이 없다고 여겼던 것이다.

그러나 진하굉이 이처럼 제 아들들을 핑계 삼아 제마성과 무림맹을 싸움 붙이고 저울질할 줄은 꿈에도 생각지 못한 일이었다. 더구나 무림맹의 대표는 이소와 모용천이었다. 그중에서도 모용천은 무애검이라는 별호에 걸맞게 거침없는 행보로 강호를 진동시키는 신성! 그를 잡아오려던 외오각주들도 차례로 실패하였으니, 제마성의 입장에서는 무애검이라는 오만하기까지 한 이름마저 부족하다고 느껴질 정도였다.

자연 원래대로라면 모용천과 허규의 비무가 되어, 절대 승리를 장담하지 못했을 것이다(허규 본인이었다면 승리를 장담하지 못하는 게 아니라 필패를 외쳤겠으나).

그러던 차에 북해빙궁을 구경하겠다며 서해영과 절창이 합류하였던 것이 정말 큰 힘이 되어준 것이다.

본래 절창은 서해영의 호위 역이 맡은 일의 전부라, 마왕 황종류가 직접 지시하지 않는 한 제마성의 다른 역사를 거드는 법이 없었다. 그런 절창이 북해빙궁까지 따라와 대리 비무의 건도 흔쾌히 받아들였으니 다행이고 또 다행이었다.

'허튼짓은 말라고 단단히 경고해야겠군.'

황유극은 절창의 승리를 믿어 의심치 않고 있었다. 그러나 앞서 대면한 바, 진현교는 황유극 자신처럼 절창에 대한 믿음이 부족했던 것이다.

'안 되지. 암, 안 되고말고.'

"하아, 하아."

절창의 도움을 받고 와서 북해의 시린 물을 얕본 탓일까? 체온을 빼앗긴 서해영이 가쁜 숨을 내쉬었다. 서해영의 기억력이 비상하여 과연 물밑에 있는 보이지 않는 길은 정확히 걸었으나 갈수록 속도가 느려져 아직 반도 오지 않았는데 한 식경이 지난 것이다.

"서 아우, 괜찮나?"

걱정스레 모용천이 물어봤다. 서해영은 대답할 기력도 없으면서 약해 보이는 게 싫어, 억지로 고개를 끄덕였다. 그 모습을 보고 모용천은 기가 차 말했다.

"괜히 버티면 몸만 상하지. 자, 손 이리 내보게."

모용천은 대답을 기다리지 않고 서해영의 손을 잡아챘다. 발만큼이나 작은 손은 얼음장처럼 차가웠다.

"……."

마주 잡은 손을 통해 모용천의 내공이 서해영에게로 흘러들어 갔다. 몸 안에 다시금 온기가 돌아오고 냉기가 빠져나가니, 그 서해영의 몸에서 빠져나간 냉기는 고스란히 모용천이 감당해야 할 몫이었다.

그렇게 손을 맞잡고, 일다경쯤 더 걸려 두 사람은 뭍에 도착했다. 모용천이 지속적으로 내공을 불어넣어 주었다 해도 힘이 든 것은 마찬가지인지, 서해영은 그대로 호숫가에 주저앉았다.

"휴우……."

모용천은 서해영을 살펴보고 그 옆에 나란히 앉았다. 보아하니 마을을 구경할 힘도 없을 것 같았다.

"힘들게 나왔는데… 속상하군요. 나는 어째서 이리도 허약한 걸까요?"

커다란 눈망울에 하나 가득 실망을 담아 서해영이 중얼거렸다. 모용천은 어깨를 들썩이며 서해영을 달랬다.

"내가 봤는데 여기도 그냥 평범해. 다 같은 사람 사는 동네더라고. 딱히 볼 것도 없으니 이대로 좀 쉬다가 돌아가도 아쉬울 게 없을 걸세."

"그런가요?"

모용천이 그리 말해주자 서해영의 얼굴에 웃음이 돌아왔다. 모용천도 마주 웃었다.

"모용 형, 형은 그간 무슨 일을 하였나요?"

한참 안개 낀 북해를 바라보던 서해영이 먼저 입을 열어, 무한 이후의 일을 물었다. 물론 서해영은 제마성의 정보력을 통해 모용천의 행적을 어느 정도 알고 있었지만.

"음… 그간 말이지."

모용천은 서해영에게 그간의 일을 말하려다, 문득 무언가를 떠올리고 입을 다물었다. 그가 서해영에게 해주려는 이야기는, 고스란히 지난날 남궁미인에게 들려주었던 것이다. 간신히 잊었다고 생각했던 이름은, 항상 생각지도 못한 곳에서 튀어나왔다.

"……."

운만 떼고 한참 말이 없자 서해영이 모용천의 옆구리를 찔렀다.

"아니, 하려다 말고 뭐 하는 거예요? 처음부터 하지를 말든지!"

서해영의 한마디에 모용천은 이야기를 시작했다.

남궁미인에 비하자면 훌륭한 편이 아니었지만, 어쨌든 서해영도 귀를 기울여 모용천의 이야기를 경청하였다. 때로는 박수를 치고, 또 때로는 엄지손가락을 내미는 데 인색하지 않아 모용천도 나름 신이 나서 이야기를 이어나갔다.

　"…나는 아직도 종리 형을 이해할 수가 없어. 왜 그런 짓을 저질렀을까? 그렇게 막대한 내공을 얻고 또다시 내단을 탐하다니 말이야."

　종리상웅에 관한 이야기는 앞으로도 잊지 못할 것이었다. 모용천에게는 대단히 충격적인 경험이었던 셈인데, 그것을 두고 한 남궁미인의 말 역시 잊기 힘들었던 것이다.

　"특이한 건 당신이라구요."

　웃으며 거침없이 이야기하던 남궁미인의 얼굴이 다시금 눈앞에 선했다. 모용천은 쓴웃음을 지으며 남궁미인이 들려준 이야기를 덧붙였다.

　"실은 여기 오기 전, 남궁세가에 먼저 들렀다네. 거기에서 남궁가주의 딸인 남궁미인이라는 분을 만났는데, 그분은 날더러 특이하다고 하더군. 사람이라면 누구나 그렇게 욕심을 부리고, 또 타인의 욕심을 이해할 수 있을 거라고 말이야. 정말 그런 걸까? 처음에는 인정하지 않았는데, 곰곰이 생각해보니 요즘에는 정말 내가 특이한 걸지도 모른다는 생각이 다

들더라고."

"흥! 형의 말을 들어보니 특이하다는 말은 평범한 자들을 위로하기 위해 만든 것 같군요!"

모용천의 말이 끝나자마자 서해영이 소리쳤다.

"그게 무슨 말인가?"

"그렇잖아요. 자기들이 못나서, 욕심이 많아서 그리된 건데, 왜 그걸 이해 못하는 모용 형더러 특이하다는 거죠? 웃겨, 정말! 남궁 뭐요? 참나, 눈앞에 있으면 내가 한마디 아주 단단히 해줬을 텐데!"

"……."

"왜, 내 말이 이상해요? 왜 말이 없어요?"

서해영이 이상하다는 듯 묻자, 모용천은 고개를 저으며 대답했다.

"아니, 아닐세. 사람들은 항상 내가 이상하다고만 했지, 서아우처럼 얘기한 사람은 아무도 없었어. 서 아우에게 그런 이야기를 들으니 기분이 묘해서 그래."

말로 얼버무렸지만 이미 모용천은 가슴속에 훈훈한 온기를 느낄 수 있었다. 남궁미인의 혼례가 치러졌을 날, 아니, 그전 남궁세가를 나왔을 때부터 느꼈던 외로움은 씻은 듯이 사라졌다. 서해영이라면 언제, 어떤 상황에서도 자신을 지지해 줄 거라는 생각이 들었다.

"고맙네."

모용천은 솔직한 감상을 토로했고, 서해영은 살짝 얼굴을 붉혔다. 그 모습을 미처 보지 못하고, 모용천은 다른 이야기를 했다.

　"너무 내 얘기만 한 것 같은데… 서 아우, 아우의 이야기를 들려줄 수 없나?"

　그러자 서해영은 곤란한 얼굴이 되어 아랫입술을 세게 깨물었다.

　"모용 형, 정말 죄송하지만 저는 가문이라든지, 사문을 쉽게 밝힐 수 없는 처지예요. 언젠가… 언젠가 얘기할 수 있는 날이 온다면 좋겠지만 지금은 일단 그러네요. 부디 이해해 주세요."

　모용천은 흔쾌히 대답했다.

　"이해해 달라고 할 것까지 있겠어? 때가 되면 서 아우가 내게 말해주겠지. 지금은 그냥 제마성의 사람이라는 것만 알아둘게. 그러면 되지?"

　"……"

　깊은 갈등 끝에 뱉은 말이었는데, 모용천이 그리 쉽게 대답하자 서해영은 뭐라 말하기 힘든 감정에 휩싸였다. 서해영은 가만히 모용천의 눈을 바라보다 물었다.

　"이번에 북해빙궁을 정도무림맹에 끌어들이는 데 성공한다면 권왕이 육대세가의 자리를 약속했다고 했죠?"

　"으응, 하지만 그게 어디 말처럼 쉬운 일이겠나? 그리고 권왕이 그리해 준다고 어찌 넙죽 받을 수 있겠어? 유 총관의 생각은 또 다르겠지만 나는……."

"그거, 받아요."

"뭐?"

"권왕이 한다면, 어떻게든 해주겠지요. 어쨌든 모용세가가 오대세가에 끼어 육대세가가 된다면 모용 형이 할 일은 다 한 거 아닌가요? 그렇다면 그 뒤로는 좀 더 자유롭게, 지금까지 처럼 권왕에게 휘둘리지 않고 하고 싶은 일을 하며 살 수 있 지 않겠어요?"

"……."

모용천 역시 그러한 생각을 해보지 않은 게 아니었다. 특 히, 남궁미인을 만났을 때에 그러한 생각이 더했다.

모용천은 모용세가라는 가문을 짐이라고, 자신을 옭아맨 끈이라고 부담스러워한 적은 있었지만 부끄러워한 적은 없었 다. 하지만 남궁미인을 만났을 때, 몰락한 가문의 후예로 자 신 외에 내세울 게 없다는 것이 문득 부끄러웠던 것이다.

더구나 남궁미인과 모용천의 사이에 버티고 서서, 한시라도 빨리 떠날 것을 종용하던 남궁겸. 자신을 보는 그의 눈빛이 마 치 벌레 보듯 경멸스러운 것으로 바뀌던 순간을, 모용천은 도 저히 잊을 수가 없었다.

자신이 이처럼 천둥벌거숭이가 아니라 번듯한 가문의 후 광을 입었더라면 남궁겸이 자신을 그런 눈으로 보았을까?

본신의 무공 하나로는 한계가 있다는 우진의 말은 빠르진 않았으나 은근하게 속으로 파고들어 와 있었다. 살아간다는 일은 어쩜 이리도 복잡하고 어려운지. 모용천은 문득, 그리 이해하기 힘들고 또 이해하고 싶지 않았던 우진의 말에 공감하는 자신을 발견하고 소스라치게 놀랐다.

"그거 받으라구요. 내가 줄게요."

"어, 어? 뭐라고?"

잠시 생각에 빠졌던 모용천은 서해영의 말에 퍼뜩 정신을 차렸다. 서해영은 얼굴을 찡그리며 다시 말했다.

"내가 해줄게요. 육대세가의 이름, 기꺼이 받으라구요."

*　　　*　　　*

"무슨 말이야? 서 아우가 무슨 수로……."

"북해빙궁만 정도무림맹에 가담시키면 되는 거 아니에요? 그러자면 형이 제마성 측의 대표를 이기면 되는 거잖아요."

"그거야 그렇지."

"절창은 내 말 한마디면 비무에 나서려 하지 않을 거예요. 모용 형이라면 관음지 정도는 충분히 이길 수 있잖아요? 그럼 되는 거 아네요. 뭐!"

서해영은 제 말을 끝내고 의기양양하여 자리에서 일어났다. 자리에서 일어난 서해영은 두 팔을 쭉 뻗고, 안개 덮인 북해를 향해 소리쳤다.

"대리전에서 승리하는 것은 모용천이다아—! 이제 오대세가는 육대세가로 개편될 것이다아—!"

물가에는 아무도 없어, 오직 두 사람뿐이었다. 그러나 서해영의 목소리는 높고 곧게 뻗어나갔다. 모용천은 깜짝 놀라 서해영의 입을 막았다.

"그만, 그만!"

"읍, 읍!"

서해영의 작은 몸이 품 안에서 몸부림쳤다. 모용천은 입을 덮은 손에 힘을 주고, 힘주어 말했다.

"서 아우, 그런 말은 하지 말게. 약속해야 놓아줄 거야."

모용천의 손에 코 아래가 덮여, 그렇지 않아도 큰 눈을 더욱 크고 동그랗게 뜬 서해영은 황급히 고개를 끄덕거렸다.

"푸하—! 모용세가는 이제 모든 세가의 윗… 읍! 읍읍!"

모용천이 손을 떼자, 서해영은 숨을 한 번 들이마시고는 곧장 이렇게 소리쳤다. 다행히 뒤에 무슨 얘기가 나올까, 듣기 전에 다시 틀어막은 게 다행이었다.

"하지 말라고! 좀!"

모용천은 다시 한 번 아까보다 좀 더 강하게 서해영의 입을 틀어막고 말했다.

"나는 서 아우가 북해빙궁을 보러 와줘서 누구보다 감사하고 있어. 물론 가장 기쁜 일은 서 아우를 다시 만날 수 있었다는 거지만, 그만큼 기쁜 건 다시 한 번 절창과 이번에는 제대

258

로 싸워볼 수 있다는 사실이라네. 그러니 어떠한 일도 벌이지 마. 이기고 지는 건 그다음 일이니까. 부탁이야."

"쩝, 모용 형이 그렇다면 어쩔 수 없죠. 하지만 절창을 이기기는 쉽지 않을 텐데?"

겨우 모용천의 품에서 벗어난 서해영이 얼굴을 찡그리며 말했다. 모용천은 고개를 절레절레 저으며 대답했다.

"이기고 지는 것은 두 번째 일일세. 일단 절창과 겨루는 것만으로 나에게는 더할 나위 없는 기쁨이니까. 알겠나?"

"……."

의연히 말하는 모용천의 얼굴 뒤로, 잠시나마 걷힌 안개 사이로 해가 내려왔다. 어두운 그림자를 비껴 내리는 빛의 고리들이 눈부셨다.

"이만 돌아가지."

"예? 아, 아… 그래요, 그래야죠."

잠시 넋을 놓고 있던 서해영은, 모용천의 말을 듣고 깨어나 허겁지겁 신을 벗으려 했다. 모용천은 빙그레 웃으며,

"신은 벗지 말게."

라고 말했다.

"예?"

무슨 뜻인지 몰라 반문하는 서해영에게, 모용천은 뒤로 돌아 등을 내보이며 말했다.

"너무 힘들어하던데 그 길을 다시 갈 수 있겠나? 자, 이 형

이 업어줄 테니 업히라고."

결국 서해영은 발끝에 물 한 방울 적시지 않고 북해를 건널 수 있었다. 북해빙궁으로 돌아온 모용천은 서해영을 내려놓고 말했다.

"이제 다시 모르는 척할 거지?"

서해영은 고개를 들지 못하고 있었다. 모용천은 다소 의아해했으나, 크게 개의치 않고 제 할 말을 이었다.

"서 아우에게 말 못할 사정이 있으니 어쩔 수 없지. 다시 만날 때까지 건강 조심하고."

서해영은 여전히 고개를 푹 숙인 채 까딱거리는 것으로 대답을 대신했다.

"그럼… 오늘은 일찍 들어가 봐야겠네. 내일 누가 이기든, 그다음에는 웃으며 보자고."

그리고 모용천은 몸을 돌렸다.

당연히, 그 뒤에서 고개 든 서해영의 얼굴이 온통 새빨갛게 물들었음은 보지 못한 채였다.

비무의 날이 밝았다.

북해빙궁 안 가장 넓은 연회장은 비무를 관전하기 위해 모인 궁 안의 사람들로 입추의 여지도 없이 꽉 차 있었다. 그 가운데 임시로 설치한 비무대 위에 이미 두 사람이 마주 보고 서 있었는데, 두 사람 모두 표정이 묘하였다. 적어도 적을 앞두고 지어야 할, 전의를 불태우거나 냉정을 유지하는 얼굴은 아니었다.

제마성을 대표하여 나선 이의 얼굴은 누가 보더라도 무슨 생각을 하고 있는지 알 수 있었다. 본인이 숨길 생각이 없는 지, 그렇지 않으면 당혹스러움이 워낙 컸는지 모를 일이지만.

'그러니까 내가 왜……?'

왜 자신이 이 자리에 서 있는지, 남들도 모르고 자신도 몰라 어리둥절해하는 얼굴은 관음지 허규의 것이었다. 비무대 아래에서 허규를 올려다보는 황유극의 얼굴에도 불안감이 서려 있었고, 그 옆에 앉아 있는 진현교의 얼굴은 아예 흙빛으로 물들어 있었다.

'왜 허 선배가……!'

묘한 얼굴은 정도무림맹의 대표, 모용천도 마찬가지였다. 분명 절창 기소위가 나올 것이라 생각했거늘, 자신의 앞에 서 있는 자는 관음지 허규인 것이다. 물론 관음지 허규라고 허투루 볼 상대는 아니었지만, 그를 대하여 선 지금 여타 복잡한 일들을 잊게 해주는 뜨거운 감정—아직 호승심이라는 이름조차 모르는—은 손톱만큼도 나오지 않는 것이었다.

모용천은 고개를 돌려 비무대를 둘러싼 관중들에게 시선을 한 바퀴 돌렸다. 그러던 중 손쉽게 찾아낸 서해영은, 역시 눈이 마주치자 자신이 아니라는 얼굴로 손을 흔들어댔다. 그렇게 다짐해 두었는데도 서해영이 제 뜻을 관철했을 것 같지는 않아 모용천은 다시 시선을 돌렸다.

시선은 얼마 가지 않아, 아니, 조금도 가지 않고 멈췄다. 서
해영의 옆에서 꼿꼿이 선 자, 본래 이 위에서 모용천과 마주
보고 서 있어야 할 사람.

절창 기소위와 눈이 마주치자, 모용천은 작금의 상황이 모
두 그가 원했던 그림임을 알게 되었다.

'기 선배……'

"그래, 그랬군."

도야객의 이야기를 들은 기소위는, 다른 말 없이 '그래, 그
랬군'을 되풀이할 뿐이었다. 모용천은 잠시 기소위가 마음을
가라앉히길(실은 동요되었는지도 알 수 없었지만) 기다렸다가
물었다.

"이 선배는 기 선배의 선택을 도저히 받아들일 수 없다고
했습니다. 이는 저 역시 마찬가집니다. 어째서 정도무림의 기
수로 명성을 날리던 분이 마왕의 수하가 되어 이런 수모를 겪
고 계시는지 모르겠습니다."

모용천 또한 들은 이야기에 불과하지만, 기소위 정도의 인
물이라면 마왕은 아니어도 부성주인 천리안 진첩결과 능히
어깨를 나란히 할 수 있는 인물이라 했다. 더구나 그는 정도
무림의 명숙이었으니, 그런 기소위를 영입하고도 황종류는
그에게 별다른 직책을 주지 않고 그저 다른 이들이 벌인 일을

수습하거나 서해영을 호위하는 데 그치도록 하는 것이다.

물론 모용천은 기소위가 어째서 이런 수모를 감내하는지 알고 있었다. 그러나 그렇다 해도 이해할 수 없기는 마찬가지였다.

십왕에 가장 가까운 남자.

이 한마디로 기소위를 표현할 수 있었으니, 본인이 마음만 먹는다면 마왕과 싸워 무진총주를 빼앗아오는 길이 아주 불가능한 것만은 아니었다.

그러나 기소위는 한 번 싸워볼 생각도 하지 못하고 마왕의 밑으로 들어갔다. 상대적으로 기소위에 비해 한참 떨어지는 무공의 소유자였던 도야객은, 그럼에도 불구하고 마왕에게 고개 숙이지 않고 자신의 힘으로 친구를 구하기 위해 정파인들의 표적이 되어가면서까지 비급 수집에 열을 올렸다.

누가 옳고 누가 그른지, 판단하는 것은 어디까지나 자신의 몫이다. 어쨌든 모용천은 기소위보다 도야객의 선택이 마음에 들었고, 또 그를 지지하였다.

"수모라……."

기소위는 짤막히 되풀이하고, 까칠한 턱을 손바닥으로 쓸었다. 어느새 자라난 털들이 귀밑에서부터 턱밑까지 금성듬성 나 있었다.

"무인의 명예란 목숨보다 중요한가?"

기소위가 나직이 물었다. 방 안에는 모용천뿐이니 모용천을 향해 한 질문이리라.

"때때로 다르다고 생각합니다."

기소위는 고개를 끄덕이고는 말했다.

"내 목숨이라면 명예와 비교할 수 없지. 그러나 내 것이 아니라면 어떨 것 같나?"

"내 것이 아니라 하시면……?"

"어버이와 형제, 자녀들의 생명과 내 명예를 감히 비교할 수 있겠는가? 내 명예 하나로 친구의 생명을 구할 수 있다면, 그보다 값진 쓰임새가 어디 있겠는가?"

모용천은 기소위가 이렇게까지 말을 많이 하는 모습을 본 적이 없었다. 하나 이는 기소위를 아는 모든 이들의 공통된 생각이었을 테니, 모용천은 실로 기이한 장면을 목도한 것이다.

기소위가 다시 말했다.

"근간에 나는 깨달은 바가 있네. 내 명예를 버려 백파검의 목숨을 유지하고, 왕년의 그로 돌릴 수 있는 실낱같은 희망이나마 붙들 수 있다면 그보다 값진 쓰임새가 없다고 말일세."

"……."

"하여 묻겠네. 무인이 명예를 지켜야 함은 왜이겠는가?"

"……."

"그것은… 언젠가 비싸게 팔아야 할 때가 오기 때문일세. 그 것이 내 근년의 깨달음이나, 이는 누구에게도 강요할 생각이 없고 오직 나 스스로 행할 뿐이네. 수모? 수모라고 했나? 친구를 살릴 수 있다면, 이까짓 명예쯤 내버린들 무슨 상관일까."

기소위는 오래도록 말한 것이 피곤했는지, 잠시 숨을 골랐다. 모용천은 가만히 서서 기소위의 말을 곱씹었지만 딱히 반박할 말을 찾을 수 없었다.

그러나 본인의 말대로, 그것은 어디까지나 기소위 자신의 논리에 불과하다. 누구에게도 강요할 생각이 없고, 누구에게서도 강요받고 싶지 않은 자신만의 길. 실제로 가장 가까운 친구라던 도야객 이서곤이 그 방식에 반발하여 여러 일을 저지르지 않았던가.

"도야객, 그 친구는 아직도 혈기가 왕성해 언제 크게 한 번 경을 칠 거라 생각했네. 나는 자네에게 감사해야겠네."

기소위는 돌연 도야객을 말하며, 모용천에게 감사를 표했다. 뜻밖의 말에 모용천은 놀라 두 손을 저었다.

"아닙니다, 아닙니다. 저는 아무것도 한 일이 없습니다."

기소위는 고개를 저었다.

"한 번만, 자네에게 기회를 주겠네. 이것이 내가 할 수 있는 최대한의 성의 표시일 테니."

'성의 표시라는 게, 고작 이런 거였나?

어제 일을 떠올리자 모용천은 오히려 화가 났다. 기소위가 진정 자신에게 고마워한다면, 이런 양보보다 진정으로 모용천과 싸워주는 길을 택했어야 했다. 기소위는 아니라 했지만,

자신의 선택을 관철시키는 과정은 결국 그것을 타인에게 강요하는 과정이나 다름없는 것이다.

구웅—

시작을 알리는 징 소리가 벽들에 튀어 실내 연회장을 가득 메웠다.

"타앗!"

동시에 허규의 손가락에서 열 가닥의 지풍이 쏘아졌다. 빙공의 종가라고 알려진 북해빙궁의 고수들도 그 광경에 놀라움을 금치 못하였으니, 바로 허규의 관음지 한 수였다.

터엉! 텅!

열 가닥의 지풍을 피하거나, 혹은 검신으로 막아내며 모용천 역시 움직였다.

우오오오오오—

비무대 주변에 모인 사람들의 함성 소리가 채 가시지 않은 징 소리와 섞여 벽을 때리기 시작했다. 그러나 사람들의 열기도, 관음지의 한기도 모용천이 진정으로 원하는 것을 채워주기에 턱없이 모자랄 뿐이었다.

第八章

열녀의 탑대(搭臺)

손빈의 수레.

　이 오래된 혜언에서 수레 끄는 말[馬]은 세 등급으로 나누어진다. 현자는 수레 끄는 말을 상, 중, 하, 세 등급으로 나누어 그 지혜를 오래도록 남겼는데, 비단 네 발 달린 말뿐 아니라 발 없는 말[言]도 태생에 따라 세 등급으로 나누어짐은 미처 몰랐을 것이다.

　첫 번째, 가장 하품(下品)의 말은 좋은 일을 전하는 말이다. 가장 하품이라고는 하나 네 발 달린 말과는 비교도 할 수 없이 빠른 이 말은, 그럼에도 불구하고 빠르다고 느끼는 이들이 많지 않았다.

두 번째, 중품(中品)의 말은 나쁜 일을 전하는 말이다. 일의 사안이 중하고, 그 피해가 막급할수록 말은 쉼없이 달려 천하 만민에게로 닿는다. 나쁜 일을 전하는 말은 좋은 일을 전하는 말과는 비교도 할 수 없이 빠르며, 최선을 다해 사람들을 슬프게 하고는 했다.

마지막 상품(上品), 모든 말을 통틀어 가장 빠른 말은 타인의 불행을 전하는 말이다. 이는 앞선 두 품의 풍모를 한 몸에 갖추고 있으면서도 그들에게 없는 미덕을 놓치지 않았으니, 바로 자신에게 좋은 일보다 타인의 불행이 더욱 기쁜 자들을 위한다는 점이었다.

그러한 자들은 대개 얼굴에 기름이 흐르고 손발에 굳은살이 드문 법으로, 상품의 말을 더욱 독려할 수 있는 능력을 가지고 있었다. 그렇지 않아도 빠른 말에게 채찍질을 하니 바람이 다 무색할 지경이 되는 것이다.

하여 말 중의 말, 천하에 가장 빼어난 명마는 타인의 불행을 전하는 말이라 할 것이다.

그리고 지금 막 무한에 당도한 말은, 상품의 말 중에서도 지극히 빼어나 상중상(上中上)이라고 해야 할 놈이었다.

"껄껄껄껄껄!"

호방한 웃음소리가 신창권문, 아니, 정도무림맹 본영을 뒤흔들었다. 안뜰을 쓸던 동자들이 깜짝 놀랄 만큼 큰 웃음소리였다.

"크하하하하핫! 크하하, 하하하하하핫!"

놀라기는 무림맹을 총괄하는 폭쇄권의 달인 이치강도 마찬가지였다. 지금 그의 눈앞에서 권왕 우진이 어린아이처럼 배를 잡고 웃는 것이다.

"크하하, 하하… 하아, 하아!"

급기야 살짝 맺힌 눈물을 닦아내며 우진은 겨우 웃음을 그칠 수 있었다. 아무리 기분이 좋다고 해도 명색이 십왕 중 한 사람이며 무림맹주인 자가 이리도 체통없이 웃다니, 눈에 불을 켜고 흠을 찾는 자들이 보았다면 두고두고 회자되었을 장면이다. 이치강은 미간을 찌푸리며 제 주인에게 질책을 아끼지 않았다.

"체통을 지키십시오. 하루에도 기백 명이 드나드는 무림맹입니다. 눈이 몇이고, 귀가 몇인지 모르시는 겁니까?"

우진은 채 진정되지 않은 듯 어깨를 들썩거리며 대답했다.

"크흐훗, 이봐, 무림맹주는 뭐, 기분 좋은 일이 있으면 웃지도 못한단 말인가? 크흐흐훗!"

"그것도 정도가 있는 게 아닙니까, 정도라는 게!"

물론 이치강도 우진이 이러는 것을 이해 못하는 바 아니었다. 우진을 이토록 웃게 만들었던 소식을 전한 것이 다름 아닌 이치강 자신이었고, 그 또한 소식을 처음 접하면서 기쁨을 감추지 못했으니까 말이다.

쉼없이 달려온 파발이 가져온 것은 바로 북해빙궁에서 온 소식이었다. 빙왕 진하꿩이 정도무림맹에 대한 지지를 표명하였다는 소식은 분명 기뻐해야 마땅한 것이었다. 하지만 우진이 정도 이상으로 좋아하는 것은 분명 문제가 있었다.

"맹주의 자리에 있는 분이 이러시면 안 됩니다. 좀 더 의연한 태도를 견지하셔야지요."

이치강의 충언에 우진은 다시 웃으며 말했다.

"알았네, 알았어. 그나저나 황 선배가 이 일로 어떤 얼굴을 하고 있을지 궁금하기 짝이 없군. 관음지에 절창까지 가 있었다면서 왜 그런 일을 획책하였을꼬? 호기롭게 일어선 제마성이 이런 일로 망신을 당할 줄이야! 크하하하핫!'

다시 한 번 우진의 웃음소리가 무림맹을 뒤흔들었다.

*   *   *

우진이 기분 좋게 웃고 있는 동안, 무한으로부터 멀리 떨어져 있는 산서 오대산의 사람들은 입을 다물고 숨소리 하나 내지 못하고 있었다.

침묵은 태산같이 어깨를 짓누르고, 한겨울처럼 차가운 공기는 폐 속까지 얼리는 듯했다.

평범한 자들의 일이 아니다.

저마다 절세의 고수이면서 악독하기로는 둘째가라면 서러

울 자들, 평생 누구의 눈치도 보지 않고 제멋대로 살아오며 오히려 남들을 숨죽이게 만든 자들의 일이다.

항불, 혈랑도객, 요검… 이름만으로도 능히 세인들을 공포로 몰아넣을 자들이 하나같이 두려움에 떨며 고개를 숙이고 있는 것이다. 지금은 제마성의 외오각주라는 이름하에 뭉친 자들이었다.

비단 알려져 있는 자들만이 아니다.

항불들과 대치하여 앉아 있는 자들.

비록 세간에 알려진 바 없지만 그 기도만큼은 마주 보는 이들과 조금도 밀리지 않는 삼남일녀 또한 숨을 죽이고 누군가의 눈치를 보고 있었다. 비백면주 황상과 비흑면주 방난화를 위시한 네 사람의 비사면주가 그들이었다.

양편으로 나누어 앉은 그들을 총괄하듯 가운데에 앉아 있는 노인, 천리안 진첩결의 얼굴이 파랗게 질려 있다고 누군가 말한다면, 그는 단번에 터무니없는 거짓말쟁이로 손가락질당할 것이다. 그러나 사파의 이름난 고수, 십왕의 아래에 있으나 기실 견주어봐도 손색이 없을 거라는 진첩결의 얼굴은 지금 분명히 파랗게 질려 있었다.

이처럼 쟁쟁한 자들이 모여서 하나같이 공포에 짓눌려 눈치나 보고 있을 때 아무렇지도 않게 돌아다니는 한 사람이 있었다.

방 안의 오직 한 사람.

눈처럼 새하얀 옷을 입은 장년인만이 뒷짐을 지고 커다란 방 안을 거닐고 있었다. 깃털처럼 가벼운, 공포에 짓눌리지 않은 발놀림이었다.

하나 그 말은 어폐가 있다. 그의 한 걸음 한 걸음이 좌중의 어깨를 무겁게 하고 있었으니 말이다. 백의인의 청수한 얼굴은 일말의 감정도 드러내지 않고, 그렇게 방 안을 온통 공포로 몰아넣고 있었다.

"……."

백의인.

방 안, 쟁쟁한 고수들의 주인 된 자.

마왕 황종류의 시선이 요검으로부터 시작해 좌중을 한차례 훑고 지나갔다. 방 안의 이들은 차마 마주 보지도, 감히 피하지도 못하고 어정쩡한 자세를 유지한 채 황종류의 차가운 시선을 받아냈다.

"……."

그리고 다시 침묵.

할 말이 없어서가 아니다. 오히려 너무 많아서 하지 않는다는 걸 모르는 이가 없었다.

꿀꺽.

누군가 마른침을 삼키는 소리를 냈다. 평소라면 남의 귀에 들어갈지 말지도 모를 작은 소리였지만, 지금은 차라리 청천벽력이라고 해야 할 정도였다.

주루룩.

또 다른 누군가의 등골을 타고 흐르는 한 줄기 식은땀. 급기야 들릴 리 없는 소리마저 들리는 듯, 방 안의 이들은 신경이 곤두서 있었다.

"내가……."

불현듯, 황종류가 입을 열었다.

좌중의 눈동자가 순간 한곳을 향했다. 황종류는 그들의 시선을 하나하나 확인한 후 느긋이 말을 이었다.

"…부성주의 경고를 가벼이 여겼던 것 같군."

"아니옵니다."

진첩결은 탁자에 이마를 찧을 듯이 고개를 조아렸다.

"그게 아니라면 내가 각주들의 능력을 과신하였다는 말인가? 항불, 혈랑, 요검, 세 사람의 힘이 부족했다는 말인가?"

이번에는 항불과 혈랑도객, 요검이 고개를 숙였다. 면목없기로 따지자면 그들이 제일이었다.

맞은편에 앉은 비사면주 네 사람도 따라 고개를 숙였다. 그들 또한 질책에서 자유로울 수 없었다.

지금 그들의 주인을 화나게 만든 그자.

그자가 위험하다며 내버려 두어선 안 된다던 부성주의 의견을 앞장서서 물리친 것이 바로 그들 자신이었으니까.

"……."

잠시 기다렸으나 침묵은 여전히 사람들의 어깨 위에 앉아 있었다. 누구에게서도 대답의 기미가 보이지 않자, 황종류는 자신의 자리로 돌아가 앉았다.

"부성주."

모용천의 위험성을 앞서 지적했다 하여 책임을 면하는 것은 아니다. 자신을 지목하는 한마디에 온몸의 터럭이 삐쭉 솟는 것을 느끼며, 진첩결이 즉각 대답했다.

"예."

황종류는 가느다랗게 뜬 눈으로 물었다.

"이 일로 본 성이 입은 피해는 어느 정도인가?"

이들이 모인 지 반 시진이 지났으나 누구도 먼저 말을 한 자가 없었다. 황종류가 비로소 이들이 모인 사안에 대하여 말을 꺼낸 것이다. 진첩결은 착잡한 얼굴로 자리에서 일어났다.

"눈에 보이는 피해는 두 가지를 꼽을 수 있습니다. 하나는 북해빙궁과 빙왕의 지지를 정도무림맹에 빼앗겼다는 점이며, 다른 하나는 외중각주가 부상을 입었다는 점입니다."

"…그리고? 겨우 그 정도인가?"

"눈에 보이는 피해는 이렇지만, 보이지 않는 피해는 측량할 길 없이 크다고 할 수 있습니다. 외중각주는 이공자와 상의없이 빙왕의 두 아들 중 하나와 밀약을 맺고 반역을 기도했습니다. 강호에 이러한 사실이 순식간에 퍼졌으니 본 성의 체면은 물론 성원들의 사기도 형편없이 떨어졌습니다."

좌중이 한자리에 모인 이유가 진첩결의 입에서 구체화되

자 사람들은 저마다 어깨 위에 올린 침묵이 배가되는 것을 느꼈다. 저 관음지 허규가 약관의 애송이와 겨루어 내상을 입고 패퇴하였다는 것이나, 그가 빙왕의 아들과 작당하여 궁주의 자리를 차지하려 한 것이 잘못된 일은 아니다.

잘못된 일은, 이 모든 실패의 원인이 되는 한 사람, 바로 모용천에 대하여 이 자리 모두가 책임을 지고 있다는 것이었다.

외오각주들은 모용천을 일찍이 잡아 화근을 제거할 수 있는 기회를 놓친 바 있었고, 비사면주들은 모용천을 경시하고 진첩결의 경고를 무시한 바 있었다. 누구도 그 책임으로부터 자유로울 수 없었고, 섣불리 말을 꺼낼 수 없었다.

사실 진첩결이 피해라 보고한 사항들은 엄밀히 말해 피해라 할 수 없었다. 그들이 본래 사파의 인물이니 모략으로 북해빙궁을 손에 넣으려 했음이 무에 흠이 될 것인가? 다만 황종류의 신경을 거스르는 것은 빙왕과 북해빙궁의 힘이 자신이 아닌 정도무림맹, 엄밀히 말해 권왕 우진에게로 향했다는 점에 있었다.

이는 황종류 개인의 자존심에 금이 간 것이었다.

"소인에게 맡겨주십시오."

침묵을 깨고 일어난 것은 눈썹 짙은 중년인, 비백면주 황상이었다. 황종류는 분연히 일어난 황상을 보며 말했다.

"맡겨달라고……?"

"주군의 근심은 곧 소인에게는 불구대천의 원수! 어찌 같은 하늘을 이고 살 수 있겠나이까? 본 성에 있어 모용천이라는 자는 대역죄인이나 마찬가지이니 상응하는 처벌을 받아야 마땅한 법. 소인이 직접 단죄하고자 하니 허락하여 주시옵소서!"

장황한 말을 늘어놓고 황상은 무릎을 꿇었다. 그 모습이 비장하여 황종류에 대한 충성심이 대단해 보였으나 방 안에 모인 자들의 눈에는 가식으로 비쳐질 뿐이었다.

그러나 이는 어디까지나 마음속 이야기일 뿐, 드러내어 그를 비난할 자는 아무도 없었다. 다들 바싹 마른 목에 침을 삼켜가며 황종류의 입에서 눈을 떼지 못하고 있었다.

이윽고 황종류가 입을 뗐다.

"중각은 내상을 입어 패퇴했고 전각은 손 하나를 잃었다지."

황종류는 부재중인 두 사람을 언급하였으나 좌중은 마치 자신의 이야기인 듯 눈 둘 곳을 잃었다. 황종류는 고개를 돌리며 이어 말했다.

"좌각은 한눈에 봐도 저 모양이고, 후각과 우각은 손을 잡고 달려들었어도 그자를 잡지 못했지. 그러고 보니 본 성의 위엄을 세워야 할 외오각주들이 죄다 그자 하나에게 패하였군."

항불과 혈랑도객이 고개를 숙이고, 은삼교는 붕대를 동여맨 목을 부여잡았다.

황종류는 다시 황상에게로 시선을 돌려 물었다.

"백면은 스스로 각주들보다 강하다고 생각하나?"

"그, 그것은……."

섣불리 대답하기 힘든, 모두의 자존심을 건드리는 질문이었다. 얼른 대답하지 못하는 황상의 목소리가 떨리고 있었다.

"두 사람의 각주로도 당해내지 못한 자다. 성공을 보장하려거든 그대들, 면주들이 모두 나서야 하는 게 아닌가?"

비사면주들이 비록 새외의 인물로 강호에 명성이 높지 않았을 뿐, 개개인의 무위는 외오각주에 비해 손색이 없었다. 그러니 황종류의 이 말은 네 사람 모두에게 커다란 치욕감을 안겨주었으나 감히 반발하는 자가 없었다. 지금 황종류가 전각이라느니, 백면이라느니 하며 직책마저 제대로 부르지 않는다는 것은 그의 분노가 가히 한계에 달했다는 뜻이었다.

더구나 황종류의 말은, 어쩌면 타당할지도 모른다는 생각이 네 사람의 머릿속을 스치고 지나갔다.

"……."

결국 황상은 대답하지 못하고 무릎을 꿇은 채로 고개를 숙였다. 황종류는 무심히 그 모습을 외면하며 말했다.

"면주들도 나설 생각이 없나 본데, 별수없군."

황종류는 자리에서 벌떡 일어났다. 고개를 들지 못하던 종복들도 주인을 따라 황망히 일어나고, 황종류는 진첩결에게 말했다.

"채비를 해두게. 곧 떠날 터이니."

"예, 예?"

뜻밖의 말. 진첩결이 놀라 되물었다. 대답하는 황종류의 미간에 얕은 주름이 파였다.

"못 들었나? 오랜만에 바람이나 쐬겠다는 게야."

"……!"

떠난다는 말이 무슨 뜻인지, 방 안에 있는 사람치고 모를 이 없었다. 그러나 그 뜻을 온전히 파악하기에 시간이 필요했다.

"하, 하오면……?"

더듬거리며 진첩결이 되물었다.

황종류는 귀찮다는 듯 소매를 휘둘렀다.

"닭인 줄 알고 소 잡는 칼을 썼는데, 알고 보니 이무기라는 말이 아닌가. 본 성에 용 잡을 칼은 몇이나 있나?"

진첩결을 비롯하여, 일시에 도살장 칼로 전락한 고수들의 안색이 일제히 어두워졌다. 진첩결이 머뭇거리며 대답하지 못하자 답답해하는 목소리로 황종류가 말했다.

"내 질문이 천리안도 답하지 못할 만큼 어려웠나? 부성주와 절창, 그리고 나까지 세 자루 아닌가. 내 말이 틀렸나?"

"……."

"왜 대답이 없지들? 설마 스스로들 용 잡는 칼이라고 생각하고 있었던 건 아닐 테지? 하아! 하긴 나도 얼마 전까지 그렇게 생각했지. 내 자랑스러운 다섯 각주와 네 면주는 능히 용도 잡을 수 있는 칼이라고 말이야."

유구무언.

입이 있으되 없는 것이나 마찬가지였다.

가장 신뢰받아야 할 주인에게 경멸당하는 자들의 얼굴은 수치와 분노로 가득 차 있었다. 항상 초점없는 눈으로 속내를 비추지 않던 은삼교도 지금만큼은 수치심을 이기지 못해 얼굴이 온통 붉어져 있었다.

"자, 나에게 세 자루 칼이 있는데 한 자루는 손닿지 않는 곳에 있어 쓰지도 못하고 또 한 자루는 부실한 돌무더기 밑을 받치고 있어 빼낼 수 없지. 그럼 한 자루밖에 남질 않으니 무엇을 써야 할지는 자명한 게 아닌가?"

황종류가 이토록 많은 말을 하기란 흔히 볼 수 있는 모습이 아니었다. 마왕이라 일컬어지며 천하 만민에게 두려움의 대상으로 군림하는 자, 황종류의 분노가 어느 정도인지 짐작조차 할 수 없었다.

"하오나……."

쾅!

부득이 부언하려던 진첩결을 무시하고 황종류는 방을 나갔다. 망연자실한 진첩결의 눈앞에는 부서질 듯 세게 닫힌 문만이 보였다.

"……."

황종류가 나간 뒤에도 한동안 사람들은 말을 꺼내지 못했다. 그러던 중 혈랑도객이 침묵을 깨며 나섰다.

"일이 커졌군."

혈랑도객의 말이 도화선처럼 닫혀 있던 입들을 일제히 열어젖혔다.

"내가 소 잡는 칼이라니!"

"서운해할 일도 아니지. 우리가 얼마나 큰 실망을 안겨 드렸는지 생각해 보면……."

"어쩌다 일이 이렇게 됐지? 모용천인지 뭔지, 일찍 잡아들였으면 될 거 아닌가! 외오각주들은 대체 무얼 한 거요? 세 사람이나 남아서 애송이 하날 잡지 못했단 말이오?"

"허허! 네놈이 기어코 실성을 했나, 어디 이 부처님께 눈을 부라리느냐, 부라리기는! 그놈이 얼마나 괴악한지 알고나 하는 소리냐?"

"뭐, 놈? 땡중이 어서 함부로 혀를 놀려, 놀리기는?"

"얼마나 못났으면 손보다 입이 먼저일꼬? 쯔쯔쯧!"

"손으로 이야기하면 받아줄 용기나 있을까?"

저마다 한마디 아끼지 않고, 또 상대의 한마디를 두 마디로 갚기에 열중하니 방 안은 단숨에 시장통으로 변했다. 오가는 말에는 날카로운 날이 서 있어 가슴에 생채기를 내고, 다시 돌아가 주인의 가슴에도 꽂히기를 반복했다.

품격을 갖춘 고수들이 시정잡배마냥 난투극을 벌여도 이

상할 게 없는 상황에서, 유일하게 입을 다물고 있던 진첩결이
일갈했다.

"모두 그만들 하시오!"

어찌 됐거나 진첩결은 부성주. 제마성의 이인자로 좌중의
누구보다 높은 신분이었다. 외오각주나 비사면주나, 그를 따
르는 이와 경시하는 이가 섞여 있었지만 지금 이 순간만큼은
진첩결의 일갈에 하나같이 입을 다물었다.

진첩결은 좌중을 둘러보고 격앙된 감정을 추스르며 말했
다.

"모두 들으셨겠지만 주군께서 친히 처리한다 하셨으니 더
이상 모용천에 대한 어떠한 논의도 금하겠소. 또한 이미 정해
진 바, 주군의 부재 시 본 성의 모든 권한과 책임은 나, 부성
주인 진 모에게 있으니 여러분은 필히 숙지하여야 할 게요!"

"……."

진첩결의 말에 조금도 틀림이 없으니, 사람들은 모두 포권
의 예를 취하며 그를 받들었다. 그 모습을 보는 진첩결의 눈
에 불만으로 가득한 황상의 얼굴이 스쳐 지나갔다.

"…비청면주."

"예."

비사면주 중 하나, 푸른 옷을 입은 남만인이 한 발 앞으로
나섰다.

"몇 년 만의 강호행이시오. 주군을 보필하시오."

진첩결의 목소리에는 힘이 잔뜩 들어가 있어 사람에 따라 강압적으로 들릴 수도 있었다. 과연 그랬는지, 남만인의 눈이 날카롭게 빛났다.

대답이 늦어지자 진첩결이 재차 물었다.

"왜 대답이 없는 겐가?"

스르륵—

호통 소리와 함께 회(回) 자 모양의 탁자가 소리없이 허물어졌다. 처음부터 모래로 만들었던 것처럼 가루가 된 탁자의 잔해 위에는 진첩결의 손바닥이 펼쳐져 있었다.

이는 진첩결만의 절묘한 내가 수법이었으니, 좌중의 누구도 흉내조차 내지 못할 신위(神威)였다. 천리안이라는 별호로 더 유명한 진첩결이었지만 본신 무공 또한 사파의 거목들이 즐비한 제마성의 이인자로 군림하기에 충분한 것이다.

"…알겠습니다."

남만인, 비청면주는 마지못해 대답했다.

비청면주의 대답을 듣고도 진첩결의 표정은 여전히 어두웠다.

"볼일들 보시오."

손짓으로 사람들을 내보내고, 진첩결은 본디 탁자였던 가루더미 앞에 앉아 눈을 감았다.

"으음……."

까닭 모를 두통.

진첩결은 관자놀이를 문지르며 생각에 잠겼다.

모용천을 단죄하기 위해 황종류가 직접 나서는 것은 생각할 수 있는 최악의 결과였다.

강호의 배분을 떠나서, 황종류는 제마성의 성주요, 모용천은 정도무림맹의 일개 맹원이다. 그를 상대로 내로라하는 고수들이 줄지어 패하고 끝내 황종류가 직접 나서게 되었으니 정도무림맹으로서는 챙길 수 있는 이득은 다 챙겨간 것이다.

마왕의 손에 모용천이 죽는다 해도 명분은 정도무림맹의 차지요, 그럴 리 없겠으나 반대의 경우는 말할 것도 없으니.

진첩결의 머리가 아파오는 것이 당연했다.

"…향망(向亡)."

관자놀이를 문지르던 진첩결이 조용히 읊조렸다. 그 목소리만큼이나 조용히, 한 사람의 흑의인이 진첩결의 앞에 나타났다. 신출귀몰한 신법과 달리 흑의인에게서는 어떠한 기운도 느껴지지 않았다.

"……."

가타부타 말도 없이, 향망이라 불린 흑의인은 진첩결의 앞에서 한쪽 무릎을 꿇었다. 진첩결은 여전히 눈을 감은 채로 말했다.

"주군의 뒤를 따라라. 네가 뒤처리를 해야겠다."

진첩결의 말을 들은 흑의인이 몸을 한 번 움찔거렸다. 무심하게만 보였던 흑의인도 주군이라는 말의 무게로부터 자유로울 수는 없었다.

"하, 하오나 주군의 뒤를 따르라 하심은……."

흑의인의 우려를 짐작하였는지, 진첩결이 덧붙였다.

"쓸데없는 짓을 하라는 게 아니다. 주군께서 모용천이라는 애송이를 죽이기를 기다렸다가 그 뒤처리를 하라는 말이다. 시체는 최대한 잔인하게, 그러나 알아볼 수는 있게끔 만들어 무림맹인지 뭔지 하는 떨거지들에게 던져 버려라. 주군께 본성에 감히 대적하려 든 것들의 최후가 어떠한지 똑똑히 알리도록!"

"존명!"

단호한 대답을 남기고, 흑의인은 나타날 때처럼 소리없이 사라졌다. 흑의인이 사라진 곳을 보며, 진첩결은 분이 풀리지 않은 목소리로 중얼거렸다.

"소인배의 처사라 한다면 그 욕, 기꺼이 내가 받을 터이니……."

*   *   *

태양이 서서히 달구어지는 초여름이다.

늦봄에 북해빙궁을 떠난 모용천과 이소는 초여름이 되어서야 호북성으로 돌아왔다. 섬서성을 거쳐 온 두 사람은 방현(房縣)에서 일단 걸음을 멈추고 여장을 풀었다.

286

"후아! 덥군, 더워!"

객잔을 잡고 나서도 이소는 부채질을 멈추지 않았다. 이마에 맺히지도 않은 땀을 훔치며, 이소는 유난을 떨었다.

"북해는 참으로 서늘하니 딱 좋은 날씨였는데, 중원은 어찌 이다지도 덥단 말인가? 이런 곳에서 어찌 살아왔는지 모르겠군."

특유의 실없는 소리다.

그들이 이미 중원으로 들어온 지 오래이니 환경이 바뀌었다고 특별히 더위를 더 탈 이유가 없었다. 더구나 그들이 마침 머무른 기간이 맞아떨어졌을 뿐, 북해의 추위는 중원의 더위와 비할 게 아니었다. 이소에게는 서늘하니 딱 좋은 날씨가 그 땅의 주민들에게는 한여름이나 다름없었으니, 막상 겨울이 시작되면 어떤 말이 나올지 기대되는 것이었다.

그러나 이소가 속이 없어서 이런 말을 하는 건 아니었다. 실없는 소리라도 하고 있지 않으면 자신마저 동행의 어두운 기운에 잠식당할 것 같아 불안했던 것이다.

"……"

이소의 동행, 모용천은 북해빙궁을 나서면서 지금껏 꼭 필요한 말 외에는 한마디도 하지 않았다. 그러면서 얼굴에 드리운 그늘은 무한으로 다가갈수록 어두워졌으니 보고 있는 사람의 복장이 터질 판이었다.

"이봐, 얼굴 좀 펴라구! 내가 암만 무공이 못해도 연배를 따지면 자네보다 한참 위란 말이지. 그런 내가 이러는 게 안쓰럽지도 않나?"

결국 밥을 먹다 말고 이소가 분통을 터뜨렸다. 그 말을 들은 모용천은 젓가락을 놓고 차근히 되물었다.

"…궁금한 게 있소."

한 달인가 두 달 만에 모용천의 입에서 나온 말이었다. 화보다 반가운 마음이 앞서, 이소는 기꺼워하며 대답했다.

"궁금한 게 있다고? 그게 대체 뭔가? 내가 대답해 줌세!"

활짝 핀 이소의 얼굴을 보며 모용천이 말했다.

"무림인에게는 무공이 가장 가치있는 것 아니오? 한데 사람들은 어째서 무공이 아닌 다른 것을 좇기에 급급한 것이오? 무공으로는 따를 자가 없다는 십왕들도 다를 게 없고, 또 무공으로도 마음대로 하지 못하는 게 많으니 그것은 또 어째서요?"

활짝 피었다가 다시 먹구름이 낀 이소의 얼굴을 보며 모용천은 북해빙궁을 떠올렸다.

그리고 빙왕 진하굉을 떠올렸다.

쉬익! 쉬이익!

검이 닿지 않는 거리를 유지하며 허규의 지풍이 연신 쏘아졌다. 관음지의 위력을 익히 알고 있기에 모용천도 하나하나 최선을 다해 피하고 있었다. 검을 통해 전해지는 음기조차 내공을 소모케 하였으니 피하는 것이 최선이었다.

쉬익!

허규가 한 번 손을 움직일 때마다 열 가닥의 지풍이 쏘아지니 이를 모두 피하기란 불가능한 일이었다. 검막을 뚫은 한 가닥 관음지가 모용천의 소매에 적중했다.

"차앗!"

모용천은 가볍게 놀라며 왼팔을 세게 휘둘렀다. 삽시간에 얼어붙은 소매가 부서지며 산산이 흩어졌다.

"오오!"

관음지의 음험한 기운이 과연 명불허전이라, 빙공의 정종이라 할 수 있는 이곳 북해빙궁에서도 탄성을 불러일으키기에 충분했다. 특히 높은 곳에서 관전하던 북해빙궁의 장로들은 허규가 관음지 수법을 펼칠 때마다 놀라움과 찬사를 번갈아가며 표현했다.

"저런, 저런!"

"허어! 한기가 예까지 전해지다니!"

저마다 한마디씩 던지던 장로들은, 그러나 곧이어 입을 다물어야 했다. 그들의 눈에도 절묘하기 짝이 없는 수법들이 계속해서 막히고 있었다.

한 발, 한 발.

그에 발맞추어 모용천과 허규의 간격은 점점 줄어들고 있었다. 더구나 바람에 내공을 실어 보내는 수법은 내력의 소모가 일반적인 지법에 비할 바 아니었으니 허규의 안색도 눈에 띄게 어두워진 터였다.

어느덧 검의 간격으로부터 한 걸음. 더 이상 기다리지 않고 모용천의 신형이 허규에게로 쏘아졌다!

쉐에엑!

"흐읍!"

허규가 대경하며 두 손을 휘둘렀다.

파파파팍!

냉기가 교차하며 차가운 열 가닥 기운이 보이지 않는 창살을 만들었다. 권왕의 영웅연에서 이치강과 우진의 제자들을 막아섰던 바로 그 수법이었다.

"……!"

달려들던 모용천의 앞에 한 줄기 선이 그어졌다. 그와 동시에 얼음이 깨어지듯 창살이 깨지고 냉기가 사방으로 흩어졌다.

좌차차창!

"히익!"

"어머!"

냉기에 맞은 이들이 저마다 놀라 소리쳤다.

'이런 젠장!'

그러나 누구보다 놀란 이는 당사자인 허규였다. 내력의 소모가 극심했으나 십성 공력을 끌어올린 수법이다. 저 괴물 같은 모용천을 막을 수는 없겠으나 적어도 시간은 벌 수 있겠다는 기대가 창살과 함께 깨어진 것이다.

쉬익!

그러나 검을 한 번 뻗은 만큼의 시간은 번 게 분명했다. 허규는 오히려 한 발 내딛으며 손가락을 곧게 펴 모용천의 어깨 위에 내리꽂았다.

탁!

"……!"

모용천의 어깨 한 치 위, 허규의 손가락이 허공에 멈췄다.

바르르—

허규의 손가락 끝이 떨리며 맺혀 있던 푸른 냉기가 사라졌다. 모용천은 허규의 손목을 잡은 손에 힘을 주었다.

으드득!

기분 나쁜 소리를 내며 허규의 손목이 으스러졌다.

그러나 허규는 한마디 신음도 흘리지 않았다. 부러진 손목보다 목끝의 서늘함이 우선이었다.

"……!"

내리꽂는 손목을 잡아챔과 동시에 모용천의 검이 허규의 목끝에 닿은 것이다.

승부는 한순간이었다.

"…졌소."

우오오오오—

허규의 입에서 패배를 시인하는 말이 나오자 순간 얼어붙었던 사람들이 일제히 소리를 질렀다. 물론 이 비무가 새 궁주를 뽑기 위함임을 모두가 알고 있었다. 그러나 중원에서도 보기 힘든 절정고수 간의 비무를 목도하였으니 그 흥분과 감동이 오죽하였을까? 환호는 승자와 패자 모두에게 쏟아졌다.

"……?"

쏟아지는 환호와 박수 속에서 모용천은 묘하게 어긋나 있다는 느낌을 받았다. 위화감은, 모용천의 검극에 목을 맡기고서도 슬며시 올라가 있는 허규의 입가에서 비롯하고 있었다.

'웃고… 있어?'

"검을 거두어라!"

모용천이 생각하기 무섭게 일갈이 비무대가 설치된 공간을 뒤흔들었다. 공력이 실려 웅혼한 고함 소리가 환호성을 뚫고 모두의 귀를 따갑게 했다.

"흐훗."

허규만이 시선을 고정시켜 웃고 있을 뿐, 모용천을 비롯한 모든 이들이 고개를 들었다. 고함 소리는 비무대가 설치된 바닥으로부터 두 층 정도 위, 벽에서 돌출된 빙왕 진하굉과 간병인들의 자리에서 터져 나온 것이다.

"어… 어?"

고개를 쳐든 자들의 눈이 하나같이 커지고, 뭐라 하기 힘든 소리가 새어 나왔다. 그곳에는 누구도 예상 못할 장면이 펼쳐져 있었다.

"검을 거두라 했다!"

오직 빙왕과 그 간병인들에게만 허락된 자리에서 모용천에게 소리치는 자. 바로 빙왕의 아들 중 하나, 진현교였다.

그러나 사람들이 경악한 까닭은 진현교가 허락되지 않은 자리에 있어서가 아니었다.

그의 손에 들린 단도가 제 주인이자 어버이인 진하굉의 목을 지그시 누르고 있었던 것이다.

진현교의 신법이 은밀했기 때문인지 아니면 비무에 빠져 있었던 것인지, 진하굉의 바로 곁에 있었던 세 사람의 간병인들도 이제야 진현교를 보고 놀라 소리쳤다.

"이, 이게 무슨……!"

화아아악―

진현교의 손이 움직이고, 기묘한 소리와 함께 간병인 중 한 사람이 소리치다 말고 그 자리에서 굳어버렸다.

아니, 얼어버렸다는 표현이 더 어울릴 것이다.

"저, 저런!"

밑에서 올려다보던 이들이 대경실색하여 소리쳤다. 그러나 거기서 끝이 아니었다. 진현교의 손이 연이어 두 사람의 간병인을 강타했다.

"……!"

하나는 역시 그 자리에서 얼어버리고, 또 한 사람은 돌출된

시설의 난간을 넘어 바닥으로 떨어졌다.

파사삭!

놀랍게도 바닥에 부딪친 머리는 깨어지지 않고 부서졌다. 떨어지는 사이 얼어버린 것이다.

진현교의 손에서 펼쳐진 북해빙궁의 신공절기, 현빙신공(玄氷神功)의 위력이 실로 놀라웠다. 지금 보여준 위력만 놓고 본다면 그 성취는 칠성, 아니, 팔성에 가깝다 할 것이었다.

주륵—

그러나 일말의 흔들림이 있었는지, 진하굉의 주름진 목에서 한 방울 선혈이 흘러내렸다. 그 모습을 보면서도 진현교는 아랑곳하지 않고 오히려 단도를 쥔 손에 더욱 힘주며 외쳤다.

"검을 거두고, 모두 한 발 뒤로 물러나라!"

"…라는군요."

허규가 얄밉게 웃으며 진현교의 말을 이었다. 모용천은 허규와 진현교를 번갈아 보고, 무겁게 한 걸음 물러났다. 그러고서야 허규도 얼굴을 찡그리며 으스러진 팔목을 문질렀다.

"나, 궁주의 장자, 진현교가 명한다! 장자 전승의 원칙 아래 이 비무는 애당초 틀린 결정인 터! 이는 현 궁주가 늙고 병들어 올바른 판단조차 할 수 없게 되었다는 증거가 아니고 무엇이겠는가? 본 궁의 제자들은 모두 헛된 마음을 버리고 새로운 주인을 맞이하라! 그렇지 않으면!"

진현교는 한 박자 쉬고, 손을 들었다. 그것이 신호였는지 북해빙궁의 장로를 비롯한 주요 인사들의 목에 검이 겨누어졌다. 이들은 진현교에게 포섭된 빙궁의 제자들로, 날카로운 검을 품었으면서 아무렇지도 않은 척 사람들 틈에 섞여 비무를 관전했던 것이다.

"이, 이런!"

"뭐, 뭐 하는 짓이냐!"

제압당한 자들은 저마다 분통을 터뜨리며 소리쳤지만 이미 어쩔 수 없는 일이었다. 역시나 세 사람에게 포위당한 또 다른 계승자, 진현요가 소리쳤다.

"신성한 승부를 망치다니, 그러고도 궁주의 자격이 있다고 생각하는 거냐!"

"신성한 승부? 너와 내가 직접 손속을 겨루는 것도 아니거늘, 이게 무슨 승부라는 거지? 나는 이런 승부, 처음부터 마음에 들지 않았어!"

물론 진현교의 말은 거짓이었다. 자신을 대신하여 절창이 나서기로 했을 때에는 누구보다 기꺼워했던 게 진현교였다. 물론 그 와중에도 절창을 완전히 믿지 못하고, 오래전부터 꾸며왔던 일을 기어코 벌였지만 말이다.

오히려 이렇게 되었으니 자신의 판단과 선택이 더욱 옳았다고, 진현교는 그렇게 생각하고 있었다.

"네놈이 어찌 아버님을!"

진현요는 분통을 터뜨렸지만, 그를 에워싼 세 사람은 진현교를 따르는 자들 중에서도 특출난 고수였다. 더구나 진현교의 단도가 진하꿩의 목을 누르고 있었으니 발만 동동 구를 뿐, 뾰족한 수가 없었다.

"크하하하하핫!"

진현요의 낭패스러운 모습이 흡족했는지 진현교가 크게 웃었다. 그 아래 비무대에서는 눈살을 찌푸린 모용천이 허규에게 묻고 있었다.

"처음부터 이럴 작정으로 시간을 끈 거요?"

허규는 부러져 퉁퉁 부은 손목을 걱정하며 대답했다.

"절창이 마음을 바꾸지 않았다면 제 손목도 멀쩡했겠지요. 아니, 왜 잘되려는 일을 멋대로 바꾸어 어렵게 만드는지 원!"

본래 허규는 절창과 모용천이 비무대 위에서 싸우고 있는 동안 진현교에게 포섭된 자들과 함께 빙궁의 인사들을 포획할 계획이었다. 절창이 모용천에게 질 거라고 생각한 것은 아니었지만, 이후로도 북해빙궁과 진현교에게 영향력을 행사하기 위해서는 필요한 일이라고 판단한 것이다.

그러나 당일이 되자 절창은 가타부타 이유도 없이 비무에 나서지 않겠다 하였고, 허규는 애꿎은 손목을 희생해 가며 진현교의 일이 잘되도록 시간을 끈 것이다.

"…그거참, 안됐구려."

그런데 허규에게 말하는 모용천의 어조가 묘했다. 이번에는 허규가 위화감을 느낄 차례인 것이다.

"······?'

알 수 없는 불안감에 허규가 고개를 이리저리 돌렸다. 누구 하나 놀라지 않은 사람이 없는 가운데, 오직 한 사람만이 무심한 눈으로 진현교를 올려보고 있었다. 절창이었다.

"설마······!'

퍼뜩, 불길한 예감이 머릿속을 스쳐 지나갔다. 황급히 고개를 돌린 허규의 눈에 들어온 것은 두 사람.

놀란 진현교와 자리에서 일어난 진하굉이었다.

카앙—

소리를 내며 단도의 손잡이가 바닥으로 떨어졌다. 진하굉의 엄지와 검지, 두 손가락 사이에 남은 칼날도 마른 풀처럼 부서졌다.

파사삭—

아침 이슬에 산란하는 빛처럼, 쇠로 만든 칼날이 산산이 흩어졌다. 쇠마저 얼려 버리는 말 그대로의 신위.

극상에 달한 현빙신공이었다.

"어, 어떻게······?'

멀쩡히 두 다리로 일어선 아버지를 보는 진현교의 얼굴은 파랗게 질려 있었다. 무덤에서 나온 시체라도 본 얼굴이 된 아들에게, 진하굉은 무거운 목소리로 말했다.

"아니기를 빌었다."

진하굉의 말은 많은 것을 생략하고 있었다.

"…어디부터 알고 계신 겁니까?"

진현교의 말은 많은 것을 담고 있었다.

"알았다라……."

진하굉은 크게 한숨을 쉬고, 한 발을 내딛었다.

움찔. 진현교가 놀라며 뒤로 물러났다.

"알았느냐 묻는다면 몰랐다고 해야겠구나. 알게 된 건 지금이란다."

마치 어린아이 달래듯, 그러나 슬픈 얼굴로 진하굉은 대답했다. 진현교는 고개를 저으며 외쳤다.

"아니, 그럴 리 없어! 당신은, 처음부터 나를 믿지 않았던 거야! 나에게 궁주 자리를 줄 생각 따윈 없었던 거야! 그렇지 않고서… 그렇지 않고서야 내 계획이 실패할 리 없어!"

"……."

진하굉은 대답 대신 손을 뻗었다. 터무니없이 일상적인 행동이었지만 진현교는 피하지 않았다. 아니, 피할 생각도 하지 못했다고 해야 할까.

진하굉에게 손을 잡힌 진현교는, 그 자리에서 얼어버렸다.

회상에서 깨어난 모용천이 말했다.

"아들에게 매일 독약을 받았던 자의 마음은 어떠했겠소?"

이소는 무겁게 고개를 저었다.

"상상조차 하지 못하겠군."

진하굉의 병색은 인위적으로 조장된 것이었다. 진현교가 그의 음식에 매일 조금씩 독을 섞었던 것이다. 물론 진하굉은 그 음식을 먹지 않고, 범인이 진현교라는 물증을 잡을 때까지 독약의 효과가 있는 듯 가장하였을 뿐이었다.

제 입으로 배신당했다 하지만 진하굉 또한 진현교를 믿지 않고 있었던 것이다.

어버이가 되어 아들을 믿는다는 것.

그 당연한 것을 하지 못하는 아픔은 죽음보다 가벼웠을까?

"빙왕의 현빙신공은 말 그대로 신공이었소. 그러한 신공절학을 지니고도, 십왕이라 추앙받으면서도 마음대로 할 수 없는 일이 있다니… 정말 혼란스럽소."

"이봐, 이봐. 절세고수든 십왕이든 그게 다 무슨 상관인가? 너무 극단적인 예를 봐서 자네가 이러는 모양인데 원래 아비 맘대로 되는 자식은 없는 법이야. 자네는 안 그런가?"

이소는 웃으며 모용천의 어깨를 툭툭, 쳤다.

절정고수라고 해서 모든 일을 마음대로 할 수 있는 것은 아니다. 거기에 자식마저 제 뜻대로 하지 못한 것을 갖다 대는 일은 비약이 너무 큰 것이다.

그러나 모용천의 대답은 이소의 예상을 벗어나 있었다.

"내 아버지의 마음이 어떤지는 모르겠소. 병석에 누우신 지 워낙 오래라."

"그, 그래? 그래도 다른 집은 봤을 거 아닌가?"

"다른 집?"

"그래, 다른 집 말이야. 뭐, 친구와 그 부모님이라든
지……."

"난 친구가 없었소."

"……."

이소의 말문을 막아버리는 한마디.

그러나 일부러 골탕 먹이려는 게 아니다. 실제로 모용천은
그러했으니까. 모용천의 유년 시절, 부모의 자리와 친구의 자
리는 모두 비어 있었다. 유 총관 한 사람이 그 모두를 아울러
대체하고 있었을 뿐.

그러나 유 총관은 무공이라고는 모르는 노인에 불과했다.
또한 모용천은 유 총관의 뜻대로 하지 않은 적이 없었다. 적
어도 유 총관은 아들이나 다름없었던 모용천이 자신의 뜻대
로 되지 않았던 적이 없던 것이다.

말 잃은 이소를 앞에 두고 모용천이 말했다.

"그런 걸 보면 우 장문인… 아니, 맹주의 말이 맞는 것 같다
는 생각이 드오. 일신상의 무공은 별게 아니고, 더 큰 힘은 따
로 있다는 것 말이오."

"젊은 사람이 무슨 그런 패기없는 소리를!"

이미 절정의 무공을 지닌 모용천의 입에서 나올 소리가 아
니었다. 놀란 이소가 호되게 나무랐지만 그의 말이 씨라도 먹

힐까? 모용천의 얼굴은 여전히 어두웠다.

*   *   *

다음날 아침.

객잔으로 두 사람을 찾아온 자들이 있었다.

아침 식사 중에 들이닥친 자들은 정도무림맹에서 온 자들로, 몇몇은 이소도 낯이 익었다. 권왕의 열두 제자 중 셋째, 종성리(宗誠梨)가 끼어 있었다.

"큰 공을 세우신 것을 축하드립니다. 맹주께서 미리 전갈을 드리라 하여 찾아왔습니다."

종성리가 포권의 예를 취하며 모용천에게 인사를 건넸다.

"아, 예. 예."

모용천은 입안의 밥을 채 넘기지 못하고 우물거리며 인사를 받았다.

"그 말을 하러 예까지 온 건가? 뭐 하러 그런 짓을? 으그그그그!"

아직도 반쯤 잠에 취해 있던 이소가 기지개를 켜며 물었다.

"물론 미리 축하를 드리는 게 목적은 아닙니다만. 워낙 좋은 소식이고, 또 가는 길 도중에 만날 터이니 전하라 하셨습니다."

"좋은 소식은 우리가 가져가는 것인데, 자네들이 무엇을 전하러 간다는 건가? 또 다른 좋은 소식이 있단 말인가?"

이소가 눈곱을 떼며 묻자, 종성리는 웃으며 대답했다.

"이 사부께는 해당되지 않지만 좋은 소식은 좋은 소식입니다. 여기 모용 공자께서 이미 큰 공을 여럿 세우시지 않았습니까? 더구나 북해빙궁과 빙왕의 마음마저 사로잡으셨으니 맹주께서는 이 기회를 놓칠 수 없다 하셨습니다. 이제 모용세가는 무림육대세가의 자격으로 무림맹에 가입하게 됐습니다."

푸읍!

이소는 들이켜던 엽차를 뿜었다.

"지, 지금 뭐라고 했나? 뭐? 육대세가? 지금 내가 헛것을 들었나? 제대로 들은 거 맞아?"

남은 음식들에 손도 못 대게 되었지만, 그런 걸 신경 쓸 겨를이 아니었다. 모용천도 놀라 두 눈을 크게 떴다.

"맞게 들으셨습니다. 예, 육대세가지요."

종성리가 확실히 도장을 찍자, 모용천보다 이소가 놀라 말했다.

"육대세가라니, 그게 가당키나 한 말인가? 오대세가가 어떤 자들인데… 흠, 흠. 미안한 말이지만 모용세가를 끼워줄 거라고는 생각도 못하겠네. 그건 대체 누가 정한 건가?"

모용천의 눈치를 보면서 이소가 물었다. 정작 모용천은 전혀 신경 쓰지 않는 눈치였지만.

"설마 그들이 그리 말했겠습니까? 다 맹주께서 정하신 일이지요."

"뭐라고? 맹주가?"

종성리의 미간이 살짝 일그러졌다. 이소가 맹주를 하대하듯 말한 탓이다. 그러나 종성리는 이내 인상을 풀고 대답했다.

"예."

종성리의 말에 따르면, 우진은 모용천의 귀환을 대대적으로 환영함과 동시에 모용세가를 육대세가로 인정하여 무림맹에 정식 가입시키기로 결정했다고 한다. 후기지수를 넘어, 이미 절정고수로 무용을 떨치고 있는 모용천이 무림맹 소속임을 널리 알리겠다는 것이었다.

"오대세가의 반발은 어찌 감당하려고 그런 일을 벌이신 건가?"

잠이 확 달아난 얼굴로 우진이 물었다. 그러자 종리성도 다소 난감한 표정을 지었다.

"물론 그렇지요. 이 일이 아직 외부로 알려지지 않았지만 벌써부터 반발이 꽤 심합니다. 이미 맹에 가입한 종리세가와 제갈세가가 특히 심하게 반대하고 있지요."

"그럴 일을 대체 왜 한다는 건가?"

"맹주의 의중을 어찌 알겠습니까? 저희 같은 자들은 그저 믿고 따를 뿐이지요. 어쨌든 맹주께서 목이 빠져라 기다리십니다. 두 분은 최대한 빨리 무한으로 향하시길 바랍니다."

용건이 끝났다는 듯, 종성리는 수하들에게 이동할 채비를 시켰다. 아침부터 찾아와 소식을 전했을 뿐, 객잔까지 왔는데도 한 끼니 때우지 않는 경우가 어디 있을까?

"아니, 여보게들. 밥은 먹고 가야지, 뭐가 그리 급한가?"

만류는 이소가 했는데, 종성리의 대답은 모용천을 향했다.

"그럴 시간이 없습니다. 하루라도 빨리 요녕엘 가야 하니까요."

"요녕?"

묵묵히 듣고만 있던 모용천이 한마디 꺼냈다. 종성리는 고개를 끄덕거리며 부연했다.

"예, 요녕으로 갑니다. 모용세가에 본 맹의 결정을 전하고, 육대세가에 걸맞도록 준비시키라는 명을 받았습니다. 하루라도 빨리, 말이지요."

"……."

"어쨌든 저희는 이만 가보겠습니다. 그럼."

올 때와 마찬가지로 종성리들은 바람 같이 객잔을 빠져나갔다. 다수의 사람들이 들어찼다가 빠져나간 탓인지, 처음부터 두 사람뿐이었던 객잔이 휑하게만 느껴졌다.

아침이라 간단한 차림이었지만, 어쨌든 대부분 남은 음식을 앞에 두고도 모용천은 젓가락을 들지 않았다. 이소가 엽차를 뿜어서가 아니라 방금 들은 소식이 믿겨지질 않았던 것이다.

'육대세가? 이렇게 쉽게?'

유 총관이 모용천에게 바라던 것, 모용천이 지금껏 무공을 익힌 이유. 모두가 몰락했던 세가의 영화를 되돌리는 것이다.

그렇다면 영광된 과거의 수복을 무엇으로 증명할 것인가?

방법은 두 가지뿐이다.

오대세가의 한자리를 다시 꿰차거나, 혹은 육대세가로 재편하거나.

어느 하나 쉬운 길이 없었다. 사실 그러기 위해서 어떻게 해야 하는지 유 총관도 알지 못했으니까. 다만 모용천의 천품을 믿었을 뿐이다.

모용천 또한 그 보이지 않는 길을 가는 데 어느 정도 각오를 한 터였다. 남궁세가를 방문하고 그네들의 규모와 힘을 눈으로 확인한 뒤로는 그 길이 얼마나 험난할지도 예상할 수 있었다. 모용천 한 사람의 힘으로 그것이 가능할지 본인 스스로도 의심스럽기만 했다.

두근.

북해빙궁을 나온 이후 차갑게 식어버린 가슴이 뛰기 시작했다. 우진의 저의가 어떠하든, 육대세가라는 이름은 모용천에게 특별한 의미였다. 그 이름은 유 총관의 바람이 이루어짐이요, 이는 곧 모용천에게 있어 자유를 뜻함이었다.

어릴 때부터 바라온, 그러나 내 것은 아니었던 하나의 목표.

그것이 이루어지는 순간을 모용천은 몇 번이고, 몇 번이고 상상해 왔다.

그 순간 찾아올 상실감과 그보다 더 큰 자유로움을.

비로소 자신이 원하는 것을 찾아, 스스로의 의지로 살아갈 수 있을 거라는 기대를.

"축하하네."

이소의 말은 머릿속이 채 정리되기 전에 찾아왔다. 물론 정리되기를 기다렸다면 몇 날 며칠이 필요했으리라. 모용천은 어영부영, 이소의 축하를 받는 둥 마는 둥 넘겼다. 아직은 기쁨보다 혼란스러움이 앞섰다.

오랜만에 돌아온 무한은 시끄러웠다.

대도시라면 당연한 이야기지만, 단순히 많은 사람들에게서 느껴지는 부산스러움과는 달랐다. 같은 방향으로 움직이는 사람들의 얼굴은 가벼운 흥분과 기대감으로 가득했다.

"대체 무슨 일이지?"

타구봉으로 툭툭 제 머리를 치며, 이소가 의문을 표했다.

"그러게 말이오. 무슨 큰일이라도 난 것인지……."

모용천도 이소의 말에 동의를 표했다.

무한은 호북성의 중심이 되는 도시다. 수많은 사람들과 물자가 드나드는 만큼 치안도 확실하다. 더구나 신창권문, 이제는 정도무림맹의 본영이 자리 잡았으니 이러한 소요가 일어날 일은 흔치 않았다.

"이보오, 말 좀 물읍시다. 무슨 일이라도 벌어진 게요? 다들 뭘 보러 가는 거요?"

바삐 걸어가던 사내는 이소에게 붙잡히자 모르는 게 이상하다는 듯 되물었다.

"모르오? 지금 광장에 열녀(烈女)의 탑대(搭臺)가 열리는데? 어이쿠, 좀 놓으시오. 늦으면 자리도 없으니까!"

사내는 팔을 휘두르고 뛰듯이 걸어갔다. 이소는 사내의 말을 되풀이했다.

"열녀의 탑대… 열녀의 탑대라!"

"열녀의 탑대라니? 그게 무엇이오?"

모용천이 묻자, 이소는 묘한 표정을 지으며 대답했다.

"말 그대로일세. 열녀가 올라가는 단을 세운다는 거지."

여전히 모를 말이다. 모용천의 얼굴을 보며 이소가 말을 덧붙였다.

"물론 단에 오르기 전에는 열녀가 아니긴 하군. 자네도 어떤 여인을 두고 열녀라고 하는지는 알고 있겠지?"

"비켜, 비켜!"

급한 발길을 어쩌지 못하고, 사람들이 길 한가운데 선 모용천을 밀치며 지나갔다. 모용천은 사람들이 밀치는 방향으로 몸을 틀며 대답했다.

"뭐, 정절을 지킨다던가 하는 부인을 두고 하는 말 아니겠소?"

"그야 그렇지. 하지만 열녀 중에서도 서열이 있지 않겠나?"

한 번도 해보지 못한 생각이다.

"서열이라니? 열녀면 열녀지, 무슨 서열이 있단 말이오?"

"물론 지아비를 그리는 마음에는 서열을 매길 수 없지. 하나 꼭 서열을 매기고, 누가 누구보다 낫다는 것으로 싸우는 자들이 있는 법 아니겠나."

"......"

"좀 지나갑시다! 거참!"

이소의 말뜻을 명확히 알 수 없었다. 모용천은 대답하지 못하고 신경질 내는 행인들을 피해 길 바깥쪽으로 물러났다.

여전히 이해할 수 없다는 얼굴의 모용천에게 이소가 말했다.

"아직도 모르겠다는 얼굴이군. 고사를 떠올려 보게. 후대에까지 전해지는 열녀들은 어떤 이들인가?"

그제야 모용천은 떠오르는 것이 있었다. 전설처럼 내려오는 이야기들. 곳곳에 세워진 열녀비는 무엇을 기리기 위함이었던가?

"…자결이란 말이오?"

"그렇다네. 죽은 지아비를 따라 자결하는 것이야말로 열녀의 완성 아니겠나?"

이소의 말이 과연 그러했다. 모용천은 고개를 끄덕이며 다른 질문을 했다. 그렇더라도 모르는 것이 있다.

"그렇다면 탑대란 무엇이오?"

사람들이 모두 빠져나갔는지, 거리는 한산했다.

지익, 지익.

이소는 타구봉으로 바닥을 긁으며 대답했다.

"내 앞서 말했지. 열녀에도 서열이 있다고."

"그랬소."

"죽음 앞에 무슨 서열을 논할 것이냐마는 그 죽음이 남은 자에게 많은 것을 준다면 또 얘기가 달라지지 않겠나? 나라에서는 정책적으로 충신, 효자, 효부, 열녀들을 기리며 비석을 세워주고 그녀들을 배출한 가문에 많은 상을 내리지. 하지만 그것도 제한이 있어. 그렇지 않으면 너도나도 충신이다 효자다 들고일어날 테니 말이지."

"그렇기야 하겠군."

"그러니 그 제한된 자리에 들어가기 위해서 뻑적지근한 자리를 마련하는 게지. 자결로써 절개를 지키겠다 과시하기 위해 단을 세우는 것, 그게 바로 탑대일세."

"……."

모용천은 다시 입을 다물었지만, 이제는 몰라서가 아니었다.

한 번인가, 심양에도 그러한 단이 세워진 적이 있었다. 그

위에서 무슨 일이 일어났던가. 잊고 있던 어린 시절의 기억이
떠오른 탓이다.

공개적인 장소에 쌓아올린 단.

그 위에서 망자를 따라 목을 매 열녀가 되는 여인.

대롱대롱 매달린 사체를 보며 즐거워하는 사람들.

"…사람을 불러모아 공개적으로 자결하는 모습을 보이는
것이오? 그걸 그녀들이 원한단 말이오?"

지익—

이소의 타구봉이 다시 한 번 돌바닥을 긁었다.

"뒤져 보면 죽은 남편을 따라 죽겠다는 여인이 하나쯤 나
올지도 모르지. 뭐, 내가 그 속을 어떻게 알겠나? 확실한 건
공개된 장소에서 탑대를 하네 마네 하는 것도 다 돈이라는 거
지. 일반 백성이라면 꿈도 못 꿀 일이라는 거야. 내 말, 무슨
뜻인지 알겠나?"

넓은 곳, 많은 사람들이 모일 수 있는 장소를 빌려 높은 단
을 세우는 것은 어느 정도 재력이 뒷받침되어야 할 수 있는
일이다. 더구나 열녀가 가문을 빛내준다고, 이익을 가져다준
다고 믿을 정도라면 이미 명가의 반열에 들어선 집안이라 할
것이다.

그리고 그런 집안은 대개 남편 잃은 여인이 가문을 위해 희
생하는 것이 당연하다고 여길, 그런 자들이다.

시대는 있는 자들의 것이다. 열녀도 효자도, 모두 있는 자

들에게만 허락된 영예다. 물론 당사자에게도 영예일지는 모를 일이지만.

"더러운 일이군."

입맛이 쓰다. 모용천은 눈살을 찌푸리며 내뱉었다.

이소도 동의를 표했다.

"이런 일은 대개 중앙과 닿아 있는 귀하신 분들, 권문세족이라야 할 만한 일들이지. 우리와는 별 무관한 일이네. 신경쓰지 말고 가세나. 어서 가세."

이소의 말이 맞다. 누가 자결하고, 누가 공을 받든 모용천과는 상관없는 일이다. 그보다 모용천은 정도무림맹으로 돌아가는 일이 급했다.

우진은 대대적인 환영 행사와 치하의 말들을 준비해 놓고 기다리고 있을 것이다. 또한 육대세가라는 무엇보다 큰 선물이 모용천을 기다리고 있었다. 그를 받으면 모용천은 자유로운 몸이 되는 것이다.

유 총관을 만족시키고 당분간 떠나 있자. 세가도 무림맹도 모두 잊고, 언제까지일지 몰라도 마음대로 살아보자.

모용천은 그리 다짐하며 걸음을 옮겼다.

아직도 가지 못한 이들이 있었는지, 반대편에서 일련의 무리가 뛰듯이 걸어왔다. 모용천과 이소는 익숙하게 좌우로 갈라져 길을 터주었다.

그때,

지나쳐 멀어지는 사내들의 목소리가 귓속에 들어왔다.

"늦었군, 늦었어!"

"자네가 늦장을 피워서 이리된 게 아닌가!"

"그나저나 어찌 된 거야? 아주 황실인 것처럼 있는 대로 돈을 써가며 혼례를 치른 게 엊그제 같은데! 호북양가(湖北梁家)의 장자가 죽었단 말이야? 재상에까지 오를 인재라고 소문이 자자했던 그치가?"

"그렇다니까. 듣기로는 초야도 치르지 못하고 급살(急煞)을 맞았더라고. 신부의 기가 워낙에 드세서라나? 하긴 남궁세가의 여식인데 오죽하겠어? 책상물림과 무가의 결합이니 처음부터 불길했지 뭐야. 쯔쯔쯧!"

무심히 지나쳐야 할 일이다.

그러나,

굳이 멀어져 가는 거리를 건너 모용천의 귓가에 당도한 이름.

호북양가와 남궁세가.

"방금 뭐라고 했소? 뭐라고 했느냔 말이오?"

생각보다 먼저 몸이 움직이고, 말이 앞선다. 모용천의 몸이 어느새 몇 장을 움직여 멀어진 사내들을 가로막고 섰다.

"뭐, 뭐 하는 거요?"

순식간에 나타난 모용천을 보고도 사내들의 얼굴에는 놀라움보다 두려움이 먼저 떠올랐다. 정도무림맹, 과거 신창권문을 보듬은 도시의 주민답다고 해야 할까. 사내들은 자신이 무언가 이 무림인의 신경을 거스르는 짓을 한 건가 두려워하고 있었다.

하지만 지금 모용천의 눈에 그런 것들이 들어올 리 없었다. 아니, 얼굴에 떠오르기로는 모용천의 두려움이 더 커 보였다. 모용천은 한 사내의 소매를 붙잡고 흔들었다.

"방금 뭐라고 했느냐 물었소! 지금 당신들은 대체 누구를 보러 간다고 했느냐 말이오!"

"케켁, 켁!"

얼마나 강하게 흔들었는지 사내는 곧 정신을 잃고 말았다. 그것도 모르고 계속 흔들어대는 모용천을, 이소가 말리고 나섰다.

"뭐 하는 건가!"

그러나 모용천은 사내를 놓지 않고, 고개만 돌려 다른 이를 보았다. 모용천과 눈이 마주친 사내는 새파랗게 질린 얼굴로, 더듬거리며 대답했다.

"그, 그거야, 당연한, 거지요……! 호북양가로 시집왔던 그, 그 남궁세가의 여식! 그렇습죠! 남궁세가에서 온 호북양가의 새색시가 목매는 걸 보러 간다고 했습죠. 예, 그렇습니다요. 그렇고 말구요!"

쿵—

심장이 내려앉는다는 말.

이런 것이구나, 되새길 여유도 없다. 생각보다 먼저 진기가 내려와 발끝에서 폭발했다.

"이봐! 기다—"

한없이 멀어지는 외침.

이소의 다급한 목소리를 뒤로하고, 모용천의 신형이 빠르게 쏟아져 나갔다. 제자리에서 사라진 게 아닐까, 눈의 착각을 불러일으키는 신법이었다.

*　　　*　　　*

"준비되었느냐?"

드리운 발 틈으로 여름 햇살이 방 안에 또 다른 발을 그렸다. 가만히 그 모습을 바라보던 여인은, 재촉하는 방 밖의 그림자에게 대답했다.

"되었습니다."

차분한 목소리다.

그러나 그 가운데 떨림을 뉘라서 알아줄까? 차분할 수 있는 까닭은 어떻게 해도 정해진 일을 거스를 수 없다는 체념 탓이다.

호들갑을 피워서 될 일이라면 그리하였을 것이다.

때리고, 도망쳐서 될 일이라면 그리하였을 것이다.

하나 무엇으로도 바꿀 수 없는 일이 있다. 여인이라기에 아직 앳된, 그럼에도 불구하고 한없이 아름다운 남궁미인은 일 찌감치 운명을 긍정하고 있었다.

덜컹.

남궁미인의 대답이 떨어지자 문이 열리고 여름 햇살이 온 전히 방 안으로 들어왔다. 그 빛 속의 그림자 두엇.

남궁미인은 눈을 찡그렸다.

눈이 부셔서인 것을, 어떻게 오해했는지 앞서 들어온 그림 자가 언짢아하며 말했다.

"왜 그러느냐? 이제 와 마음이 바뀐 게냐?"

노회한 여인의 탁한 목소리.

서서히 돌아온 시력이, 희끗희끗한 머리의 부인을 담아냈 다.

처진 볼과 팔자 주름이 완고해 보이는 부인은, 못마땅하다 는 얼굴로 남궁미인을 내려다보고 있었다. 남궁미인은 고개 를 숙이며 대답했다.

"아닙니다, 어머님."

남궁미인의 태도는 공손하였으나 부인의 얼굴에는 냉소가 스쳐 지나갔다.

"이 일을 받아들인 것은 어디까지나 네 의지였음을 잊지 말거라. 설마 우리가 강요하였다고 생각하고 원망하는 건 아 니겠지?"

남궁미인은 고개를 숙인 채 재차 대답했다.

"아닙니다."

확인을 받아두고 싶었던 것일까, 부인은 그제야 흡족한 미소를 띠며 함께 들어온 시비에게 눈짓했다. 시비는 남궁미인에게로 다가가 들고 온 옷을 입히기 시작했다.

풀 먹인 삼베로 만든 흰 옷.

다름 아닌 상복(喪服)이다.

산 자에게 상복을 입히다니, 이상할 만도 한데 남궁미인은 시비의 손길을 자연스레 받아들였다.

당연한 일이었다.

남궁미인이 긍정한 운명은 바로 죽음이었으니.

황천길로 떠나는 이가 스스로 상복을 입음이 무에 이상한 일일까?

상복을 다 입히자, 시비는 분첩을 꺼내 들었다. 불과 한 시진 후면 망자가 될 이에게 화장이라니? 그러나 남궁미인은 자연스럽게 얼굴을 내맡겼다.

남궁미인의 죽음은 개인의 부고가 아니라 중앙정부에까지 영향력을 끼치는 권문세가의 행사이다.

또한 그 죽음은 가문의 조사가 아니라 광장의 축제이다.

무료한 주민들에게는 타인의 죽음 또한 흔치 않은 오락거리인 터. 더구나 그 죽음이 가문의 영달을 위해 강요된 것이라면 우스운 것이 당연하다.

우스운 일이다.

"푸홋……!"

저도 모르게 웃음이 새어 나왔다. 놀랐는지, 아니면 입술이 움직여서인지 연지를 바르던 시비의 손가락이 미끄러졌다. 붉은 연지가 희어진 턱 위로 쏟아졌다.

"죄, 죄송합니다!"

시비가 다급히 턱에 묻은 연지를 지우며 머리를 조아렸다.

"아니다."

남궁미인은 의연히 말하고 눈을 감았다. 시비의 뒤에 서 있는 부인, 권문세가 호북양가의 안주인이 매섭게 노려보고 있었다. 남궁미인은 가만히 시비에게 얼굴을 맡겼다.

화장이 끝날 무렵, 방 밖에 기척이 있었다.

"마님, 남궁세가의 손님이 오셨습니다."

"안으로 모셔라."

노부인의 대답이 떨어지자 문이 열리고, 기골이 장대한 노인과 준수한 청년이 방 안으로 들어왔다. 대대로 중앙의 요직을 맡아온 명문, 묵향 가득한 집안에 어울리지 않는 두 사람이다.

혀를 자극하는 익숙한 쇠 냄새. 남궁미인은 눈을 뜨고 자리에서 일어났다.

"오셨습니까."

짧게 말하고 노부인은 고개를 까딱거렸다.

"심려가 크시겠습니다."

그와 반대로 노인은 고개를 깊이 숙이며 말했다. 노부인은 눈을 내리깔며 거만하게 대답했다.

"그럼 말씀 나누시지요."

노부인과 시비가 나가자 노인은 어깨를 쭉 펴고 턱을 들었다.

남궁세가의 상장로(上長老)인 청강과검(淸彊過劍) 남궁선(南宮宣).

가주인 남궁익보다도 한 배분이 높은 몸이다. 가주인 남궁익 앞에서도 그렇거니와, 무림 어디를 가도 고개를 숙일 일이 없는 그인데, 무공은커녕 손만 대도 부러질 것 같은 노부인에게 쩔쩔매는 모습은 어울리지 않았다.

남궁미인을 대하여 당당한 이 모습이야말로 남궁선다운 모습이다.

"오랜만에 뵙습니다. 강녕하셨습니까."

남궁선은 남궁미인에게도 숙조부가 된다. 남궁미인이 공손히 이야기하자 남궁선은 몇 번 헛기침을 하며 멋쩍음을 숨겼다.

"커험, 험! 그래, 잘 지냈느냐?"

잘 지냈느냐는 일상적인 인사도 새로이 들린다. 남궁미인이 잠시 대답이 없자, 남궁선은 헛기침을 연발했다. 곧 죽어야 할 사람에게 할 인사가 아닌 것이다.

"커험! 커험!"

남궁미인은 가벼이 웃으며 입을 열었다.

"저야 숙조부님 덕에 잘 지냈습니다. 어찌 먼 길을 오셨습니까?"

"크흠! 뭐, 얼굴도 보고 할 말도 있고, 겸사겸사 왔느니라."

남궁선의 뒤에 선 청년, 남궁겸이 어두운 얼굴로 고개를 숙였다. 아끼는 동생을 마지막으로 보러 왔으나, 막상 마주하니 눈조차 마주하기 힘든 탓이다.

"세가는 편안하나이까? 아버님은 어떠신지요?"

출가외인이 된 지 이제 두 달 남짓이다. 그러나 남궁세가의 금지옥엽으로 살던 기억은 이십 년은 된 것처럼 바래 있었다.

"가주께선 편안하시지. 하지만 세가는 편안하지 못하다. 실은 그 때문에 노부가 예까지 온 게다."

남궁선은 흰 수염을 쓰다듬으며 말했다. 남궁미인의 눈썹이 살짝 찌푸려졌다.

"세가가 편안하지 못하다니요? 무슨 변고라도 생긴 겁니까?"

"변고지. 암, 변고지! 저 빌어먹을 놈, 반쪽짜리를 무림맹이랍시고 세워놓고 주인 행세를 하는 놈이 우리를 아주 죽이려고 작정을 했지 뭐냐?"

"권왕이 또 무슨 일을 벌이기라도 했답니까?"

폭풍전야.

바늘 하나만 떨어져도 요동칠 만큼 긴장감 넘치던 무림이다. 여인의 몸으로 태어났지만 남궁미인의 마음은 항상 담벼락 너머, 자유로운 무림을 향해 있었다.

처녀 때에는 그나마 오가는 식객들의 이야기를 들을 수나 있었지, 법도있는 권문세가로 시집온 이후 얼마나 답답했을까? 죽음을 눈앞에 두고도 남궁미인이 눈을 반짝이는 게 당연했다.

남궁선은 고개를 절레절레 흔들며 대답했다.

"권왕, 그놈이 글쎄, 오대세가를 육대세가로 만들겠다고 나섰지 뭐냐? 허참! 말만 해도 어이가 없어 속이 뒤집히는구나!"

"육대세가라니요?"

남궁미인이 되물었으나 남궁선은 제 가슴을 두드릴 뿐이었다. 얼굴이 벌겋게 달아오른 남궁선을 대신해 남궁겸이 말을 이었다. 노인을 대신한 청년은, 오히려 침착하고 냉정했다.

"너도 기억할 것이다. 그때 그자, 모용천."

"……."

잊지 못한 이름이다. 그래서 더욱 잊으려 했던 이름이 남궁겸의 입에서 나오자, 남궁미인은 입을 다물었다.

죽음을 앞둔 남궁미인의 눈빛이 흔들리는 것은 당연했다. 남궁겸은 여동생의 변화를 지나치며 계속 말했다.

"권왕은 그자의 업적을 기린다며 모용세가를 오대세가의

틈에 끼워 넣으려 하고 있다. 물론 그건 구실에 불과하겠지. 실제로는 오대세가의 위상을 떨어뜨리고, 무림맹에 들어오게 하는 것이 최종 목표일 거다."

아아!

남궁미인은 저도 모르게 소리를 낼 뻔했다.

세가의 과거, 빛바랜 영광을 수복하겠다는 모용천의 바람. 남궁겸의 입에서 나온 말은 모용천의 그 바람이 이루어지기 일보직전이라는 뜻이었다.

"그… 모용 공자가 빙왕을 설득했답니까?"

남궁겸은 침울히 고개를 끄덕였다.

"너는 듣지 못하였구나. 무림에서는 이제 모용천이라는 이름 석 자를 모르는 이가 없다. 북해빙궁에서는 저 악명 높은 마두, 관음지 허규를 비무에서 물리치고 빙왕의 마음을 사로잡았다더구나."

끄덕.

남궁미인은 저도 모르게 고개를 끄덕였다.

'모용 공자가 드디어 뜻을 이루었구나!'

남궁미인의 속도 모르고 남궁겸이 말을 이었다.

"어쨌든 권왕의 목적은 명확하다. 오대세가를 육대세가로 만들어 그 이름을 낮추고, 결국에는 제 뜻대로 주무르는 것이겠지."

"하지만 권왕이 어찌 오대세가를 좌지우지할 수 있답니까?"

남궁미인의 말대로다. 권왕이라는 이름은 무거우나 반쪽짜리 무림맹의 맹주는 가볍기 그지없다. 어찌 그 한 사람이 전통있는 무림오대세가의 틀을 일그러뜨릴 수 있겠는가?

남궁겸은 얼굴을 일그러뜨리며 대답했다.

"무당과 화산, 그리고 소림이 가맹을 선포했다."

답은 간단하다. 가볍다면 무게를 더하면 된다.

"어찌 그들이……?"

하지만 말처럼 간단하다면 진작 했을 일이었다. 권왕의 정파 무림맹이 괜히 반쪽짜리라고 손가락질당하겠는가?

소림과 무당, 화산 이 삼대문파는 가히 강호 세력도의 중심에 위치한다고 할 수 있다. 명망과 힘, 모두를 따져 보았을 때에 이들을 능가하는 문파는 찾아볼 수 없다. 이는 오대세가도 인정하는 부분이다.

권왕 한 사람의 힘은 실로 강대하고, 그가 세운 신창권문의 위세는 하늘을 찔러 가히 당대제일이라 할 만하다. 하나 권왕의 사후 신창권문이 지금과 같은 모습으로 남을 수 있을까? 한 세대, 두 세대를 지나고도 위세를 이어갈 수 있을까 묻는다면 누구도 쉬이 대답하지 못할 것이다.

그것이 가능하기 때문에 구파일방이며 오대세가이다.

그렇기 때문에 명문인 것이다.

그 명문들 중에서도 단연 세 손가락에 꼽히는 소림과 무당, 화산. 이들이 자존심을 굽히고 무림맹에 가담하였음은 따라서 쉬이 믿을 수 없는 일이었다.

남궁겸도 어두운 얼굴로 고개를 저을 뿐이었다.

"권왕이 그들을 어떻게 구워삶았는지는 모른다. 또 그게 중요한 건 아니지. 중요한 건 구파일방이 고스란히 저들의 편에 서게 되었다는 사실이지 않느냐?"

총명한 여동생이다. 이 정도 이야기했으면 알아들었겠지, 하는 얼굴로 남궁겸이 남궁미인을 바라봤다.

오빠의 생각만큼, 아니, 그보다 더 총명한 남궁미인이다. 남궁미인은 남궁선과 남궁겸이 왜 굳이 자신의 죽음에 입회하려 먼 길을 왔는지 알 수 있었다.

"저… 아니, 세가도 본격적으로 움직여야 할 상황이군요."

입 밖에 내고 싶지는 않다. 남궁미인은 부디 자신의 예상이 빗나갔기를 바라며 딱 남궁겸이 예상한 만큼만 이야기했다.

"그래. 저들이 구파일방을 믿고, 모용천이라는 녀석을 내밀어 우리를 흔들고자 하는데 앉아서 당할 수만은 없지 않느냐?"

그렇게 말하고, 남궁겸은 입을 다물었다. 십여 년을 키우다시피 한 여동생이다. 해야 할 말이 꼭 할 수 있는 말은 아니다.

"……."

침묵이 길어지자 남궁선이 끼어들었다.

"커험! 험! 어쨌든, 요지는 세가의 현 상황이 그리 좋지 않다는 게다. 그래도 이런 때에 사돈댁이 있어 얼마나 든든한지 모른다. 노부가 예까지 온 것도 겸사겸사, 다 세가를 위해서니라."

남궁미인은 대답 대신 고개를 들어 남궁선을 바라봤다.

"……."

남궁선의 얼굴이 달아올랐다. 남궁미인의 눈빛이 마치 자신을 질책이라도 하는 듯 느껴졌기 때문이다.

손녀뻘인 남궁미인이 남궁선과 눈을 마주하는 것은 감히 상상도 못할 일이다. 예의가 없다며 따끔하게 혼을 내도 모자랄 일이건만, 남궁선은 분명히 말하지 못하고 헛기침만 연발했다.

"크흠! 흠! 흠!"

남궁미인이 조용히 입을 열었다.

"그래서… 오신 겁니까?"

"뭐라?"

"그래서, 제가 고이 죽는지 보러 먼 길을 오셨는지 물었습니다. 행여나 제가 흔들리거나 다른 마음을 먹지나 않을지, 그리하여 세가에 누를 끼치지나 않을지 두려워 오셨는지 물었습니다. 세가를 위해 입 다물고 고이 죽으라고, 그 말을 하러 오셨는지 물었습니다."

붉은 입술은 거의 움직이지 않았고 음성은 낮았다. 그러나 남궁선과 남궁겸의 귓가에 그 말들은 천둥소리보다 크게 들렸다. 남궁미인의 말은 하나도 틀림이 없어, 두 사람이 해야 할 말을 고스란히 담고 있었던 것이다.

애초에 자유로이 살기를, 강호를 그리워하던 남궁미인이었다. 혼인 또한 세가를 위한 것이지, 그녀의 의지는 아니었다. 서방 된 이와 정 붙일 만큼 세월을 쌓은 것도 아니다.

남궁미인의 나이, 당년 십구 세.

창창하고 싱그러운, 이제 막 피어나려는 꽃봉오리 같은 때에 죽음을 강요당한다면 순순히 그러마고 할 이가 얼마나 있을까?

더구나 그녀는 무가의 딸. 무공을 익히지 않은 자들 틈에서 제 한 몸 지키기에 부족함없는 실력자다. 마음만 먹으면 얼마든지 도망칠 수 있다는 뜻이다. 남궁미인이 비록 정략혼인을 받아들였다지만 죽음까지 받아들일지, 세가의 장로들은 확신할 수 없었던 것이다.

"네, 네가 어찌 감히……!"

"그렇다면 걱정하실 필요 없습니다. 저는 오늘 세가를 위해 죽을 테니까요. 고이 죽어드릴 테니까요."

달아오른 얼굴로 말을 더듬는 남궁선을 무시하고 남궁미인은 걸음을 옮겼다. 마찬가지로 할 말을 잃고 입술만 깨무는 남궁겸을 지나쳐 방문 앞에 다다랐을 때, 남궁미인은 잠깐 고개를 돌려 물었다.

"아버님은… 제게 전하라는 말씀은 없었나요?"

남궁겸은 동생의 눈을 피하며 대답했다.

"그분은 아무 말씀도 하지 않으셨다. 내가 온 것도 장로회의에서 내린 결정이란다. 아버님을 원망하진 말거라."

남궁미인은 속으로 한숨을 내쉬었다.

남궁익은 항상 그랬다. 그의 눈은 항상 강호를 향해 있었고, 손은 항상 검자루를 쥐고 있었다. 가슴에 품은 천하가 얼마나 넓기에 제 자식들에게 내어줄 자리 하나 없었을까?

"제가 그분을 어찌 원망하겠습니까."

남궁미인은 옅은 미소를 지으며 말했다.

차라리 원망하였다면, 차라리 처연하였다면. 그러나 남궁미인의 얼굴과 목소리 어디에도 감정은 엿보이지 않았다. 다만 담담히 사실을 말할 뿐이니 그것이 더욱 남궁겸의 마음을 아프게 했다.

남궁미인이 앞에 서자 저절로 방문이 열렸다. 방문 밖에는 그녀를 수행할 시비가 기다리고 있었다.

남궁미인은 시비에게 눈짓하고, 다시 돌아보며 말했다.

"그럼 소녀는 이만……."

아무 말 못하는 두 사람을 등지고 남궁미인은 걸음을 옮겼다. 안뜰에는 두 마리 말이 메인 마차와 수십여 수행원이 그녀를 기다리고 있었다.

마차는 화려했고, 수행원들은 하나같이 비단 옷을 입고 있었다. 전쟁에서 승리한 장군의 개선 행렬이 이와 같을까? 다들 표정은 엄숙하니 형장으로 죄인을 압송하는 형리들 같으면서도 복장은 잘들 차려입은 것이다.

'하긴 저들 입장에서야 나는 개선장군이겠지.'

남궁미인은 시비의 손에 이끌려 마차로 향했다.

마차 옆에는 아들을 잃어버린 노부부가 서 있었다. 남궁미인은 그들에게 큰절을 올렸다.

"부모님을 끝까지 모시지 못한 죄, 저승에 가서 달게 받겠습니다. 부디 보중하시옵소서."

아버님이라고 몇 번 불러보지도 못한 자, 호북양가의 가주가 고개를 끄덕였다. 함께 서 있던 노부인은 냉랭히 말했다.

"미련을 남기지 말거라. 양씨 가문이 존속하는 한 남궁가는 번성할 게다."

남궁미인은 다시 한 번 큰절을 올리고 마차에 올랐다. 마차를 앞세운 행렬은, 이제 도시를 한 바퀴 돌고 광장 한가운데 준비된 탑대로 향할 것이다.

지잉—

징 소리를 신호로 마부가 채찍질을 하려는 순간, 누군가 그 앞을 가로막고 나섰다.

"누, 누구냐!"

징을 들고 행렬을 인도하려던 자가 놀라 소리쳤다.

호북양가의 장원에 있을 수 없는 외인이다.

채앵!

수행원들 중 일부 무사들이 도검을 꺼내 들었다. 일부라고는 해도 그 수가 삼십을 웃돌았으니, 평화로워야 할 호북양가의 안뜰이 삽시간에 도삼검림(刀森劍林)으로 변했다.

그러나 수십 자루 쇠붙이 가운데 선 자는 아랑곳하지 않고 마차를 바라볼 뿐이었다. 마차 안의 남궁미인 역시 놀란 눈으로 행렬을 막아선 자를 보았다.

이곳에 있어서는 안 될 자.

다시 볼 수 있을 거라고는 상상조차 하지 못했던 자.

모용천이었다.

『천검무결』 3권 끝

共同傳人

공동전인

설경구 新무협 판타지 소설

마교를 재건하라.

혈마옥에 갇히며 마교 장로들의 공동전인이 된 사무진에게 주어진 과제.
역사상 가장 착한 마교의 교주.
하지만 역사상 가장 강한 마교의 교주가 되고 싶다.

고정관념을 버려요.
마교도라고 해서 꼭 나쁜 놈일 필요는 없잖아요.
지금까지와는 다른 마교.
이제 사무진이 만들어가는 새로운 마교가 모습을 드러낸다.

유행이 아닌 자유추구 -
WWW.chungeoram.com

Book Publishing CHUNGEORAM

歡喜密功

설봉 新무협 판타지 소설

환희밀공

歡喜密功 환희밀공 1 설봉 新무협 판타지 소설

무유칠덕(武有七德), 금폭(禁暴), 집병(戢兵), 보대(保大),
정공(定功), 안민(安民), 화중(和衆), 풍재(豊財), 자야(者也),
〈좌전(左傳), 선공 십이년(宣公 十二年)〉

무에는 일곱 가지 덕이 있다.
첫째, 난폭을 금지한다. 둘째, 무기를 거두어들인다. 셋째, 큰 나라를 보전한다.
넷째, 공적을 정한다. 다섯째, 백성을 편안하게 한다. 여섯째, 대중을 화합하게 한다.
일곱째, 물자를 풍부하게 한다.

섬서성(陝西省) 육반산(六盤山)에 신력(神力)을 바탕으로
패공(霸功)을 구사하는 가문(家門), 육반루가(六盤婁家).
세상에게 외면받고 멸시당하는 환희교(歡喜敎).
육반루가의 후손과 환희교 교주의 운명적인 만남.

"넌 환희교를 지키는 수문장(守門將)이 될 거야.
강하게, 아주 강하게 키워주마."
'아버지처럼 죽지 않을 거야. 아무도 날 죽일 수 없어.
세상에서 최고로 강한 사람이 될 거야.'

유행이 아닌 자유추구 —
WWW.chungeoram.com

Book Publishing CHUNGEORAM

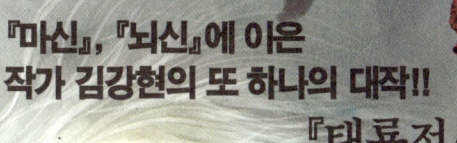

태룡전

김강현
新무협 판타지 소설

『마신』, 『뇌신』에 이은
작가 김강현의 또 하나의 대작!!
『태룡전』

내가 이곳 미고현에 위치한 천망칠십오대에
온 지도 벌써 두 달이 넘었거든.
그런데 아직도 이해하지 못한 일이 하나 있어.
그게 뭐냐고? 우리 대주 말이야.
우리 대주님이 가장 좋아하는 게 뭔지 아나?
바로 침상에서 좌우로 데굴데굴 굴러다니는 거야.
그다음으로 좋아하는 게 그렇게 뒹굴다 잠드는 거고…….
나려타곤(懶驢打滾)!
더도 덜도 아닌 딱 우리 대주님을 지칭하는 말일세.

천망칠십오대 대주 단유강!!
격동의 무림은 그에게 휴식을 허락하지 않는다.
단유강, 그의 일보가, 천하를 떨쳐 울린다!

유행이 아닌 자유추구 -
WWW.chungeoram.com
Book Publishing CHUNGEORAM

오채지 新무협 판타지 소설

천산도객

천산도객
天山刀客

1
FANTASTIC ORIENTAL HEROES

오채지 新무협 판타지 소설

마도대종사의 죽음.

마침내 끝이 난 이십 년간의 정마대전.
하지만 천 무림이 까맣게 모르는 것이 있었으니…

대종사가 마지막까지 숨겨두었던 마도백가(魔道百家)의 비밀 병기.
패잔병으로 북방을 떠돌던 어느 날 신비로운 사내 비파랑을 만나는데…

"항주의 금룡관(金龍館)에… 이걸 전해주십시오."
"눈치챘겠지만 난 마인이오."
"어쩐지 당신이라면… 약속을 지켜줄 것 같아서……."

한 번의 짧은 만남이 만든 운명 같은 행보.
그의 위대한 강호행이 시작된다.

유형이 아닌 자유추구 -
WWW.chungeoram.com

Book Publishing CHUNGEORAM